殘穢

ざんえ

おの ふゆみ
小野不由美

張筱森——譯

目錄

出版緣起

恐怖（Horror）是絕佳的娛樂

獨步文化編輯部

人類爲什麼愛讀恐怖小說，愛看恐怖電影？

一手打造二十世紀之後最廣爲人知的恐怖小說世界觀「克蘇魯神話」的美國作家H. P.洛克來夫特曾經說過，「人類最古老而強烈的情緒，是恐懼；最古老而強烈的恐懼，是對未知的恐懼。」可是在畏懼的同時，我們卻又忍不住要去揣摩想像，那未知的彼端究竟有些什麼在蠢蠢欲動著。也因此，人類自古以來，就不停地講述恐怖、描寫恐怖、觀看恐怖，乃至於享受恐怖。就像「百物語」這個耳熟能詳的遊戲，明知講完一百個鬼故事，吹熄一百根蠟燭後，可能就會有某種未知的存在到訪，但人們仍然熱中於此，樂此不疲。這種害怕並期待著；恐懼並享受著的複雜情緒，不正是恐怖永遠是絕佳的娛樂的證明嗎？

許多作家長年以來持續地描寫這股「古老而強烈」並且十分複雜的情緒，成爲了歷久不衰的文學類型，當然在日本也不例外。從歷史悠久的江戶時代怪談，到現在的小說到漫畫，從電影到電玩，各種恐怖（Horror）相關產品不停出現，持續演化，成爲日本大眾文化重要的組成元素，和推理小說並列爲日本大眾文學的台柱。許多台灣讀者熟悉的作家，如：京極夏彥、宮部美幸、小野不由美等等，也都發表過許多精采絕倫、引人入勝、的恐怖小說。藉由他們的努力，恐怖小說也不斷地進化、蛻變，展現出各種不同的風貌。

將好看的小說介紹給台灣的讀者，一直都是獨步文化最重要的經營方針。早在創社之初，獨步便已經有了經營日本恐怖小說的計畫。和推理小說同樣有著長遠歷史以及多元發展的日本恐怖小說，所帶來的樂趣完全不遜於推理小說。在數年的努力之下，多采多姿的日本推理小說在台灣已經獲得了許多讀者的喜愛與肯定，我們認爲現在正是邀請台灣的讀者來體驗另外一種同樣精采迷人的閱讀樂趣的好時機。

在經過縝密的規劃後，獨步推出了全新的恐怖小說書系——「恠」。引介了最當紅的日本恐怖小說家，非讀不可的經典恐怖小說，期望帶給你一種宛如夏夜微風，輕輕拂過頭後的閱讀體驗。

總導讀

你的後面或許有人，那又怎樣呢？

曲辰

且讓我假設你現在是獨自一人坐在房間裡翻看這篇導讀，那麼，我懇求你，暫時放下這本書，閉上眼睛，傾聽你所能聽到的最細微的聲音。

想像一下，那些爬搔聲、撞擊聲、腳步聲或是隱隱的呼吸聲究竟來自哪裡。你眞的確定那些聲響來自窗外嘛？或者是你以爲是浴室的漏水聲，其實是個人正緩緩潛入你家，躡手躡腳的企圖進你的房間呢？

H. P. 洛克萊夫特說：「人類最古老又最強烈的情緒是恐懼，最古老而又最強烈的恐懼則是對未知的恐懼」，這邊的未知可不僅止於你從未去過的歪扭小鎮，畢竟你怎麼知道閉上眼睛你的房間到底還是不是原來的樣子？

於是，爲了探索你閉上眼睛後這個世界的樣貌，恐怖小說誕生了。

裸體美婦脫掉了那層皮，成為一個骷髏

有人認為，小說的來源起自於古老的時代人們圍坐在火堆邊講故事的形式，想像一下那個畫面，似乎很容易理解為什麼小時候參加營隊總會有個晚上莫名其妙輪流講起鬼故事，然後在一陣戰慄中結束彼此嚇自己的行為。恐怖小說的起源或許就是這樣的。

在西方文類而言，恐怖小說（horror fiction）一般來說都是自哥德小說（註一）（gothic novel）開始劃分，畢竟具備「不斷探索邊界」意義的哥德小說，本身就有展現未知之境的功能，進而演化出「讓人感到恐怖的虛構小說」這樣的定義。也因此我們可以說西方的恐怖小說誕生自「一個威脅性的秘密，一個古老的詛咒，以及奇妙的大宅，與纖細的女主角」這些哥德式的要素，從而構成了日後西方恐怖小說的基本條件，也就是你總是要「觸犯」某個結界似的空間，你才遭遇到恐怖。

要在此說明的是，「恐怖小說」如果我們稱之為一種文類（literary genre），似乎是一種外來的類型文學，但就像奇幻小說（fantasy）先以外來文類的姿態進入華文世界（如《龍槍編年史》、《魔戒》等西洋文本），讀者在理解這些文本是被劃分到「奇幻」這樣的文類範疇的同時，也針對某種內在特徵相符的概念（如「超現實」、「人神共處」）繼而回溯到如《封神演義》、《西遊記》這類的中國古典小說脈絡中。但在台灣，

講到「恐怖小說」，應該所有人都會聯想到如《聊齋誌異》之類的中國特有文學類型。日本也是一樣，早在「恐怖小說」（ホラー）這個詞出現之前，屬於日本自身的恐怖形式就已經存在了。

撬開棺材，一個嬰兒正蜷縮在母親屍骨上沉沉睡去

日本恐怖小說的前行脈絡大致可分為三種。

一是日本從室町幕府以來就有的「百物語」傳統，大家聚集在一起講鬼故事，據說講滿一百個鬼故事就會有不思議之事發生，後來更進入通俗讀本之中，並轉進歌舞伎、落語等等大眾娛樂發展；一是佛教的傳入，僧侶們為了講述艱澀的教義，因此擷取佛經中的譬喻，結合日本原有的風土民情，創作出屬於日本在地的教喻故事（註二），特別是佛教的因果思想與日本原有的泛靈信仰（註三）合流，許多帶有靈異色彩的口傳故事開始流傳開來；最後是文人創作，如淺井了意《伽婢子》或上田秋成《雨月物語》，他們一方面承襲了佛教的因果輪迴觀點，一方面改寫中國的志怪小說，將之書面化、在地化，催生了屬於日本的恐怖書寫形式。

但真正在二十世紀初對這樣的恐怖脈絡進行總整理的，則是一個希臘人Patrick Lafcadio Hearn，他比較為人所知的名字是「小泉八雲」。他以一個外來者/異邦人的視

註一：Gothic最早是指日爾曼民族中的哥德人，後逐漸變為中古時期的形容詞，十八世紀時，理性主義與啓蒙運動影響了英國，所以文學作品多半具有強烈的現實性，這時哥德小說成為對抗那種理性主義的存在，於是不管是不是把背景設定在中世紀，都可以看見如同夢魘一般的恐懼感，裡頭充滿了對於異世界的探討與渴望。

註二：這種形式在中國唐朝時期就有了，我們稱之為「講唱」，後來更成為宋朝時期的「說話」。

註三：一種信仰形式，並非一神或多神，而是相信凡物皆有靈，凡靈皆可成妖怪或神。

角，敏銳的發現上述脈絡，於是對當時盛行的恐怖書寫形式進行整理，結合書面與口傳文學的特色，「翻譯／改寫」成英文發表出去。而後翻回日文，進而對日本自身的恐怖小說傳統造成影響。

也就是在他的總結中，怪談有別於歐美恐怖小說的部份被凸顯出來，除了西方並未有的強烈因果信仰與「靈」的形式外，與歐美恐怖小說總是喜歡讓主角「誤觸險地」不同，日本怪談中洋溢著日常性，恐怖本來就存在我們生活周遭，並不是人去刻意闖入的，只是「剛好」碰觸到現世與他世的邊界而已。更重要的或許是，怪談中那種強調「氣氛」而非實質暴力或恐怖行為的恐怖描寫，日後甚至透過日本恐怖電影（J-horror）反過來影響了歐美的恐怖電影，成為日本難得「文化逆輸入」的範例。

吃完牛排打開冰箱，男友的頭擱在裡頭正瞪著我

在小泉八雲對江戶以來的怪談傳統進行總整理後，明治末期受到歐美心靈科學流行的影響，怪談又掀起一波熱潮，只是這時怪談逐漸受到理性的壓抑，於是建立了「尋找解釋」的模式，改變了怪談原本不需理由就遭遇恐怖的敘事方法；而後七〇年代流行的心靈節目、靈異照片等等，更讓怪談本身的「怪異」被理性給籠罩了。

於是雖然這段時間流行怪談，但多以鬼故事型態的「百物語」形式出現，幾乎沒有

稱得上是虛構文類的「恐怖小說」，這段期間恐怖小說得依附推理小說生存，或反過來說，推理小說成爲培植恐怖小說的土壤。

同樣是恐怖文本的恐怖電影史，曾經被人形容爲「在本質上就是二十世紀的焦慮史」，恐怖小說也是，這個文類其實準確的反映了當代人的集體恐慌。所以九〇年代初期，由於泡沫經濟與當時的社會主義大崩壞，因此那個「解決可能性」（一切社經相關問題皆有可能解決）的時代已經過去了，取而代之的則是「解決不可能性」（一切問題皆不可能解決）的時代逐漸露出。加上八〇年代史蒂芬金被翻譯進入日本，在某些閱讀族群中獲得相當強烈的歡迎與反應，日本才開始書寫「現代恐怖小說」。

日本文藝評論家高橋敏夫認爲，我們在「搭乘現代社會這個交通工具時偶然的與恐怖小說共乘」，恐怖小說中描繪的非眞實場景正巧形成了一個相對於現世的參照系統。於是日本現代恐怖小說在承襲了怪談傳統同時，也針對現代人的感性結構反映了現代社會的情況，描寫那些潛伏於日常生活的細節、在習以爲常的城市角落發生的恐怖，過去從未見過的人際疏離、科技恐慌、對宗教與心靈的質疑，在這個時候都陸續進入恐怖小說中。

而在一九九三年角川成立恐怖小說書系以及恐怖小說大賞，「恐怖小說元年」正式成爲宣傳詞，於是日本恐怖小說開始在出版市場有著一席之地。

地球上最後一個活人獨自坐在房間裡，這時響起了敲門聲

如今，二十一世紀都過了第一個十年了，日本恐怖小說的類型也益發多樣化。

怪談方面，由京極夏彥與東雅夫在《幽》雜誌上提倡的「現代怪談」運動正如火如荼，京極不僅積極賦予傳統怪談現代風味與意義，也積極的創作「在日常的都市縫隙中遇到非常的怪異」的現代怪談；木原浩勝與中山市朗則復古的學習「百物語」，到處收集鬼故事並改寫成「新耳袋」系列，兩邊可以說是從不同方向延續了怪談這種日本文類的命脈。

現代恐怖小說方面，角川的恐怖小說大賞則繼續在挖掘具有現代感性的優秀恐怖小說，（註）不僅有帶有科幻風味的貴志佑介、小林泰三、瀨名秀明，強調日式民俗感的岩井志麻子、坂東眞砂子，走獵奇風格的遠藤徹、飴村行，或是強調現代清爽日式風格的朱川湊人、恒川光太郎。創作遊走在各種類型之間的恐怖小說家也越來越多，三津田信三在推理與恐怖之間架起了高空鋼索，走在上面展現他精湛的說故事技巧；藤木稟則是將日式奇幻的華麗色彩結合西方的哥德原鄉進而開創屬於自己的風格。到這階段，日本的恐怖小說可以說是應有盡有。

講鬼故事有一個基本技巧，就是在聲音越壓越低的時候，要忽然拔高，喊著「那個

人就在你後面」，用氣勢震駭聽眾。可是如今的恐怖小說，早就沒那麼簡單了，「你的後面有人」是前提，接下來會發生什麼事，才是重點。

就像在名爲恐怖小說的森林地上長滿了眞菌一般，乍看陰沉而茫濛，但當你習慣了夜色、找到對的觀看角度，才會發現他們款擺出誇張、陰溼、幽微、鮮艷、各式各樣不同的顏色與姿態，而那些東西加總起來，就是我們內心所不欲人知的那一半世界。

猜猜看，閉上眼睛後，你的世界會變成怎樣？

曲辰，大眾文學評論家，尤專於推理、奇科幻與恐怖小說。曾編選《文豪偵探》、《文豪怪談》等。

註：其實這個獎本身就有很傳奇的事件，從第一屆開始，就有「單數屆的恐怖小說大賞一定會首獎從缺」的都市傳說，一直到第十三、十四屆連續從缺才打破這個紀錄。不過到了去年的第十八屆又從缺，不知道會不會之後變成偶數屆從缺。

一 開端

一切都從一封寄到我手中的信開始，那是二〇〇一年底。

我的職業是作家，撰寫小說爲生。近來也寫一些給成年讀者讀的小說，不過主要還是以輕小說爲主，畢竟我本來就寫少女小說起家。好久以前，我在主要客群是中小學生的文庫書系寫過一系列的恐怖小說。

文庫的作者有義務在作品最後加上「後記」，寫一些給讀者的話，盡可能喚起讀者對作者的親近感，是非常磨練心智的要求。我會在後記中請讀者告訴我一些她們知道的恐怖故事——這是二十年前的事了。

不過，那一系列的小說從書店架上消失已久，在此之前，我也趁機請出版社刪除沒什麼作用的「後記」，因此只有很久以前的版本才保留下來。儘管如此，我有時還是會收到回覆自己古早請求的讀者來信。

這次的信也是如此。讀者在二手書店買到這部系列小說，然後寫信告訴我關於她體驗到的奇妙狀況。

寫信給我的人是位三十多歲的女性，我就稱她久保小姐好了。

她在都內的編輯工作室裡擔任作者，當時剛搬到首都近郊的出租公寓。

久保小姐說，她覺得屋裡有什麼東西。

久保小姐是在二〇〇一年十一月搬到新居，到了十二月，她總算整理好套房、習慣新生活，可以心平靜氣進行帶回家的工作。因此，她覺得最早聽到聲音的時間應該是在那時。

她回到家開始工作時，通常都是深夜。她在客廳的工作用書桌寫稿，坐在電腦前將錄音的逐字稿整理成新聞稿，這時，背後忽然傳來一聲小小的「唰」。

聲音聽起來很乾燥，好像是某種東西擦過榻榻米的表面。

久保小姐回過頭，她的背後正對當成寢室的和室，雖然有兩扇拉門隔開，但她從沒關上門，總是背對入口。

那是什麼聲音？

她坐在椅子上仔細看一遍和室，沒看到任何會出聲的東西。

是我多心了吧？她朝向桌子重新坐好，不久又傳來同樣的聲音。

輕輕地「唰」一聲。

久保小姐最先想到老家過去用掃把掃地的聲音。這聽起來像掃把輕輕刷過榻榻米，如果不是，就是手掌快速擦過榻榻米。

但久保小姐一個人住，背後的和室沒任何人，當然不可能發出聲音。她回頭幾次，依然找不出是什麼東西在發出聲音，只能確認的確從和室傳來。

雖然很不可思議，但久保小姐並沒特別將這件事放在心上。室內就是會有各式各樣的聲音，特別是集合住宅，常有其他住戶的聲音用意料不到的方式傳進耳中。

然而，從此以後，她一在客廳工作就會聽見同樣的聲音；回頭一看，卻找不到任何出聲的東西，如果一直盯著和室，也不會有聲音；可是，只要一背對和室就會傳出小小的唰唰聲。如果不回頭，只是豎起耳朵，就會聽見慢慢由右往左、由左往右的聲音在同一個位置出現，簡直像某種東西在榻榻米上面反覆走動。

「好像有誰在偷偷打掃一樣。」久保小姐說。

聲音節奏緩慢，生怕被人聽見，給人一種某人正疲憊地用掃把的感覺；而且打掃位置完全沒改變，一直停在某個定點。

在全黑的和室裡，不存在的某人正無力揮著掃把——

腦中浮現這種景象後，久保小姐終於覺得不舒服。

不可能，一定有什麼東西發出聲音。

久保小姐翻遍房間，但找不到任何可能是聲音來源的東西。爲了慎重起見，她從客廳到廚房、洗臉處到浴室、廁所通通找過一次，卻還是找不到發出「掃過榻榻米表面的聲音」的東西。此外，久保小姐最無法接受的是，盯著看就不會有聲響的這件事。

那該不會是什麼異常的聲音吧？

她試著整夜開著和室的燈，這樣一來就算在工作，電腦螢幕也會映出後方的和室。她期待自己可以在聲音傳出時看到什麼；但就算這麼做，只要盯著螢幕裡的和室，背後就不會有任何聲響；一聽到「唰」的一聲，她立刻將視線轉向螢幕，但聲音馬上就會停止。

好險聲音很小，打開音樂就聽不見，加上久保小姐認為無關緊要，因此下定決心忽視它，然而，聲音剛好都在無聲的瞬間滲入其中，反而讓她難以忍受，不知不覺豎起耳朵聆聽。

不論聽過多少次，聽起來都像某人在掃榻榻米；或掃過、撫摸榻榻米的聲音；也像有人拖著腳走路或拉著什麼東西。如果是有人拖著腳走路，聲音間隔未免太長，加上節奏固定，又不太像掃過或撫摸榻榻米，如此反覆不斷的聲音給人更機械的質感。

——果然還是像有人正無力地用掃把掃地。

那大概是某個對人生倦怠、空虛的女人在黑暗的房間打掃著；然而，她的心早就不在這裡，僅僅機械式地動著掃把，思緒早被別的東西佔滿。

「一旦出現這個念頭就揮之不去。」我彷彿看見久保小姐的苦笑，「現在想想，那大概是從用掃把掃地一事得來的聯想吧？我總覺得是個對生活疲倦的中年女性駝著背，不停掃著地。」

那名女性從未更改過掃地的位置，一直在掃同樣的地方。

我不禁覺得她似乎哪裡生病了。

「其實事情就只有這樣而已。」久保小姐說，「只是我隨意亂想，自己嚇自己罷了。」

她雖然這麼認爲，卻無法釋懷，因此拍攝了和室的照片。其中一張照片拍到兩個小小的光點——這不會就是傳聞中的能量球（orb）吧？能量球指的是超自然的能量或是靈魂以光的形象出現。這麼說來，和室裡果然有些什麼吧？

久保小姐的來信附上列印出來的和室照片。

和室裡放著低矮的床，床頭邊則擺著用來取代茶几的幾個小架子，在上頭的陰暗處，浮現出一大一小的白色光點。小的白色光點很清楚，另一個光點則比較大且稀薄。從照片的質感來看，應該是在夜晚開了閃光燈所拍攝下來的照片。說起來，這兩個光點不是什麼怪東西，應該是閃光燈反射了室內的灰塵。

我認爲一般稱爲能量球的東西大都是塵埃或是水滴——我在回禮的信裡順便這麼寫。

我因爲個人興趣而寫恐怖小說，但完全沒有「靈異體質」。我從沒見過幽靈也不具感應能力，因此總對靈魂、靈異現象的存在抱持懷疑。我不是完全否定這些事，但在全面相信前總試著尋找合理的解釋。

我覺得我提出的說法眞是毫無夢想，對久保小姐有點不好意思，不過她也無所謂。過一陣子，她用不太在意的口氣回信，「什麼，原來是這樣嗎？」她開朗地寫，「託您的福，這下不用搬家就解決了。」

不過怪聲依然存在。雖然她逐漸習慣，但有時還是會好奇「那是什麼聲音？」而陷入些許不安。

聲音聽起來會給人左右反覆不斷的印象，是不是音質一下強一下弱的關係？換氣扇就可能因爲風力有強弱之分。我順便寫了這些閒聊回信給久保小姐。

「可是就算換氣扇不動，還是有聲音。」久保小姐回信，「不過，我還是做了實驗。」

她似乎透過開關房間的換氣扇來確認「聲音」會不會出現，她畢竟靠寫字維生，描寫實驗過程的文字對我而言是非常有趣的讀物。

之後，只要久保小姐想起來，她就會寄信告訴我「聲音」的實驗紀錄。例如，朝著寢室讀書，聲音會不會出現；關起寢室拉門會不會聽見；切斷電力保險的話又會怎麼樣？等等。

但久保小姐並非一直惦記聲音的事，我們的信件（之後改成電子郵件）內容基本上都是關於恐怖電影的閒聊。只是久保小姐偶爾會突然想起「聲音」的事，才拿又做了什麼小實驗當話題。

但是，事情出現了變化。

二〇〇二年的春天，久保小姐寄了一封標題是「這個是？」的郵件給我。

那天，久保小姐照例在家工作。深夜時分，背後再度傳來聲音。她想著，「又來了。」也沒特別回頭繼續工作。放任左右擦著榻榻米的聲音持續下去。她也留意電腦螢幕是否映出什麼，但因爲和室一片漆黑，什麼都看不見。那個聲音往右邊唰一聲，暫停一會，接著往左邊唰一聲，然後停下。非常規律地重複。久保小姐聽了一陣後，突然回過頭，同時聲音停下來，然而就在聲音停下前，她看見某樣東西出現在和室的榻榻米上。

「看起來像一塊平整的布……我覺得可能是和服的腰帶。」

和室很暗，只有來自客廳的燈光照亮入口處那帶的榻榻米。乍看像布的平整物在榻榻米上磨擦，從明亮的地方一直延伸至黑暗之處。白色布料上繡以帶有銀或白的絲線交織成的纖細花紋。

一直在背後發出聲音的，就是那條像腰帶的東西嗎？如果眞是腰帶，當然會有繫著腰帶的人。然而，目前爲止都不像是有人帶著腰帶左右搖晃。久保小姐既沒感受到人的氣息，也沒聽見腳步聲或衣物的摩擦聲。聲音聽起來更爲機械式，而她的腦中所描繪的景象是——

黑暗之中，垂落下來的腰帶正在左右搖晃。

說不定是我看錯了。久保小姐始終非常冷靜，但心頭很不舒服。她說，自己從此聽到聲音也絕不回頭，很討厭又不小心看到什麼怪東西。她平日也都關上和室的門。封閉和室後，她也覺得打破封印一般進到其中、睡在床上變成一件很討厭的事。所以，她在之後的郵件中寫，「最近都在客廳鋪床睡了。」

久保小姐將和室當儲藏室來使用，又將床移到客廳。而且只要關上和室拉門就聽不見聲音，因此她便如此生活。若朋友來訪，就請朋友睡和室，不過沒人碰上怪事。

我讀著久保小姐的報告時，心裡總有疙瘩，好像在哪裡看過垂落下來的某人搖晃著發出聲音。這是經常聽聞的經歷，但我好像在哪裡讀過或聽過，到底在哪裡呢？我試著翻閱各種怪談實錄的書籍，雖然有類似的故事，不過每一則都和印象不太一樣。

到底是在哪裡看到的？——我始終掛念這件事。

當久保小姐開始將和室當成儲藏室來生活時，我正好也考慮搬家一事。

雖然距離眞正搬家還要一、兩年，但我決定先好好整理身邊的東西。尤其是我有非常大量的書籍和文件，若不慢慢整理，根本不知道新居要準備多大空間擺放這些東西。

我一隨意整理起行李，就被迫面對一大堆紙箱。紙箱中裝著像久保小姐一樣的讀者寄來的怪談。我不打算丟棄它們，也準備帶到新居，不過就這樣裝在紙箱裡也毫無用武之地，更沒見天日的一天，因此應當好好整理一番。

我動手分類起箱中來信，提早爲搬家作準備。我從信封中拿出信件和便箋，一一攤開它們再和信封夾在一起，接著爲了判斷內容，在每一個信封上都做了記號。

讀者寄來了各式各樣的「怪談故事」。

有自己或周遭親朋好友碰到的眞實體驗；也有從朋友的朋友聽來、根本是都市傳說的故事；或類似「廁所裡的花子」，學校七大不可思議的傳說報告；也有從電視或廣播聽來的故事——其中還有自己進行除靈的故事、靈界聽來的世界祕密等，這些來信讀來就像恐怖小說。

當我依照記號將信加以分類時，突然發現一件事。在近年的來信中，有一封和久保小姐住址相同的信件。這封信沒寫公寓名稱，接在番地號碼後的就是房間號碼四〇一。

雖然久保小姐住在二〇四房，但兩戶的番地號碼一模一樣。

我決定稱呼來信者爲屋嶋太太。

屋嶋太太是將近三十歲、有一個孩子的媽媽。她約在半年前搬到現在的公寓，然而，兩歲女兒的舉止卻變得有些怪。她常盯著什麼也沒有的半空。屋嶋太太問她在看什麼，講話還有些口齒不清的女兒會回答，「鞦韆。」

綜合孩子的話——其實只能說是話語的片斷——她似乎看見什麼東西從半空中垂落下來晃動。屋嶋太太說，她有時會聽見「唰」的一聲，像某種東西掃過地板，這可能是那東西發出來的。

這就是我之所以覺得似曾相識的原因嗎？

久保小姐和屋嶋太太該不會碰到了相同的東西？

若是如此，爲什麼房間號碼會不一樣？

屋嶋太太來信的郵戳是一九九九年七月。我在二〇〇二年五月，發了郵件給久保小姐。

「四〇一號房的住戶是不是一位屋嶋太太？」

二　本世紀

1 岡谷公寓二〇四號房

久保小姐住的公寓有現今流行的國籍不明、難以理解的名字，不過在這個地方就單純稱它岡谷公寓吧。久保小姐透過都內的房仲找到這間公寓。

她在都內的編輯工作室工作，主要接洽的業務是企業內部刊物或宣傳雜誌的工作。她會和導演或攝影師一同到實地採訪，再將採訪內容寫成刊物。

採訪的內容以及如何寫成文章是導演要考慮的事，而實際和客戶協商或取材、採訪等也是導演的責任；久保小姐則和導演一起到現場做筆記、將錄音內容整理成逐字稿，因此工作時間不固定。她常接到指示後直接前往現場，結束後直接回家，所以很習慣將工作帶回家處理。

久保小姐原本住在離公司很近的都心公寓，不過，習慣工作後就不需非得住在房租高的都心，交通方便的話，遠一點也無妨。

工作室的案子是和企業簽約後才會實行，工作量本來就沒有多到得在各個現場跑來跑去；隨著景氣惡化，工作量更有減少的傾向，加上久保小姐的薪水按照工作成果結算，收入也因此減少，她希望降低租屋成本；此外，她也想換個新方向，所以決定搬家。

她沒有強求自己一定要在哪裡，僅僅隨意在便利商店買了租屋情報雜誌就開始挑選有興趣的套房。她選了一間喜歡的套房且和房仲聯絡，但已經被租走了——這種事很常見，對方很快推薦了她下兩層樓、格局相同的套房。

久保小姐趁著假日看房。

「下兩層樓的套房雖然比較便宜，」久保小姐說，「不過因爲隔壁有公寓，採光很差。」

久保小姐之前住的地方採光也很差，陽光進不來，窗戶打開也不通風，只有噪音會傳進來。當初回家只是爲了睡覺，所以優先考量租金和通勤時間；但現在想要悠閒度日，希望找到可以靜心工作的環境。

「我跟房仲這麼提了，對方介紹了幾間，其中一間就是現在住的。」

那棟公寓——岡谷公寓位在首都近郊相當普通的衛星都市。車站前是非常熱鬧的繁華街道，也有大型商業設施，從車站多走幾步就是一大片蓋在平坦土地上的中低層住宅。岡谷公寓離車站走路需十五分鐘，位在一條大馬路旁的寧靜住宅區內，是屋齡八年、鋼筋水泥的四層樓小型建築，每層樓有五間套房。

房仲介紹給久保小姐的是位在公寓二樓的 1LDK 套房。

客廳部分只有四坪多，雖然有點小，不過室內有附小吧台的獨立廚房，還有三坪大的和室、浴室、洗臉處和廁所。公寓本身朝東，不能說採光特別好，而且位在二樓，視野普普通通；但客廳、和室都面朝陽台，白天不需特別開燈；面向公共道路的廚房和洗臉處也都有氣窗，通風良好。住宅區周圍很多獨門獨棟的房子，氣氛相當安靜。儘管離車站有一段距離，但如果搭電車，兩站就可以換車到方便的轉運站。雖然和原來在情報雜誌上看中的租屋不一樣，既沒自動上鎖，地板面積較小，屋齡也多三年，但這裡的交通方便，房租也稍便宜。

久保小姐看屋時，前一個住戶剛搬出去，內部還沒重新整理。但住戶顯然住得很小心，幾乎沒看到損傷，而且建築物比當初看平面圖所想像的樣貌來得新穎。

「屆時會有專業的清掃公司來打掃，所以壁紙和拉門紙都會重新貼過，交屋時會跟新屋沒兩樣。」房仲說。

久保小姐點頭，看遍室內的每一個角落，接著若無其事地檢查壁櫥和鞋櫃——她在確認裡面有沒有符咒一類的東西。

她不是懷疑這裡出現什麼異常，也並非感到詭異的氣息。眞要說理由，「我很喜歡靈異的東西。」久保小姐笑著說明。她就算到飯店，也會確認牆上的掛畫後方有沒有貼東西，不是因爲害怕，不如說她懷抱期待。

「我不是完全不相信這些事情。」

久保小姐並非完全否定幽靈的存在或超自然現象。她自己就在祖母去世時有所感應，也在旅行時目擊到怪東西。然而，若被問到「妳覺得那些東西存在嗎？」她卻抱持懷疑的態度。祖母去世時的感應可視爲偶然；消失在無人大浴場的工作人員也可能是自己看錯。

——那是發生在某個溫泉地的事。

久保小姐在深夜和朋友前往旅館的大浴場，突然發現走廊前走著一名穿著法被（註）的男性。走廊很長很寬，也有點暗，加上她們和男性之間有段距離，無法判斷對方的身分。不過，對方身上的法被印著旅館的名字，久保小姐便認爲是工作人員。對方也沒什麼可疑之處，她只是單純地想，「前面有個人。」

男人縮著背、走在久保小姐等人的前方，一到大浴場前便轉進女湯。他進去的模樣實在太理所當然，久保小姐不由得以爲大浴場已經關閉，可是旅館介紹上分明寫著大浴場二十四小時使用。她和朋友說起這件事，同時走到女湯前，赫然驚覺浴場果然照常使用。她們看了脫衣處，見不到任何工作人員，不僅如此，大浴場和外面的露天風呂也沒任何人影。

久保小姐的朋友認爲那人是幽靈，大大興奮一番，她也跟著湊了熱鬧。但事後仔細

註：一種日本傳統服飾。

回想，不禁懷疑那眞的是幽靈嗎？說不定某處其實有工作人員的暗門，那人只是有事才進女湯，之後從暗門離開。不，說不定一開始根本沒人進女湯，她們看錯了。

久保小姐原本就是會這樣思考的個性。

因此就算她在找符咒，也不是眞的想找到它；況且如果發現了，當下的感覺一定很糟，她也不曾眞正發現這類東西，不然就不符自己的預期。

「我其實很享受滿腦子都是『萬一眞的有，該怎麼辦？』的緊張感。」久保小姐說，「我其實不怎麼相信這些事。」

不知道幸或不幸，房仲介紹的套房沒放符咒，採光明亮、格局也不差，只是客廳略窄，若放進工作用的書桌，餐桌就擺不進去，這也是久保小姐唯一在意之處，但考慮到房租也只能忍耐了；若有其他在意之處，這棟公寓基本上都出租給一般家庭，其他套房可能有小孩。她打算在家工作，小孩太吵會很煩人；若是因此抱怨造成爭執，更是煩上加煩。

所以，她待在房裡暫時觀察一陣子，雖然聽得見窗外傳來小孩的聲音，但音量沒有大到需要在意；正上方的套房也很安靜。根據房仲的說法，樓上住戶是單身男性，應該不會太吵。

回想起來，久保小姐不記得房仲特別向她推銷過這裡，而和其他套房的價格相比，房租也沒特別便宜，儘管居住狀況有好有壞，不過房租還在可以妥協的行情；依照建築年分來看，建築本身維持得很好，公寓入口和公共通路都管理得不錯，打掃得十分乾淨。因此久保小姐還算喜歡這間公寓。

她在二〇〇一年十月底簽下了租約，半個月後搬進去。

一如房仲所說，裡面整理得和新屋差不多。

聽起來，久保小姐用非常冷靜的態度選擇住處，租屋過程也沒任何不自然或可疑之處。流程非常平凡，和其他人沒兩樣。

「眞的搬進去後，我發現比我想像中還好。雖然有小孩，但一點也不吵。況且白天很悠閒，有小孩的聲音反而更好，會覺得整體更明亮。」

公寓的目標租借對象是家庭，因此廚房設備相當充實。久保小姐本來就計畫趁搬入新家時過得更像一般人，打算在料理方面大顯身手。

雖然剛搬進去時還是手忙腳亂，但十二月初時，室內都收拾好了，終於可以好好在家裡工作。但是，在這樣的新生活中，異物悄悄在久保小姐完全想不出契機的狀況下入侵了。

身後的和室，出現了物體擦過榻榻米的聲音。

久保小姐想不起那道聲音究竟何時出現。最初意識到「那是什麼？」時，是生活步上軌道的時候，然而，她覺得在此之前也有過「咦？」的感覺，只是沒特別留意，就這麼算了。然後，某天，她突然在意起來。

——有時候會聽到的那個聲音，究竟是什麼？

回頭一看卻沒任何會發出聲音的東西。

最初，她只是覺得「到底是什麼？」但一旦在意起來，聲響一出現就馬上聽得清清楚楚。

久保小姐戴著耳機打逐字稿，如此一來就不會在意聲音；但一拿下耳機寫起文章就無法不去在意；心裡一有疙瘩，就想找出聲音的原因，然而找了又找都找不出來。而且，只要久保小姐待在和室或看著和室時，聲音就不會出現。

明明一回頭就會立刻停止的聲音，卻在她不轉頭或豎起耳朵時主張自己的存在似地持續不斷。

——那個聲音，實在怪怪的。

久保小姐當時在想，那聲音聽起來就像某人正在清掃榻榻米。

不過，「某人」既然不可能存在，那就是幽靈的聲音。沒花上多少時間，想像從「打掃榻榻米」變成「打掃榻榻米的中年女性幽靈」。

久保小姐害怕起自己創造的影象。

我事後請久保小姐確認和服的樣貌，她認爲金襴緞子的袋帶最接近她看到的款式。那是大家都耳熟能詳的童謠《新娘人偶》（註一）所提到的「金襴緞子的腰帶」。但這種腰帶主要在喜事時使用。換句話說，是在重要喜慶場合使用的腰帶，搭配上晴著（註二），結成二重太鼓（註三）的樣式。

「那種腰帶很長嗎？」久保小姐這麼問我。

「很長哦。」我回答。

袋帶（註四）通常是四公尺長，我們脫下和服後爲了通風會吊起來，腰帶也是如此。如果照普通的作法吊起腰帶，不致於會拖曳到榻榻米上；若是單純吊起一端，就可能會拖在榻榻米上；但金襴腰帶並不便宜，不太可能這樣處置，一般都是用衣架或衣桁（註五）吊起，好讓腰帶不垂落在地。

「不是有那種女性拖著解開一半的腰帶的圖嗎？」

久保小姐這麼一說，我就知道她想像的畫面了，其實我也想到同樣的畫面。

腰帶結成二重太鼓的樣式時，會將腰帶纏在身體中段，再用帶締將帶枕、帶揚（註六）固定在身體上。綁在腰帶正中間的帶子就是帶締，它十分堅固，用數十條絲線編織

註一：詩人兼畫家蕗谷虹兒在一九二四年發表的詩畫，後由杉山長谷夫譜曲，成爲日本家喻戶曉的童謠。
註二：喜慶場合穿著的正式和服。
註三：和服腰帶結法的一種，也多爲重要場合使用。
註四：和服腰帶的一種。
註五：放在室內，用來吊掛和服的日式家具。
註六：以上均爲結腰帶時使用的道具。

而成，是以絲線優雅組合成的繩子。

「所以可以支撐人體的重量嘍？」久保小姐問我。

「我想可以。」我回答。

但將腰帶結成二重太鼓時，光鬆開帶締，腰帶也不會垂落到地面，還須取下帶枕和帶揚才行。做成太鼓形狀的帶枕用來支撐腰帶，帶揚則是爲了讓腰帶鼓起，長得像是手帕的薄絹布。雖然不長，但很柔軟，可用來綑綁手腳。

解下帶締，掛到高處打結，弄出繩圈。接著站到椅子上，解下帶枕、帶揚，讓腰帶無力垂落在地上；然後將解下的帶揚綁住雙腳，如此一來，裙擺就不會散開，是充滿古風的作法；最後將頭穿過繩圈，踢開椅子。

腰帶搖晃著，擦過榻榻米。

在黑暗中，穿著晴著的上吊女人身體搖晃著——

「您是說有人在這間房裡自殺嗎？」久保小姐說，但我無法肯定。

如果按照「怪談」的文法解釋，事情就是這樣。可是這樣一來就無法說明其他套房也發生相同怪談的理由。

久保小姐居住的岡谷公寓在每個樓層各有五間出租套房，但一樓由於有公寓入口，因此只有四間套房。各樓層的套房分配方式都一樣，建築物兩端的邊間是2LDK；夾在其中的三間中，靠近入口的是1LDK，另外兩間是2LDK；格局是1LDK的套房面積較小，而少掉的面積用來蓋電梯。

各個套房號碼都是樓梯數加房間號碼，按照這個規則，整棟公寓的房間號碼是從一〇一號房到四〇五號房。

一樓最裡面的邊間是一〇一號室，接著是一〇二、一〇三、一〇四號房；最靠近馬路的則是公寓入口；二樓從最裡面算來是二〇一、二〇二、二〇三、二〇四、二〇五，久保小姐住的是第四間，就是二〇四號房。

寄信給我的屋嶋太太房間號碼是四〇一號房，是四樓最裡面的一間。

收到我的信後，久保小姐看一下公寓入口的信箱，四〇一號房的住戶在那時已經是別的住戶名了。

很遺憾，我不記得自己是否回信給屋嶋太太了。就算回信了，我也沒發現屋嶋太太的其他信件，看來她之後都沒再寫信告訴我怪談的後續。我也不知道屋嶋太太現在的住址。不過若是她搬走不到一年，只要寫信到四〇一號房，應該可以轉送到她現在的住處——我這麼想。

久保小姐和我有同樣的想法。她爲了確認現在的住戶何時搬來，特別拜訪了四〇一號房。

那時住在四〇一號房的是西條家。太太是三十五、六歲的家庭主婦，有三個小孩，分別是五歲、三歲和兩歲。

久保小姐前去拜訪他們，並且告訴西條太太，她正在尋找之前住戶的下落，不知道西條家何時搬來？她問完後，得知西條家在一九九九年底搬來。

「我本來想看看狀況，看要不要告訴她屋嶋太太的事，問他們家是不是也有什麼怪事，不過還是說不出口。」久保小姐說。

我在一九九九年七月收到屋嶋太太的來信。當時他們搬進去差不多四個月，算起來應該是在那年三月左右搬家，而年底時，住戶已經換成西條家。屋嶋家的居住時間至多只有九個月。我不知道西條太太是否聽過「擦過榻榻米的聲音」，但如果她從未聽說過，那還是別知道之前的住戶只住了九個月比較好，畢竟這不是聽了會高興的事。

「九個月眞的很短呢。」久保小姐說。

我問她公寓的租約多長，她回答兩年。

這是當今十分普遍的租約長度。如果租約期更長，萬一生活出現不便，住戶容易下定決心搬走；如果是兩年，就算眞出現什麼問題，住戶也會盡量忍耐到租約更新的時候；再者，考慮到解除租約前須告知房東的事前通知期，房客最多住到一年十個月就要找下一個住處。

「——是啊，所以我也打算努力住到租約更新爲止。」久保小姐說，「畢竟其實也沒什麼實質上的損害。況且一想到下個住處的押金、搬家費用，中途解約的手續等等雜務，我就覺得自己要再忍耐下去。」

雖然現在也有一些住處不需要租約更新費。

但在當時，房東收取契約更新費是理所當然的事。反正都要花錢，要是住到不舒服的住處，當然想搬出去。然而，如果換個角度思考，這也表示租約更新前的搬家花費是不必要的開銷。一想到這也是一筆錢，當然就會猶豫不決。可能因爲大家都這麼想，根據日本賃貸住宅管理協會的統計，一年內就搬家的例子不到百分之一，特別是將近七成的一般家庭，會在同一物件住到四年以上。

「即使如此，屋嶋家還是在租約期間就搬家。難道是寄信給我後，眞的發生了什麼具體損害嗎？」

關於這一點，我也只能說「不知道。」

另一方面，這件事和屋嶋太太的女兒有關，可能就讓她產生了強烈的危機感。

「不管怎麼說，一定是發生了什麼事情。一般來說，不會有人才住九個月就搬家吧？」

從屋嶋太太的信件內容來看，四〇一號房確實有什麼東西。

那東西從半空中垂落，有時會發出擦過榻榻米的聲音。

她想像著上吊死者的靈魂、腳尖或衣服的一部分擦過榻榻米發出了聲音。如果考慮到久保小姐看到的東西，自然會想像出是穿著和服的女性上吊了。

她解開的腰帶，摩擦著榻榻米。

——問題是，久保小姐住的是二〇四號房。

就算二〇四號房過去曾有住戶自殺，也無法說明自殺者的靈魂爲何出現在四〇一號房，反之亦然。四〇一號房和二〇四號房並非相鄰的套房，也不是上下樓層的關係。

而且，說到底，眞的有人自殺嗎？

如果過去有人自殺，房仲業者理應會事先告知。

考慮到現今也將心理瑕疵列入瑕疵擔保責任之中，我們認爲房仲業者會事先告知的想法是理所當然的。所謂出租物件的瑕疵擔保責任指的是，房間存在隱藏的瑕疵或缺陷時，房東須對房客負起責任。

例如，一般來說，房客通常無法在看房時就看出屋內管線缺陷，因此房客入住後，房間出現管線缺陷造成的漏水時，可以要求房東負起責任。知悉屋中缺陷的一年內，房客通常可以要求損害賠償，或要求免費修繕；若因爲無法修繕導致居住不適，房客也可以解除租約；法律上，房東具有告知房客自己所知房屋瑕疵的義務，即使房東本身不知道瑕疵的存在也須負起責任。（不過，根據合約內容，也有免除瑕疵擔保責任的狀況。）

「瑕疵」也包含「心理上的瑕疵」。一如字面的意思，就是「心理上的創傷」。如果房客事先知道屋子過去發生火災或水災，附近有垃圾焚化爐、火葬場或宗教團體的設施、黑道幫派的事務所，甚至是神社或墳場用地等，就能夠避免簽下有疑慮的租約。另外，「瑕疵」也包含發生自殺、殺人事件等的「事故物件」。

以前，有一件自殺案例是大樓在六年前發生過自殺事件，因此屋主和購買公寓的原屋主解約並且要求賠償金（橫濱地院一九八九年）；此外，土地買賣中，也有地上建物在三年前發生火災，建築物內出現死者，造成買主心理上瑕疵的案例（東京地院二〇一〇年）；還有，有人在建築物附近的倉庫自殺也可視爲可能造成「心理上的瑕疵」。因爲自殺事件會造成土地和地上建物出現「令人厭惡的歷史背景所造成的心理上缺陷」，因此視爲瑕疵的一種（東京地院一九九五年）。

另一方面，過去也有判決（大阪地院一九九九年）認定，雖然發生自殺事件，但如果發生地的建築物被拆除，事後蓋起來的新建物就不能視爲有瑕疵；不過，也有一起判例顯示，如果建物中發生殺人事件，就算事後拆除還是會被視爲有瑕疵（大阪高院二〇〇六年）。畢竟女性殺人事件的凶手非常殘暴，民眾的厭惡感也更強烈，加上案件受到媒體大張旗鼓的報導，即使建物已經拆除、經過了八年以上的時間，事情依舊烙印在居民的記憶，因此，高院會判這起事件導致居民心理品質不佳、無法居住是合理的。

根據這些判例，只要建築物是事故物件，房東通常會告知承租者至少十年內的狀況。如果久保小姐的住處過去出現自殺案件，房仲就有告知的義務。

「房仲什麼都沒說……通常一定會告訴房客嗎？」

如果進一步思考房仲是否一定會說，就不能一概而論。

相關判例中，法官會根據過去發生的「事故」內容、發生時間、發生事故的建築狀態，附近居民是否知情等條件來進行判斷。因此可以說，某種程度上是由業者自身加以判斷何種程度的事故才告知承租者，所以如果有業者認為自己沒被告就是贏了，也不是什麼稀奇的事。

「如果出現自殺者的房間是四〇一號房，房仲就不會告訴我了吧？」

——就是這樣。

我只能這麼回答。

2 岡谷公寓

出現自殺者的套房，如果不是久保小姐的二〇四號房而是四〇一號房，房仲應該會告知屋嶋太太，但根據我讀到的信件，沒有任何隻字片語提到類似的事。那麼，現在的住戶——西條家又是如何呢？

不過，這不是可以單刀直入問當事者的問題。

因此，久保小姐轉而詢問其他對象，她選擇請教替她仲介住處的不動產業者，自己住的套房——或是公寓，是否曾經有住戶自殺？但負責久保小姐的業務回答：「沒有」。

「您現在居住的地方沒發生過自殺案件，也沒有任何其他形式的案件或死亡事故。我們現在處理這類物件時，都須事先告知承租者相關訊息。本來按照規定，我不能回答您關於公寓裡其他套房的問題，不過幸好公寓從興建好至今，不論哪間套房都不曾有自殺、意外或死亡事件，請您放心。」

對方看起來不像說謊，但也未必眞是如此。

爲了愼重起見，久保小姐前往圖書館調查以前的報紙，不過沒找到類似的報導。最快的方法是直接詢問房東，可是岡谷公寓的所有人完全不插手公寓事務，因此對方的身分並非傳統定義下的「房東」，只是公寓所有人。而且，那個人住得很遠，公寓的經營和管理全委託管理公司，所以無法期待從對方那邊獲知住戶的訊息。

這麼一來，只能問公寓附近的居民了，但岡谷公寓的住戶不會參加當地的町內會，單身的久保小姐也沒和這一帶的居民自治組織往來。她躊躇著不知道還能問誰時，想到自己有時會和四〇一號房的西條太太碰到面。

天氣好時，西條太太偶爾會讓小孩在公寓前面玩耍。

公寓附設有住戶的專用停車場，而停車場前方有一條道路，和面向公寓入口的走廊連成一體，成了還算寬廣的空間，那裡是附近一群年輕媽媽的集會場所。她們常坐在樹叢邊緣，看顧著在面前玩耍的孩子。

久保小姐是上班族，很少在小孩玩耍的時間出入，不過她一週會碰到西條太太一次。如果沒急事，兩人會站著聊天。她們的年齡相差無幾。

因爲工作性質，久保小姐並不怕生；西條太太也很開朗，有時會放任小孩在一旁玩耍，自己則和久保小姐聊起天；久保小姐也曾經加入那群媽媽的談話。

有天，西條太太主動問她，「妳找到之前的住戶了嗎？」

「沒有，」久保小姐回答，畢竟很難追查特定對象的行蹤。

她這麼一說，另一個年輕媽媽就問，「妳們在說屋嶋太太嗎？」

那是叫「益子太太」的年輕媽媽，她住在屋齡很大的獨棟住宅，和岡谷公寓隔著馬路遙望。家裡住著丈夫、公婆和剛滿四歲的兒子。

「他們住不到一年就急急搬走了。」益子太太看向西條太太，「所以我才說那房間住不久啊。」

久保小姐很驚訝。原來傳聞說四〇一號房住不久，而西條太太還知道這件事。

「屋嶋太太先前的住戶也住不到半年，我記得更久以前也換了三、四任住戶。」

雖然益子太太這麼說，但西條太太笑著：

「不過，我真的沒有什麼特別的感覺耶。」

自從她從益子太太那邊聽說「住不久的房間」，一直期待家裡會出現什麼東西，甚至一度半開玩笑地想，只要出現什麼，她就立刻跟房仲殺價來降低租金；遺憾的是，什麼都沒發生。

但益子太太又說：

「不光是四〇一號房，這棟公寓還有其他住不久的房間。」

久保小姐心中一驚，益子太太說的「住不久的房間」，似乎是指她隔壁的二〇三號房。

益子太太不是公寓住戶，所以無法十分篤定，但那間套房在她的印象中常有人搬進搬出。另一位邊見太太也同意益子太太，她和五歲及四歲的孩子住在岡谷公寓的四〇三號房。

邊見家在公寓住了三年以上，這段期間，少說有五戶人家住過二〇三號房，最短甚至僅有三個月。

「他們搬來時會來打招呼，但實在換得太快，我根本記不起來。」

久保小姐想起——二〇三號房在今年春天才換了一名新房客。她記得當初搬進來到隔壁打招呼時，對方說，「我們也剛搬進來。」這是她唯一一次見到隔壁住戶。是一對雙薪夫妻，兩人經常不在家。久保小姐的工作時間已經很不固定，對方也是如此，她有時會在意外的時間點見到隔壁還亮著燈。

「之前的住戶何時搬進去呢？」久保小姐問。邊見太太回答：

「記得是在九月底、十月初左右的時候，大概住了半年。」

「是嗎？」

久保小姐很驚訝，原來對方在自己搬進來時也是這裡的住戶；不過，對方在搬家熱潮期的三月份離開，她因此沒留意到這件事。

「其他住戶也差不多都這樣，」邊見太太說，「住半年左右的住戶其實是住最久的。」

久保小姐也問，「那二〇四號房的狀況是怎麼樣？」邊見太太回答得不太肯定。根據她的說法，久保小姐入住前的住戶是一名單身年輕男性，半年左右就搬走；更之前是一對年輕夫妻，他們在邊見家搬來前就住在這裡，最少也住了將近三年。

「我遇上的狀況恰巧是，前面的人沒住多久就搬走，更前面的人則住了好幾年，所以沒有那間套房的住戶變動得很快的印象。」

加上這棟公寓不是用來販售，而是租賃。當然有人因為個人原因早早搬家。說起來，人們都是考量到遲早因為工作等因素搬家，才選擇租房子。

「搬出去的人沒說什麼嗎？」

久保小姐一問，三人都露出困惑的神情。

那些人各自有搬出去的理由，但無法確認理由是不是真的。不過的確沒聽說過他們搬出去前，是不是發生了什麼。這裡不曾發生過任何案件或是意外，遑論是自殺。益子太太在六年前嫁過來，她從未聽說公寓內、甚至這一帶發生自殺、案件或是意外。

住戶的居住期很短，其實也不怎麼奇怪；然而真正讓久保小姐訝異的是，岡谷公寓發生這種狀況的套房似乎只有四〇一號房和二〇三號房。而且，如今住在四〇一號房的西條太太沒碰過任何怪事，她搬來兩年多，住得很自在；在四〇三號房住了三年以上的邊見太太也是如此。

「應該只是剛好都是這些人碰上吧。」邊見太太說完一笑，「畢竟就是會有這種事。」

岡谷公寓旁邊存在一塊並排著數棟狹窄住宅、如同小社區的區域，經常有人搬進搬出。那裡不是租賃住宅，都是自購的房子。不過其中有一間是屋主用來出租的，房客都住不久，同樣留不住人。

「這不是玩笑話，但該不會這帶本來就這樣吧？」益子太太也搭腔，「這裡本來就留不住人，大家都住不久。」

她不是怪力亂神的意思，而是這一帶的住戶本來就變換得非常頻繁。如果因爲結婚或生小孩而換房子，這裡是不錯的地點；但如果要住一輩子又不夠好。益子太太嫁到丈夫老家，所以只能一直住在這裡；西條太太和邊見太太都想著，總有一天要在別的地方買房子。

這裡原本就是居民流動率高的土地。

這時，久保小姐依然無法說出自己在房間聽到怪聲，或是屋嶋太太提到的怪事。

「她們都說這些套房住不久，我對此產生了各式各樣的想像，不過要說本來就是居民流動率高的土地，的確也是如此……」

久保小姐以前住的公寓，住戶也變動得很頻繁。那是一棟幾乎不和鄰居交流的單身公寓，哪間套房換房客，她也搞不清楚；不過，她記得有一間套房恰好都是居住時間很短的房客。

「我之前的公寓租約也只有一年……」

包括久保小姐自己，本來就沒人要在這裡住上很長一段時間。

「如果過去沒人自殺，就沒出現幽靈的理由了。這樣一來，我們聽到的到底是什麼？」

一般人應該會認爲是久保小姐多心了，要不就是其實是幻聽或幻覺。不過，我個人認爲這種說法有待商榷，畢竟久保小姐和屋嶋太太並非聽見根本不存在的聲音，她們確實都聽到了某種聲音，不是嗎？

然而，這不是什麼異常的狀況，那道聲音僅僅是從公寓或住家附近就能夠聽見的日常嘈雜，因此兩人才會聽見相同內容，不過其他住戶就沒特別留意。換句話說，久保小姐和屋嶋太太不約而同在偶然時刻聽見那道聲音，出現類似聯想。

久保小姐會目睹「像是腰帶的東西」也是同樣狀況。

久保小姐的客廳很明亮，背後的和室很昏暗，加上和室拉門是打開的，光線在和室的榻榻米上映出四角形的帶狀圖案，而她猛然一回頭，就把那道光當成腰帶，至於細緻的花紋可能是榻榻米的表面。久保小姐在片刻陷入「像腰帶的東西」的錯覺，但立刻意識到那其實是榻榻米，幻像就瞬間消失了。

我認爲那是所謂的「虛妄」。

「虛妄」是佛教用語，它的概念相對於「眞實」，代表異於眞實、受到迷惑引發的現象；「虛妄見」是誤把不是眞的當成眞的；「虛妄體相」則是被煩惱或先入爲主的成見蒙蔽，把本來不存在的事物誤以爲眞的狀態——也就是說，將「虛」當成「實」、「妄」當成「眞」。

追根究柢，是當事者已經抱持先入爲主的成見。

久保小姐和屋嶋太太本來就是讀了我寫的恐怖小說系列才寫信給我。如同久保小姐喜歡怪談實錄，常看恐怖電影，兩人搬家時，或許都想過接下來的新家可能存在「什麼」；她們可能不僅想像，多少還做了心理準備。例如，久保小姐會尋找符咒，正是這種心態的佐證。

——雖然害怕，卻也有所期待。

如果不是這種心態，她們應該不會讀恐怖小說。

正因如此，只要是她們不熟悉的聲音，就算再稀鬆平常不過，兩人還是會敏感地聽見並往怪談路線解釋，成爲「看不見的某物發出的聲音」。

該不會有什麼吧？起了念頭，就容易將沒什麼大不了的現象往怪談詮釋。

五感本來就只能被動接受存在的事物，而下「聽起來像是……的聲音」、「像是……的東西」判斷的是大腦；而大腦，非常容易犯下嚴重的錯誤。

「原來如此，」久保小姐苦笑，「說的也是。」

我想，「怪談」或許就是從這類錯覺中產生。

可以在當下感到「恐怖」這種情緒，大概只有擁有陰陽眼這種才華的人才辦得到，要是從各方面追求合理的說明，恐怕窮極一生也不會碰上目睹幽靈的機會——老實說，有人見我如此積極地對各種現象尋找合理的說明，便說，「若總這樣想，妳是絕對看不到幽靈的。」這是顛撲不破的眞理，就算我眞的看見幽靈，一定也會找出各種歪理來證明自己根本沒看見。

「可以這樣冷靜思考也不錯啊。」久保小姐安慰我。

「是嗎？」我回答。

雖然久保小姐說，「我看錯了。」但無論如何都抹不去「上吊女人」的想像，最後還是關上和室的門。

她明白是「虛妄」在作祟，恐懼也無法消失，這樣不如一開始就承認「害怕」比較好，反正結果也不會有改變；不過可能只有「有陰陽眼」的人可以老實承認「害怕」，畢竟看到就是看到，反而可以坦白自己的感受。

我這麼一說，久保小姐便笑著說，「或許眞的就是這樣。」

我也跟著笑了——然後暫時忘了這件事。

3 前任房客

這年春天，我因爲私事非常繁忙。

我很長一段時間都住出租公寓，忽然起心動念認爲自己應該買房。我已結婚，丈夫也是同業，我們都是不獨自關起門來就無法工作的個性，因此雖是雙人家庭，但在公寓租相鄰的套房各自生活，可是實在很花錢也沒效率，加上我們本來就希望有專屬的房子。不過買哪裡始終沒定論。

然而，我現在覺得一輩子住京都也不錯。當時的房東相當親切，公寓也住得很自在，不知不覺就住上很長一段時間。思慮良久，我認爲應該要買房了，並在年初下了決定。此後，我忙著看可以買下來蓋房子的地點，六月時，終於找到合意的土地，接下來購買土地的各種手續、新居的設計，各式各樣繁重的雜事通通找上門。

那年，我就這樣被寫作以外的雜務纏身，時間匆匆忙忙過去了。我甚至忙到和久保小姐悠哉聊恐怖電影的餘裕都沒有，眼見秋天來臨，樹葉轉紅之際，很久沒聯絡的久保小姐來了電話。

「這是有點讓人不舒服的事情，可以說嗎？」

久保小姐的口吻有些晦暗。我一聽，才知道她從春天以來依舊在調查岡谷公寓，且透過認識的人或常去的店家收集情報。

「我原本在想不要再在意下去，忘記這一切，可是還是很在意聲音……」

久保小姐的房間還是持續傳出「擦過榻榻米的聲音」。她關起和室的門，一開始確實聽不見聲音了，但這陣子又聽到別的聲音。

又沉又硬的「碰」一聲。聽起來像某種東西倒下。

久保小姐一直將那抹聲音想像成踏腳台之類的東西倒下來，但當這種想像重疊上搖晃在黑暗中的腰帶，她始終無法抹去有人正在上吊的念頭。

「我告訴自己，這是不值得大驚小怪的聲音，是樓上或隔壁的人在移動家具而已。」

每當聽見「碰」的一聲，她就忍不住豎起耳朵，然後和室拉門的另一邊就隱約傳來榻榻米磨擦的聲音——或者，她聽到了不存在的聲音。

事情就是這樣，可是久保小姐無論如何都無法靜下心，尤其她會因爲突如其來的「碰」一聲陷入「就是現在」的緊張感，因此坐立難安。

沒人在岡谷公寓自殺過——這確定了，可是就算知道，她還是想一探究竟早早搬出公寓的人是基於什麼原因離開？如果找到足以說服自己的內幕，不論是「擦過榻榻米的聲音」或是別的，她都能當成「虛妄」。

決定後，她開始尋找過去的住戶，但原則上房仲不會告訴她這些事。

西條太太、邊見太太和益子太太所在的媽媽團體也不知道舊房客的新住址，但她們在常去的店家碰過搬走的住戶，因此答應久保小姐，如果再碰到這些人就會詢問聯絡方法；另外，住在四〇三號房的邊見先生，在公寓附近看過幾次原來住在二〇四號房的男性，現在住在那裡的是久保小姐。

久保小姐搬來前，二〇四號房的住戶在家電量販店工作，邊見先生因爲工作常出入其中。

邊見先生初次和對方見面時，那人還住在岡谷公寓。他是在倒垃圾時碰到那名男性，發現是熟悉的臉孔，因此出聲招呼。雖然男性之後搬出去，不過邊見先生至今爲止還是在相同店家碰到對方兩、三次。

聽聞後，久保小姐前往離自己家兩站的量販店，但對方離職了。不過她試著透過他的同事來詢問對方的新家。

「他去年去世了——聽說是上吊。」

姑且稱二〇四號房的房客爲梶川亮先生，他二十七歲，單身，在附近的家電量販店當店員，周圍的人都說他商品知識十分豐富，個性認眞誠實。

他的身體在前年——二〇〇一年起逐漸變差，也常請假，然後在久保小姐入住前一個月搬出去；沒多久就辭掉工作，把自己關在新的住處，最後在住處中自殺。

「他在十二月初去世……是偶然吧，不過那正好就是我注意到房間裡出現怪聲的時候。」

雖然久保小姐這麼說，不過經過深思熟慮，我發現時間有微妙差距。

梶川先生去世前，久保小姐很可能就已經聽到「擦過榻榻米的聲音」——不過，先暫時擱下這件事。梶川先生搬到岡谷公寓是在二〇〇一年的四月，然後在同一年的九月初搬走。因此，久保小姐看房子時，室內理所當然很乾淨，畢竟梶川先生從頭到尾只住五個月。

梶川先生的同事告訴久保小姐，梶川先生從搬到岡谷公寓一個月的黃金週開始，似乎有什麼煩惱，總一臉不開心，常在空閒時刻發呆。夏天起，他經常沒來公司，也愈來愈常在工作上犯錯，如果周遭的人提醒，他就遲到或早退，甚至曠職。交情比較好的同事試著關心梶川先生，他卻不回答問題。梶川先生似乎本來就是不太談論私生活的人。

上司終於看不下去，責備他曠職一事，到了九月，梶川先生將辭職信寄到店裡，片面辭去工作。上司和同事爲了慰留前去拜訪，卻不得其門而入。此外，申請失業給付須備有離職證明等文件，在本人的要求之下，店方將那些文件郵寄給他。因此在梶川先生離職後，沒有任何人見過他。

梶川先生搬出岡谷公寓後，轉而住進量販店附近的公寓。因爲太常遲到和請假，他說不定想藉著搬到離職場較近的地方好重建生活，但不久就離職，他應該試過找新工作，可是似乎沒找到。

身爲公寓房東的伊藤太太說：

「其實我根本沒看過他出門。」

伊藤太太一個人管理出租公寓。

她就住在公寓隔壁。住戶不在時，她會幫忙收取快遞，也會打掃公用區域、探望獨居的高齡房客；如果身體不舒服，她還會送吃的。伊藤太太是過去古老美好時代的「房東太太」，可是經常出入公寓的她卻幾乎沒見過梶川先生。

「我只在他和房仲來看房子時和他說到話。他搬進來時也來打過招呼，但眞的只是打招呼。我跟他說，有不清楚的地方隨時問我，有困難也可以跟我商量。」

然而，梶川先生搬來後，伊藤太太從沒跟他說過話。

「反而是看房子的時候說了最多話——聊的內容沒什麼了不起，大概就是你哪裡人？爸媽還好嗎？是做什麼的？之類的。」

伊藤太太對梶川先生的印象是認眞、但很神經質的人——這和他在職場的評價有些不同，同事對他的印象是「認眞」。儘管他的工作態度在身體出問題後大爲轉變，不過他過去從不遲到或請假，也很熱中工作；就算後來常請假，大家也不覺得他不認眞或散漫，反而認爲他應該出了事。但是，沒人說過他「神經質」。比起來，大家的形容都是雖然有些口拙，但個性不拘小節又有包容力、擅長應對客人的抱怨、對同事的錯誤很寬容，也很熱心傾聽同事的抱怨或煩惱。

「是嗎？那爲什麼我會有那種印象呢？」伊藤太太歪歪頭，接著說：

「可能是他很在意其他房客的事情。」

梶川先生似乎因爲早上起不來才搬到職場附近，還問伊藤太太：

「『這棟公寓有小孩嗎？』他這樣問我，『有沒有嬰兒？』聽到我說有小學生，但沒有太小的小孩，他就安心下來。我想他在之前的住處可能因爲嬰兒會半夜哭泣，吵得不得安寧吧？我跟他說，這裡沒有會半夜哭泣的小孩，也沒半夜吵鬧的房客。他就說，那太好了。」

公寓是輕量鋼骨建造的兩層建築物，同一塊建地上有兩棟。梶川先生住的那棟在去年改建過，隔音功能提升很多。

「改建的時候，我們把榻榻米換成木頭地板。不過木頭地板比較容易發出聲音。現在很多人都對住家附近的聲音很神經質，所以我們特別注意隔音。他一聽到我這麼說就很熱心地頻頻點頭，我就想他可能對聲音很敏感。」

此外，梶川先生非常在意前任房客的事。

房仲業者介紹這棟公寓時，說是全新的物件，但事實上是蓋好一段時間的公寓，也有改建前就住在裡面的房客。因此，當梶川先生聽伊藤太太提到這裡也有住很久的房客時，就用稍微強硬的口吻質問，「不是全新蓋好的嗎？」伊藤太太向他說明這棟建築經過改建，他還是問了好幾次是否眞的沒有前任房客。

「我以爲他是那種只要有小瑕疵就會不滿的人，所以覺得他很神經質。」

「是嗎？」久保小姐這樣附和，想著別的事——梶川先生該不會是在岡谷公寓中遇到什麼怪事吧？因此才懷疑自己住的地方有「什麼」，拘泥於尋找不曾發生過「什麼」的全新建築。

然而，他也成爲了「什麼」。

梶川先生在十二月於房間上吊自殺，是伊藤太太發現他的。

「您一定很驚訝吧。」久保說。

「那當然。」伊藤太太點點頭，卻露出很複雜的神情，「其實我已經有預感……或者該說我夢到了。」

久保小姐催促她往下說，伊藤太太一臉不好意思地說：

「我先生說那是夢，我也這麼覺得。」

伊藤太太這麼說後，告訴久保小姐她夢到了什麼。

發現梶川先生遺體的前晚，伊藤太太在半夜醒來。

可能是年紀大了，常因爲想上廁所而在半夜醒來，不過這次不是想上廁所。

她不明所以地醒來，夜色的濃度和周遭的聲音立刻讓她知道現在是深夜——或是接近黎明——所以她打算重新入睡，她將棉被拉到胸口，閉上眼睛時。

她聽到了堅硬的「叩」一聲。

她驚訝地睜開眼，聽起來很客氣的敲擊聲持續著。伊藤太太將視線轉向聲音的方向。她的床邊有一道高及腰部的窗戶，因爲窗簾拉上，看不見外面的動靜，但聽起來像有人很客氣地敲著窗戶玻璃。

「是誰啊？」

伊藤太太相當訝異地從棉被中問。

「我是梶川。」傳來了小聲的回答。

伊藤太太好不容易才爬起來。該不會梶川先生出了什麼事吧？以前也有房客突然半夜來訪，多半是小孩或老人生了急病。

「怎麼了？發生什麼事嗎？」

伊藤太太一邊搭話地走近窗戶，窗簾的另一邊可以聽到，「對不起。」。

「沒事、沒事，怎麼了？」

她拉開窗戶一看，窗外沒有任何人影。

伊藤家臨接著公寓，窗戶對面是公寓的停車場，不過中間隔著一公尺寬的通道。為了防止外人直接看到室內，所以種有籬笆。籬笆的另一邊沒辦法碰到窗戶，籬笆的這一邊也沒空間躲人。加上天氣很冷，她沒開窗，而是將臉湊近窗戶左右張望。然而，狹小的通道上沒有任何人——

正當伊藤太太覺得奇怪時，她睜開雙眼了。

什麼，原來是夢啊。

伊藤太太這麼想時，枕邊和夢境中的情境一樣傳來叩叩地敲玻璃的聲音。那聲音也和夢境相同，像在害怕什麼似地很客氣。

原來敲窗戶的聲音不是夢啊，所以才做了相關的夢，伊藤太太心想。

她起身問道：

「請問是哪位？有什麼事嗎？」

「我是梶川，」窗外傳來微弱的回答。伊藤太太稍微拉開窗簾往外看。她明明覺得外面沒有任何人，卻見到梶川先生站在窗外的通道上。透過街燈的光線，她看到他黯淡的神情。

「怎麼了？」

伊藤太太拉開窗簾好看著梶川先生說話。後者小聲說，「對不起。」伊藤太太等梶川先生開口說明來訪的原因，但他只是稍稍低下頭沉默不語。當她打開窗戶鎖時，他還是小聲說，「眞的很抱歉。」

「沒關係，有急事嗎？」

伊藤太太打開窗戶，結果梶川先生又是小聲道歉，並且低下頭。

「這裡不是說話的地方。」伊藤太太看向玄關的方向，「到玄關去……」她說到一半，視線轉回窗戶外面時，梶川先生消失了。她驚訝地左右張望，被路燈照亮的通道非常冷清，沒有任何會動的東西。

這條通道鋪了防範小偷的砂礫，如果突然走動，一定會有腳步聲。伊藤太太爲了愼重起見，甚至探出身子察看四周，但只有覆蓋了一層霜雪的砂礫發出鈍重的光芒。

怎麼會？

伊藤太太啞然時又睜開雙眼。怎麼回事？她自言自語之際，又聽到很客氣的叩叩聲。好恐怖，她害怕地看向枕邊，才發現聲音的出處不是窗戶。伊藤太太直起上半身傾聽，聲音從右邊拉門傳來，拉門的另一邊就是玄關。

敲門的聲音還在繼續。

她往枕邊的鬧鐘一看，差不多四點。伊藤太太確認時間後從棉被探出身子打開拉門。玄關一片漆黑，玻璃門的另一邊有人影。透過裝飾著木頭格子的玻璃，隱約可見佇立在玄關外的男人身影沐浴在路燈的灰暗光線中。

「是誰啊？」伊藤太太相信自己知道來者何人，不過她還是問了。

玻璃門另一邊的人影輕輕低下頭。

「我是梶川。」

「這麼晚了，有什麼事嗎？」雖然這麼問，但伊藤太太沒離開棉被。不知道爲什麼，她不想離開。

「對不起，」梶川先生小聲說。

模糊人影的雙手垂在腿邊，低下頭，維持著這個姿勢動也不動。

「怎麼了？發生什麼事了？」

即使伊藤太太這麼問，梶川先生還是沒有其他回應，只是一直說，「對不起。」

「如果不急，能不能明天再說？」伊藤太太說完後，「對不起。」梶川先生低著頭這麼說，「眞的很抱歉。」他行禮後低著頭離開玄關。

——這是怎麼回事？

伊藤太太懷著很不舒服的感受關上門。她驚訝地想著梶川先生的事和重複的夢境，再度躺下，正將棉被拉到胸口時，枕頭旁的窗戶又傳來聲音。

「我很抱歉。」

她驚訝地將視線轉向窗戶。窗簾是拉上的，外面傳來踩在砂石路上遠去的腳步聲。

伊藤太太這才鬆了一口氣，重新入睡，那天早上卻比平常更早醒來，不過她不打算睡回籠覺，心上掛念著梶川先生。她迅速換好衣服。

睡在隔壁的伊藤先生醒來問她，「怎麼了？」聽完妻子敘述黎明時分的事，他笑著說，「妳在做夢吧。」伊藤先生向來淺眠，但他完全沒聽到聲音。不提梶川先生的敲門聲，如果他聽到睡在隔壁的伊藤太太和玄關的人對話，一定會醒過來。

說的也是，伊藤太太想，全都是夢吧？但她還是非常在意地即刻前往公寓。

因爲季節的關係，剛亮的天空還殘留著蒼白的黎明色彩。她穿過停車場走向公寓，一眼就看見梶川先生的門口貼著一張紙。

瞬間，伊藤太太有了預感。她小跑步靠近一看，紙上寫著，「給您添麻煩了。」果然，伊藤太太這麼想，手伸向門把，門沒上鎖。

她知道自己會看到什麼了。

「那是某種預感嗎？我一開門就看見梶川先生了。」

伊藤太太嘆口氣：

「他似乎在半夜一點或兩點去世。會覺得梶川先生來過，果然只是我的夢吧？可是……」

房間打掃得很乾淨，貼著老家住址的紙箱也妥善收好要寄回家的東西。梶川先生還留下一封信，有張紙寫著請處理掉其他行李，同時還附上寄送東西的郵資，不過他沒留下遺書。或許是害怕弄髒房間，身體下面還鋪著塑膠布。

「那個不斷道歉的聲音就好像是真的，實在是……唉。」

「根據梶川先生家人的說法，他的存款似乎見底了。」久保小姐說。

確定的是，他連隔月的房租和水電費都付不出來。

「房東太太很心痛，她說房租可以跟她商量的……真難過。」

這件事的確只能說很難過，梶川先生細膩的性格可從一心一意不想替別人造成困擾的行爲中窺見一二。實在很悲傷。

「他去世的時間跟我房間出現怪聲的時間差不多，簡直就像梶川先生回到原來的房間。」

岡谷公寓的二〇四號房。

在和室搖晃的人，眞的是他嗎？

——應該不是。

如果久保小姐看到的東西是眞的，在和室搖晃的是穿和服的女性，不是梶川先生。而且梶川先生用雙層床上吊，不是典型的上吊方式，不會在虛空中搖晃。時間也有差距。久保小姐是在十二月意識到「擦過榻榻米的聲音」，但她覺得在那之前就聽到聲音了。

「……還是說那是某種預言呢？」久保小姐說。

不過，若是要把事情講得更像怪談，也可說是穿著和服的女性呼喚了梶川先生。怪談常會出現「作祟」、「附身」、「呼喚」、「召喚」的說法，沒人知道實際上是什麼意思。不過，住在出現自殺者幽靈的房間的人，最後也走上自殺一途，的確是怪談的一種。有人自殺過的房間，會持續發生自殺事件；或是本人並沒有那個打算，卻不知不覺自殺了，而那個房間過去就出現過自殺的人——

這恐怕是基於「不停有人自殺」的現實狀況產生出來的說法。

確實是有在同個地方不斷出現自殺者的說法。然而，這是基於想要自殺的人選擇過去發生過相同事件的地方自殺，造成「自殺勝地」的現象；另外，也有模仿自殺的情況，例如有人從新幹線跳車自殺，就會再有人採用同樣的方式結束生命。從這個角度來看，可以說——自殺者會呼喚自殺者。因此，有些國家在報導自殺事件時，會採取不詳加描述地點或方法的方針，據說這對抑制自殺有一定效果。

然而，梶川先生的狀況不符合這些例子。

岡谷公寓過去並未出現自殺者，不可能是模仿自殺。相較起來，不如說他的狀況是典型的怪談故事。

發出怪聲的房間中，似乎出現過自殺者；以前的房客更是住了五個月就搬走，後來還走上自殺一途——完完全全是一般的怪談類型。

梶川先生自殺是無庸置疑的事實，可是我不知道怎麼看待這件事，我不想用怪談解釋，也很擔心久保小姐。

梶川先生在呼喚久保小姐——雖然我不這麼認爲，但人們常說這種事就是「不吉利」，如此一來，久保小姐的住處是不是就變成「不吉利」的地方？畢竟和自殺扯上關係。

我幾次想勸久保小姐搬家，可是她似乎沒這個打算，我也說不出口。若是本人說「想搬走」，我當然可以說「這樣比較好。」但如果是我說「是不是搬家比較好？」她就會覺得不舒服。

我不相信幽靈或作祟，卻很在意「不吉利」這種說法。

無法合理說明的「什麼」連結了兩種現象——確實會有這種事。這種事通常沒辦法說明，只能用感覺來了解；而且不只我這麼想，我身邊也有很多和我一樣的合理主義者，卻常聽到他們說「順」、「不順」、「有緣」、「無緣」這些字眼。

我丈夫是態度比我更強硬的「完全否定靈異現象者」，可是只要和麻將有關就會一臉認真地說出「運氣」、「手氣」之類的不合理字眼。

找蓋新房的土地時，我們也碰上相同狀況。我們看了很多地方，想著「就這裡吧。」準備妥協了，可是事情在進展到買下土地的階段就變得不順利。

細節談不攏、交涉停滯時，突然出現競爭者，我們只得被逼著下決定，卻在緊要關頭無法完成交易；我們之後買下的土地是一見鍾情看上的，所有事情都非常順利，雖然事前調查土地、思索要不要購買時花上很長一段時間，但意外地沒出現任何競爭者，也沒找到讓我們移情別戀的土地，更沒節外生枝的狀況，非常順利就簽了約。

「我們跟這塊地有緣吧。」

我跟丈夫用如此態度看待這件事，我們明明都是合理主義者，卻同意用「有緣」這個結論，十分奇怪。

眞的有什麼無法合理說明的「什麼」在連結現象與現象嗎？還是說人類就是擁有本能的宗教情懷，最終可以看見不存在的「什麼」？——到底是哪一種？我還在思考時，久保小姐再次來了電話。

她的聲音非常狼狽。

「二〇三號房現在沒人住了。」

久保小姐出門上班時發現隔壁二〇三號房的房門門縫垂著一張電力公司的文件，那是住戶用電前向電力公司提出的申請書。也就是說，房間的主人搬走，不再用電了，因此她才慌張打給我。

隔壁的二〇三號房在這年三月換過房客，久保小姐不清楚對方的身分。那位房客來和她打過招呼，但她剛好外出，於是對方在門把上掛了一個裝著餅乾和紙條的紙袋，她從未看過對方，也不清楚對方的家庭狀況。然後，那人就在從未和她見面、連臉都記不得的情況下搬走了。

這次的居住期間也是六個月。

「很抱歉突然打給您。我實在太驚訝了。我接下來要去上班，回來再和您聯絡。」

久保小姐掛斷電話。當天晚上，她再次打了電話。

久保小姐下班後拜訪四〇三號房的邊見太太。根據邊見太太的說法，隔壁房客在久保小姐上班時搬走。邊見太太也看見停在公寓前的搬家公司卡車。不過，她只看見卡車，沒看見從房間出來的人，所以不知道是哪戶人家搬走。邊見太太後來發現是二〇三號房搬走，原因和久保小姐一樣，她拿報紙時看見了電力公司的通知。

「我也有點不舒服了。」邊見太太說，「雖然到現在為止都沒怎麼留意，不過一直這樣，實在令人有點——」

邊見太太本人還沒察覺到什麼異常，久保小姐也沒告訴她關於自己住家和梶川先生的事，但談了很多次「住不久的房間」。邊見太太似乎強烈在意起這件事。那天白日，邊見太太和西條太太見面時也談到相同的話題。久保小姐也是。

「我是不是還是搬家比較好呢？」

久保小姐一說，我就回答，「這樣或許比較好。」我不知道是不是真的有「不吉利的房間」，可是一直在意「該不會有什麼吧？」，實在難以安穩度日，也對精神衛生不好。

不過，久保小姐有無法立刻搬家的理由。自己搬來還不到一年，如果再次搬家，不僅經濟上不允許，心裡也不愉快。

「我會試著多調查一些這裡的事。如果眞有什麼怪事，我會認眞考慮搬家。」

久保小姐決定延後下判斷的時間。然而，調查也有極限，找到前任房客、弄清實情一事比想像中更困難。

「如果找徵信社，調查起來說不定會不一樣。」

與其說不想做，不如說久保小姐不想做到這種地步。

「而且，怪的或許不是這間房間，而是整棟公寓都很怪，只是怪事剛好出現在我的住處和隔壁。」

我想，這個可能性很高。

同一棟公寓的二〇四號房和四〇一號房的住戶，各自寄信告訴我同樣的怪事，此外，雖不知道詳情，但二〇三號房的房客就是住不久；四〇一號房過去也被說「住不久」，可是現在的房客卻毫無問題地生活著；然後，二〇四號房的前任房客梶川先生自殺了。

梶川先生的自殺或許是偶然，但我認爲可能性很低——我自己也不想將之視爲偶然。房東伊藤太太的夢充分表現出梶川先生的個性。他因爲太在意自己死後會替他人造成困擾，特地前來道歉，我不願意放棄這個帶有私人情感的想法。如果可以用超自然的方式傳達抱歉的心情，那梶川先生走上自殺這條路也並非偶然吧？

我不想用「偶然」這種沒有重量的詞語解釋整件事。

若以私人情感來考慮梶川先生到自殺爲止的一連串現象，我不禁認爲二〇四號房果然還是有什麼。不過，梶川先生之前的房客在其中住了很長一段時間，所以我想要麼是沒任何怪事，不然就是儘管有怪事，卻是不足以引起注意的類型。我覺得問題不在哪間房間，而是不知道眞面目爲何的「異常」存在公寓本身中，僅僅根據時間、地點，隨機在某間房間出現又消失。

我這麼一說，久保小姐也表示同意。

「但是，這棟公寓並未發生過任何自殺事件，如果眞有什麼，應該是在公寓蓋好之前吧？」

確實應該這樣考慮。

這裡在岡谷公寓興建前，有什麼？

——更根本的問題是，這裡在出現公寓前，發生過什麼？

三

上世紀

1 公寓之前

透過舊的住宅地圖，可以很快知道在岡谷公寓興建前這裡有什麼。

根據一九九一年的住宅地圖，公寓原本的所在地是停車場，兩者的動工年份相同，停車場和岡谷公寓的建地也完全一致，因此絕對可以肯定這件事。換句話說，停車場成了公寓。

從這個時間點回溯，公寓在一九八九年版的地圖上幾乎一片空白。上頭沒有任何表示建築物形狀的房子標誌或戶名標記，因此應是空地。不過角地（註一）上有房子標誌，還標記上「小井戶」。這是小井戶人家的房子。

至於一九八七年版的地圖，可以確認除了小井戶家還有三棟房。其中兩戶是「根本」和「藤原」，剩下一家只有房子標誌，沒記載住戶名稱，想必不是空屋就是沒掛上名牌。

不過，更久以前的住宅地圖就找不到了，但可以看出一九八七年到一九八九年之間，三棟房子陸續消失，只剩角地的小井戶家，其他部分成了空地。這塊空地後來變成停車場，再變成岡谷公寓。

說到一九八七年之後，那時剛好是泡沫經濟時期的最高峰。一九八五年的廣場協議（註二）導致日幣大幅升值。擔心日圓升值造成社會蕭條的日本央行大幅降低放款利率，使得地價上升率超過貸款的利息，很快導致不動產投資過熱。接下來，地價上升率高的地區接二連三被收購，達到一定面積後蓋起公寓，而這些公寓也成了投機標的。

我確認岡谷公寓所在地區的地價變動過程，這裡的地價在當時大幅上升，恐怕是碰上大規模的土地收購。實際上，仔細研究當時的住宅地圖，可以發現岡谷公寓所在的地區沿著最近的車站周邊接二連三出現空白，從中能夠窺見這些空白變成公寓、蓋起商業設施的過程。特別是面對車站大馬路的地區，用十分驚人的氣勢重新進行土地規劃。

然而，岡谷公寓這一帶的土地收購不太順利。

位在角地的小井戶家始終存在，這片土地的利用價值便顯著下降。不光如此，岡谷公寓周邊像經蟲子啃食——不，應該說像被啃到剩下零星的住宅散布其上。從被啃光的空白地區可以想見當時應該有建商企圖確保大馬路到岡谷公寓某條捷徑的區域，但並未成功，他們從一九八九年努力到一九九〇年，留下小井戶一家，房市泡沫突然破了。

幾乎所有的空地都和岡谷公寓的用地一樣暫時當了一段時間的停車場。但是，岡谷公寓周邊有許多建地空間十分充分的獨棟住宅區域，我不認爲居民有這麼大的停車場需

註一：指道路交叉處。

註二：Plaza According，美、日、法、英、西德五個已開發國家爲解決美國財政赤字，1985年9月22日於紐約簽署的協議，從而導致日幣大幅升值。

求。恐怕是泡沫經濟導致建設計畫中止，只好暫時蓋成停車場，岡谷公寓的用地也就此當了兩年的停車場。

當時，名為「地上屋」的惡質土地收購業者在泡沫經濟時期四處橫行，說不定因此出過什麼事。不過待我確認完報紙的微縮膠卷後，依然沒發現這裡出過自殺一類的壞事。

實際上到底發生了什麼？

——還是根本什麼都沒發生？

如今只能直接問當地人了，而且不只是隨便問問而已，須積極地四處調查訪問。

久保小姐很乾脆地攬下這份工作。

「我是為了自己做的。如果調查完後知道什麼事都沒有，我就接受是自己多心；如果真有什麼，也可以下定決定搬離這個不好的地方。」

幸好她認識一群住在公寓和附近區域的媽媽。這些媽媽和當地區域的媽媽團體一直保有聯繫；此外，擁有房子的人也會加入當地的自治會，我期待這些人為久保小姐搭起和當地人溝通的橋梁。

每當遭遇這種情況，怪奇偵探・小池壯彥先生總向對方說明自己在「調查這塊土地的歷史。」久保小姐也模仿小池先生的機智——我還要在這裡坦承，久保小姐的編輯工作室作者頭銜更是幫上大忙，登場人物的名字也全是假名。

根據周邊居民的說法，這一帶並沒發生案件或事故。

最早受到久保小姐訪問的是，身爲年輕媽媽團體一員的益子美和太太的公婆、益子茂先生、益子香奈惠太太，與益子美和太太的丈夫純二先生。

益子茂先生接受訪問時是六十二歲，他搬到當地時剛好三十歲。

茂先生說：

「我是昭和四十五年（一九七〇年）——萬博（註）那一年搬來這裡。」

茂先生在前一年退休，前東家是綜合建設公司。他搬來時，日本正逢高度經濟成長期，景氣從他就職到壯年爲止都很好。

「所以我才能在三十歲就擁有獨棟房子，不過就是非常忙碌，家裡的事都交給太太打理，我則專心工作。」

因此，他不清楚附近鄰居的事。由於當時有一年雇用延長期的制度，茂先生在六十一歲退休，有段時間很不習慣待在家裡。他根本不認識周圍的居民，附近也沒常去的店家，可說沒有打發時間的地方。

「現在好不容易習慣這樣的生活了。雖然還是沒地方可去，不過和孫子玩一玩，日

註：那一年在大阪舉行了萬國博覽會，是日本初次舉辦該項活動。

子也就過去了。」

茂先生退休的同時，香奈惠太太開始打工。

「我高中一畢業就相親結婚，沒出過社會就被關在家裡，想趁這時累積一些社會經驗，而且每天和先生大眼瞪小眼也很累啊，他本來就一直不在家嘛。」

香奈惠太太爽朗地笑了。

香奈惠太太負責準備早晚餐，中午則由媳婦美和下廚，打掃洗衣也是如此。期間，照顧美和已經四歲的兒子颯人小弟的工作就落到茂先生身上。

「我不清楚這一帶的事吶，妳還是問我太太吧。」

茂先生這麼一說，香奈惠太太也說：

「我也不是很清楚，因為我們不太跟這一帶的人往來。」

益子家在一九七〇年搬到這裡，搬來時，這裡還在開發階段，接近大馬路的區域出現零星的全新獨棟樓層，不少留下的田地和農家坐落在房屋之間。

「長期住在這裡的當地人都有一定的橫向聯繫，但我們這些新居民和他們根本沒什麼交流。我們也加入了町內會，但很長一段時間，帶頭的人都是本來就住在這裡的人，我們只能默默聽他們的話。」

長期居住者和之後搬來的新居民間存在隔閡。

自治會基本上由舊居民掌握，新居民就算參加，也被他們當成「客人」。尤其是關於土地的祭祀或習慣，新居民有很多不清楚的眉角，無法站在資訊對等的立場提出意見；取而代之的是，新居民就算不去擔任需要負起眾多麻煩責任的幹部，也不會因此被舊住民多嘴干涉什麼。

「雖然也是慢慢有改變，不過我們家不太熱中自治會的活動……真的只知道附近鄰居的事，而且也很片面。一般來講，不都會因爲孩子在當地學校念書，最起碼和孩子同學的父母形成橫向聯繫嗎？我們老大和老二很會念書，都念私立學校；次男純二成績不好，上當地的公立中學，不太會念書，我們也覺得有些沒面子。」

「最後，我們就沒和其他孩子的父母有任何交流了。」

香奈惠太太笑著說。

純二現在是二十六歲，媳婦美和則是二十二歲。純二原本性格倔強又難相處，不過歷經結婚、兒子颯人的出生，逐漸成爲圓融的好爸爸。

「不過很會念書的長男和女兒到現在還是單身。長男在國外，女兒也在很遠的地方，兩人都有工作，不太可能和我們同住。結果到最後，我反而覺得純二最有出息，娶到願意和老一輩的人住的太太。」

純二高中畢業後在當地運輸公司工作。二十二歲時，娶了小他四歲的美和，立刻生了颯人小弟。純二和鄰居也沒什麼交集。

「雖然不是說我在這都沒朋友，不過在附近的朋友倒是一個也沒有，畢竟這一帶的人都不喜歡我啊。」純二苦笑，「美和反而和這附近的人感情很好，她一點都不知道客氣。」

附近年輕媽媽組成的團體和美和很要好，但都是搬過家的人，不是長期定居在此的居民。茂先生如此感嘆：

「小時候，知道家裡附近住著哪些人本來就是理所當然的事——不過我的老家是很小的小鎮，說不定不是時代的問題，是地區的問題。」

香奈惠太太也點頭說：

「我覺得還是時代不同吧？我在家時，多少會和鄰居維持最基本的聯繫，也會聊聊天。總之，我知道現在的鄰居，但要是問到以前有哪些鄰居就不知道了……」

香奈惠太太大致知道附近的人家，也記得他們的長相，碰到面都會打上招呼，送回覽板時也會站著講幾句話，但不知道鄰居實際上是什麼樣的人。因爲關係很薄弱，一旦對方搬走就不記得那些人的事，常想不起幾年前還住在這裡的人。

「泡沫經濟時期更是如此。十年前，這一帶的人家變化很大。長期住在這裡的人漸漸不在了，新的人也搬進來。而且，蓋起來的建築都不是普通的平房，反而是大樓和公寓，我們自然也和他們沒有往來了，所以眞的完全不清楚。」

不過，他們還記得岡谷公寓興建前，那塊土地是停車場。

「但沒什麼車子會停在那裡，幾乎和空地沒兩樣。」

純二回顧著。此外，那裡在成爲停車場前也是空地。

在泡沫經濟時期，很多老房子的住戶碰到土地收購就選擇搬走，留下來的土地慢慢變成建設用地，最後只剩位在角地的小井戶家。

「我還記得小井戶家的事。」香奈惠太太說，「實在太難忘了。」聽她這麼說，久保小姐做好了那戶人家曾經發生案件的心理準備，不過並非如此。

「其實那裡是很有名的垃圾屋。」

別說是院子，籬笆和隔壁空地的邊界上都堆滿了高高的垃圾。

「我們搬來時，小井戶一家就住在這裡了。他們雖然住很久，不過似乎不是當地人。我不太清楚他們何時搬來，但他們住在屋齡很大的木造房屋。」

益子家搬來時，小井戶家還沒有垃圾。

那是年紀很大的女性和中年兒子組成的雙人家庭。那位女性後來去世，兒子留下來，垃圾則在不知不覺間增加。整棟房子亂七八糟，庭院的樹木被垃圾埋住而枯死，有些地方的垃圾甚至堆得足足有一人高，甚至也可以從垃圾的縫隙窺見房屋的窗戶被沾滿汙漬的窗簾和垃圾埋住。

小井戶家約在一九九〇年左右消失，當時純二還是中學生。

「那一戶的媽媽從我懂事起就不在了。對我來說，那裡是老爺爺自己住的家，但我不記得看過老爺爺。雖然有老人在垃圾之間走來走去的印象，不過沒和他說過話，也沒眞正看過他，所以根本不記得。」

「他是沉默怕生的人。」

香奈惠太太說：

「該說是繭居族嗎？他總躲在家裡面，足不出戶，跟鄰居也沒往來。印象中，他是一個總在害怕些什麼的人。我偶爾碰到他打招呼時，他總是嘴裡喃喃說著什麼地躲回家裡。」

因此，她不知道對方究竟是什麼人，不過不斷增加的垃圾爲附近居民帶來困擾。

「那眞的很誇張哦。夏天的話，連我家都會聞到臭味，蒼蠅很多就不提了，連烏鴉和野貓都會聚集過來。」

小井戶堆積垃圾時，益子家也會委婉地向對方抱怨，「能不能處理一下貴府的垃圾？」不過，當垃圾堆到超過某種程度後，他們就不再提了。

「因爲……如果我們講了，他就願意整理，一開始就不會堆積垃圾了吧？要是太囉嗦，招來對方不滿也很麻煩。」

「眞是傷腦筋吶。」這一帶的住戶只要碰面就會談這件事，但也只能對超出常理的人家保持沉默。雖然對方看起來很沉穩，但無法保證他對周遭住戶產生敵意後，不會驟變成另一個人。

這段期間，惡質的土地收購開始了。周圍人家接二連三搬走，連小井戶家也消失了。

「是搬走了吧。」

久保小姐這麼一說，香奈惠太太便加以否定。

「不是。小井戶先生在誰也沒注意到的時候去世了。」

似乎是在家裡發現他的屍體。

「是異常的死亡嗎？」

「好像是。據說是町內會的人發現屍體，我記得是夏天的事。因爲實在太臭了，他們想上門抱怨這臭味實在難以忍受，去了才發現老先生死了，有一半的臭味是這個原因。不過因爲平常本來就臭，大家都沒感覺。畢竟那是垃圾山啊，天氣又熱，大家都認爲臭是當然的。」

久保小姐問了死因，不過益子一家都不知道，遑論當時還沒到益子家的美和。

「死了一星期還是兩星期了——總之聽說死了很久，但沒聽說是案件或自殺的風聲，或許是病死的。」

那在小井戶家附近的人家又怎麼樣了？

「隔壁是松坂家，是上了年紀的夫婦檔，我們搬來時就在了。我記得他們沒孩子。太太個性爽朗，先生也很親切沉穩，這種個性讓他們更難向小井戶先生抱怨。雖然總說著『傷腦筋』、『很困擾』，但沒聽說他們特別前去抗議。」

香奈惠太太記得松坂先生是上班族，太太則是專業家庭主婦，不過不是很有把握。十五年前，這片土地變成岡谷公寓的建地後，松坂先生他們是第一戶搬家的人，但不知道搬去哪裡。

「他們好像說過要搬去哪個鄉下隱居起來——小井戶家的對面是根本家，我還記得他們家老奶奶的長相，其他就沒什麼印象了。」

關於根本家，香奈惠太太記得不是很清楚，不過他們在益子家之後搬到這裡。年齡好像比益子夫妻大上一輪甚至更多，也有小孩，但幾乎沒往來，因此也不記得詳情。關於這一點，純二的印象也差不多，至少根本家沒有能夠和他一起玩樂的同齡小孩。

「我聽人說，老奶奶已經失智了，老爺爺自己一個人照顧她。不過他們應該是和兒子一起住的。」

根本家的對面是藤原家，據說是久居當地的古老家族。

益子家搬來時，在自治會內受過他們的照顧，不過平常沒特別往來。他們是農家，在稍微有點遠的地方有田地。藤原先生比茂先生大一輪左右，香奈惠太太記得他是沉默拘謹的人。

「藤原太太也很木訥。都是老爺爺在處理町內會的事情，我對太太幾乎沒什麼印象。」

香奈惠太太的印象大概就是這樣。

她還記得對面三戶及隔壁住戶的臉和名字，也對搬走的人家長相有點印象，不過就不知道其他的事情了，尤其是泡沫經濟時期搬走的人，通通從她的記憶中消失；茂先生更完全摸不著頭緒，他當然記得小井戶家，但其他人的住址和家族的記憶則極爲曖昧不清；純二比茂先生好一點，不過也大同小異。

除了三件情報，久保小姐等同毫無收穫地離開益子家。

三件情報其中之一是：小井戶家是垃圾屋，屋主是非正常的死亡；另一件則是，雖然記憶模糊，但沒任何人家發生自殺事件，或至少沒在某棟房子發現自殺的屍體，也沒建築物變成案件或重大事故的現場。

「有的話，我絕對不會忘記，一定會記得。」香奈惠太太很有自信。

但如果在外頭自殺，就不是那麼有把握了。

益子家搬到當地的期間，町內當然有人去世。雖然記不太清楚，但香奈惠太太記得附近四家都辦過喪事。根據交情不同，她參加過葬禮，還幫忙籌畫葬禮事務。她不記得聽過任何自殺傳聞，雖然不能斷言眞的沒有，但香奈惠太太認爲應該沒發生過。

最後一件是，土地的記憶幾乎斷絕了，這說不定是日本都會區的普遍現象。兩道巨大的斷層，橫躺在這塊土地的記憶之上。

一道斷層是起因於高度成長期間、急速劇烈的土地開發。

岡谷公寓一帶在這個時期開始開發，土生土長的人和新近流入的人像洗牌一般混在一起，但久居此地的居民並未和後來移入的居民產生強烈聯繫，因此出現斷層。

這道斷層存在的同時，第二道斷層出現了——泡沫經濟時期的土地收購。

無論新舊居民，大部分居民都因此掃出這裡，同時不斷有更新的居民搬進這塊土地，導致以舊居民爲中心的自治會活動被迫中止，而新流入的居民完全是流動狀態，不會參加自治會，也不會和土地產生聯繫，在很短的時間便流向其他地方；好不容易留下來的舊居民和新居民持續進行世代交代。

像益子家這樣的兩代同堂家庭非常稀少，反而存在很多只有老人的家庭。老人一旦死亡，房子便面臨拆除，改建成針對單身或小家庭的租賃公寓。這些公寓會呼喚新的流動居民，他們不會保存土地的任何記憶，因此，可說第三道新斷層正在產生。

「第三道新斷層正在產生——這樣講不知道恰不恰當。」久保小姐說，「再過十年，和土地有關的記憶就會完全消失了。」

現在還可以勉勉強強追溯到某種地步，但現實的問題是，就算聯絡上益子家介紹的舊居民，對方關於土地的記憶也不會和他們有什麼差別，獲得的資訊也很片面。不過爲了召喚出往昔，只能試著拼湊零碎的記憶碎片，儘管要花不少時間。

「不過，我還是很在意小井戶先生的事。他被發現時已經死了，該不會……」

久保小姐雖然這麼說，但小井戶先生是年老的男性，很難將他和使榻榻米發出磨擦聲的「如腰帶的東西」聯想在一起；況且，如果久保小姐看見的腰帶是金襴腰帶，在黑暗中搖晃著的則是穿晴著的女性，起源也許要追溯到小井戶先生之前。

我突然想到，這些事情會在何處產生連結呢？

不，該不會小井戶先生就是導致一切問題的自殺者吧？認爲在此之前不存在任何一名自殺者，說不定只是虛妄在作祟。

——但是，我在意的是別的事。

我們現在居住的這塊土地，過去絕對也有人住過。在前任住戶之前，有前前任住戶，後者之前還有更之前的住戶。到最後一定會追溯到什麼都沒有的荒野階段，然而直到那時為止，到底有多少人住過這裡、又過著什麼樣的人生？

很多人住過這裡，就表示一定發生過各式各樣的事，其中存在好事，也存在壞事，有時也伴隨不幸的死亡——留下遺憾的死亡。

如果帶著遺憾的死亡對未來造成影響，到底會影響到多遙遠的時光？是無限，還是有限？若是有限，又是多少年？是幾十年——或者是幾百年？

如果不是住在「某個房間」的人導致這些事情；如果是一塊尚未興建任何建築的土地，不僅對在那段期間住在「土地」上的人，甚至連現在的人都持續產生影響，這世上眞的存在從未發生問題的場所嗎？

我思考著這件事時，那一年結束了。

隔年二月，我參與了一個小活動。新家即將動工，我們因此舉行開工破土儀式。

我不相信詛咒、占卜，蓋房子也毫不考慮方位、風水，但依舊舉行開工破土儀式。如果不進行，我便無法安心。這樣的自己很奇怪，但還是參加了儀式。

我也想著究竟多少人知道自己居住的土地來歷？如果是租房子，自己住進來前有其他住戶是不證自明的事；另外，房間可能有小瑕疵，前任屋主還可能留下塗鴉之類的痕跡。換句話說，就算不喜歡，還是會意識到前任住戶的存在，但始終無法具體想像出對方的模樣。

縱使知道「誰」在這裡存在過，但對方實際上是什麼樣的人？住了多久？過著哪種生活？完全無從得知。我們大多時後也沒有了解的機會，也沒必要特別了解這些事，遑論想像這些出租公寓興建前的狀況。

自己蓋房子也是如此，本來就有的建築物是另當別論，但如果是空無一物的建地，眞的有人深入思考這塊土地在成爲新建地前，存在什麼樣的建築物、住過怎樣的人嗎？應該很少人會想像興建舊建築物前，這塊土地上曾經有什麼人。

事實上，我在看地的過程中從未想過這些。

看到建地的當下，單純認爲這是一塊空無一物的土地，就算見到前一棟建築的痕跡，腦中浮現的只有「以前的建築拆掉了」這種程度的想法，想都沒想過是什麼樣的建築，經歷何種歷史？不過我在新家舉行開工破土儀式前，不可思議地在意起這塊土地前的事——蓋過建築物嗎？如果有，是什麼人住在裡面，又爲什麼放棄自己的房子？房子蓋好前又是如何？土地的歷史是怎麼發展的？

我們家的狀況非常單純，看土地登記就知道大致來歷。

這裡在被買下前是農地，這件事很肯定，因爲留下農地轉爲建築用地的紀錄。但就不清楚之前了，我想附近應該是寺院，因爲查到一間寺院在平安時代（註一）遭燒毀的紀錄，事後應該經過重建，但南北朝時期（註二）又毀壞了；此後，這裡據戰爭成敗分屬許

註一：西元794年至1185或是1192年。
註二：西元1336年至1392年。

多陣營，但大致上沒什麼特別之處；江戶時代時，這裡似乎成了天皇家的領地，是皇室的財產，應該是農地；進入明治時期則成了京都府管轄的土地，劃分爲村。

總而言之，認爲這裡沒有什麼特別之處應該沒問題。

這裡沒發生過什麼大事——這麼一想，我莫名安心。

畢竟是爲了住上一輩子而選的地方，實在不想買到背負複雜來歷的土地。我是這麼想的，不過，雖然是農地，也不是說絕對沒發生壞事，但好好進行過開工破土儀式，眞有什麼因緣也清算好了。我用這種角度思考，不知怎的非常輕鬆，連自己都覺得很不可思議。

2 黑石邸

這時，久保小姐除了訪問當地居民，也持續打聽有沒有辦法聯絡搬出岡谷公寓的住戶。聚集在公寓前的年輕媽媽小團體中，有人提到在常去的店裡碰到以前的住戶，久保小姐特別拜託對方代爲介紹以取得聯絡。

「找到人了哦。」

春天即將結束的時候，隔壁社區的大塚太太告訴久保小姐。

岡谷公寓隔壁有一塊區域，由屋齡較新的六戶人家組合而成。大塚太太是其中一戶，她有個三歲女兒。大塚太太說以前有戶姓黑石的人家，她和黑石太太頗親近，兩人一度在車站前的商圈碰面，黑石太太答應接受久保小姐的採訪。但當久保小姐問黑石太太何時住在公寓，兩人卻開始牛頭不對馬嘴，聊一陣後，久保小姐才發現原來是大塚太太誤會了。

「對不起，妳要找的是公寓住戶嗎？黑石太太不是住在公寓，是住在我家斜對面那戶人家的太太。」

這麼說來，這一帶的人都住不久嗎？

位在岡谷公寓隔壁的小社區，是由建設公司興建的販售住宅所組成。社區開始銷售時，建設公司取了一個像社區的名字；不過買了房子的大塚太太記不得了，爲了方便起見，就叫它岡谷社區。

岡谷社區從一九九五年開放銷售——那是在岡谷公寓完工且陸續有人搬入的兩年後。當時一開放銷售，大塚太太馬上簽約買下，因爲建築物還在進行基礎工程，可以更改設計內容，其他房子也是。雖然因爲住戶需求，外觀多少不同，不過基本上都是木造三層樓的狹小住宅。住宅和私人道路相對，東西兩側各有三棟房子相對並列。大塚家在一九九六年辦好交屋手續搬進去。

那時，已有兩戶換了住戶。

「有一戶差不多滿一年時搬出去，因爲那家先生調職了，不知道還會不會搬回來，所以想賣房子，不過好像一直找不到買主。可是後來就沒再見到房仲擺的看板，說不定放棄了。」

另一戶就是黑石太太的房子。

黑石家在社區完工後搬進來，並在三年後搬出去，他們之後將房子外租，但房客都住不久。久保小姐告訴我：

「黑石家搬出去後，大約三年就換了五任房客，住得短的人差不多是住一季——大約三個月。現在的住戶是住得最久的，快兩年了。」

岡谷社區從完工到現在只經六年，但六戶人家中已有兩戶搬走，怎麼想都不太尋常。出租就另當別論，可是這裡是販售成屋。而且一間空了四年，另一間則是三年間換了五任住戶。住最久的房客是現在一位姓安藤的男性，似乎是單身，不過大塚太太不清楚他的來歷。安藤搬來時沒過來打招呼，她只瞥見對方早晚上下班的身影，完全沒交談過。

黑石太太搬出去時說，「獨棟房子實在很麻煩。」大塚太太心想，不知道是指自己不適合住這種房子，還是照顧小孩之餘又要管理獨棟房子，太辛苦了。

——實際上，是怎麼一回事呢？

久保小姐在八月初透過大塚太太的介紹見到黑石太太。

黑石太太接受訪問時是三十六歲，有一個八歲大的女兒。她在二十九歲搬到岡谷社區，女兒一歲。黑石家位在私人道路的西側、靠近公共道路的角地。

搬家的理由是，「我不適合住這種獨門獨棟的房子。」她的丈夫經常長期出差，家裡老是只有她和女兒，她心裡不安，討厭這種情況。

「為什麼覺得不安呢？」久保小姐問，「這裡的治安應該不差。」

「不是治安的問題……」黑石太太有些猶豫，「雖然是小事……其實有很多惡作劇電話。從我們搬進來就一直接到電話，而且逐漸增加……不，並不是什麼有威脅性的內容，都是像無聲電話那種程度的惡作劇，我並不特別覺得恐怖……但住在那裡時，有很多讓人不舒服的案件，像隨機殺人、少年犯罪之類的，所以……」

「關於打惡作劇電話的人，您想得出來可能是什麼人嗎？」

「不，完全想不到……而且一接到惡作劇電話，我就立刻去確認窗戶和大門有沒有關好。但獨棟房子的窗戶不是很多嗎？我當然會注意門戶，可是玻璃破了就完了，偏偏這種房子在很多不容易注意到的地方都有很多門窗。」

人在客廳，就會在意洗臉處和寢室的窗戶；在寢室，就會留意客廳和廁所的窗戶；

一旦為了確認窗戶有無好好關上而四處走動，就會惦記留在原地的女兒。

「可能因為我老是這樣提心吊膽，所以開始覺得家裡到處都有腳步聲或怪聲。隔壁的房間、樓上的房間，好像有人在這些看不到的地方走動……」

比如說，黑石太太某晚獨自在寢室哄女兒睡覺時，隔壁房間傳來了聲音。聽起來像有人不停走動——而且不只走動，還不斷搬移東西。

寢室隔壁是一間特別空出來、作為女兒未來臥房的房間。沒有家具，堆著一些裝衣服的箱子、女兒會用到的小東西。像不再需要使用的育兒用具，親戚朋友送的、女兒還用不到的衣服或玩具。黑石太太聽到那些東西搬動的聲音。

很恐怖，因此不敢看，但放著不管也讓人害怕。

每當聽到聲音，她總這麼想，猶豫到最後就會戰戰兢兢到隔壁一看，可是毫無異狀。大概是自己多心了——下次應該也是相同狀況。然而，儘管知道狀況一樣，心中還是有「其實下次就有什麼」的念頭。

縱使籤筒內都裝著落空的籤，偶爾也會有中獎的籤混進去，只是不知道是幾十支中有一支，還是幾萬支中有一支。不過，確實有不幸抽到中獎的人。那些人應該作夢也想不到自己居然會中獎並刊登在報紙上吧？我也無法肯定自己絕不會中獎。

黑石太太在意聲音，但不敢到隔壁確認，只能期望聲音在猶豫不決的時候停下；然而，聲音依舊持續不斷。「嘰」的一聲，像有人踏在地板上；「碰」的一聲，像有人撞到東西。

黑石太太一如往常猶豫，然後終於起身，聲音在她起身的期間還是沒停下。

她悄悄打開寢室的門，左右窺視沒開燈的走廊，確認走廊兩側或樓梯都不見人影或感受到其他人的氣息，然後她小心翼翼、不發出聲音地靜靜走出寢室。她想，如果聲音在這時停下就好了，接著縮著身體靠著牆壁，走向同樣面對樓梯的隔壁房，將耳朵靠在門上。

她無聲將臉靠上門板，太陽穴感受著門冰涼的溫度，並且豎起耳朵確認房內的狀況。就在這時。

——唉……

另一邊的耳畔，傳來一道低沉厚重的男人嘆息，近得光是耳朵就能感受到人的氣息。

黑石太太全身血液倒流地轉頭一看。

不論是自己的身邊，或是微暗的四周，都沒任何人影。

「……我當然認爲自己多心了，或許是幻聽吧？但我覺得到極限了，沒辦法繼續住在這種獨棟的房子了。」

她向黑石先生訴苦，也跟娘家的雙親訴苦。大家都很擔心她的狀況，也安慰她一切都會沒事，受到這種安慰，她覺得自己還可以忍耐；但只有自己和女兒在家時，她就感覺似乎還有其他人，一直聽見某人發出的聲音或腳步聲。

「我實在太害怕了，先生一長期出差，我爸媽或婆婆就會來陪我……我媽媽也說好像有什麼聲音，說不定不全然是我多心。這房子實在令人不太舒服。」

這時，黑石太太的女兒身體發生問題，出現氣喘的症狀。帶去給醫生看後，醫生說不是氣喘；黑石太太則在購物回家的路上被腳踏車撞倒。那是在冬日的傍晚，四周已經暗下來。腳踏車沒裝車頭燈，騎車的人也像一道黑影，只說句，「對不起。」就很快騎走了。黑石太太的腰和腳都痛到站不起來，而且當時沒帶手機，只好爬到附近人家，請對方幫她叫救護車。

「那聲音很年輕，穿一身黑，樣子看不清楚。我覺得簡直像隨機殺人犯……我知道對方不是故意的，可是對方好像一邊笑一邊說，『對不起』。」

在這之後，來家裡幫忙的母親摔下樓梯受傷、還有一台車忽然撞進黑石先生吃中飯的餐館，各式各樣的意外接二連三發生。

「……應該不是房子本身的問題，可是卻成了很不吉利的地方。因爲在買下那間房子前，從沒發生過這種事。我公婆很早就說過想住在都會區的公寓。他們現在住的地方若是沒車，買東西或上醫院都很不方便，所以想買間公寓套房，我們一家直到他們退休前都可以住在那裡。」

和公婆商量後，黑石家買下車站附近的公寓，然後搬過去。

「我完全放心了。和獨棟房子相比，公寓眞的安全太多，而且我家還是在八樓。搬過去後，我女兒就恢復了，也不再接到惡作劇電話。可能因爲安心下來了，也沒再聽到怪聲。」

黑石太太對岡谷社區的房子沒有任何留戀，因爲還有貸款，她將房子出租，用租金來支付貸款。出租相關事宜全委託房仲業者，據說房客都住不久，但她和房客沒往來，也不清楚爲什麼房客住沒多久就搬出去。

房仲僅僅告訴她，「有時候就是會這樣。」

「說不定眞的是那間房子有什麼問題吧？賠錢賣也無所謂，但一想到搬來前就空出來的那些房子都沒賣出去，就覺得應該很難賣。」

見過黑石太太後，久保小姐告訴我：

「心情變得有些複雜。」

從黑石太太的話聽來，岡谷社區和岡谷公寓之間沒有任何共通之處，甚至讓人覺得打從一開始就沒什麼異常，惡作劇電話雖然令人不快，但不足以稱爲異常，畢竟現代社會本來就常發生這種事。

——事實上，民眾的確親身感受到治安在逐漸惡化。

尤其是黑石太太住在岡谷社區的一九九六年到一九九九年間更是如此。

黑石太太搬進新家的前一年——也就是她簽約的那年，發生了地下鐵沙林毒氣事件。在通勤時間的地下鐵散布毒氣的野蠻行爲，大大顚覆大眾對日常生活安全性的理解；黑石太太搬家的一九九六年，沙林毒氣事件餘波盪漾，隔一年，一九九七年則發生震撼世間的神戶連續兒童殺害事件，接著是九八年的和歌山毒咖哩事件，還有九九年連續發生在池袋和下關的隨機殺人事件。兩個案件的被害者都是隨機挑上，大眾媒體更強烈煽動社會大眾的不安心理。

再加上九八年發生男學生以蝴蝶刀殺害女老師的「栃木女教師刺殺事件」，九九年還有光市母子殺害事件——這段時間剛好是社會從神戶連續兒童殺害事件以來，大爲關注少年犯罪的時期。

黑石太太恐怕在心中把這些案件混在一起。

她搬走的隔年，也就是二〇〇〇年，接二連三發生同齡少年所犯下的豐川主婦殺害事件、西鐵巴士挾持事件，岡山金屬球棒殺害母親事件，可說那年的關鍵字就是「十七歲」；此外，這年還有十六歲少年犯下的山口母親殺害事件、十五歲少年犯下的大分一家六口殺害事件、十七歲少年炸毀歌舞伎町錄影帶店的案件。不論是誰，在當時都應該不會認爲少年犯罪是在二〇〇〇年後驟然增加。

我們的社會在此之前就被「少年加害者」的不安所侵蝕。

大家的印象應該都是，這些少年犯罪的隱性契機宛如隨意灑向各處的地下莖，萌芽長大後，爆發一般一口氣長出新芽。

老實說，過去也常發生無差別殺人或路上隨機殺人的案件。換句話說，打從過去就存在凶殘的少年犯罪，但當時治安並未極端惡化，犯罪者也沒特別凶惡，我們的社會一直都是如此；然而，大眾媒體煽動社會大眾不安的時期展開了，在這種社會氛圍下一再接到惡作劇電話，當然會擔心自己的人身安全。

不安如果非常劇烈，應該易於陷入家中有其他人的錯覺、或聽到壓根不存在的聲音；考慮到施工時間和黑石太太女兒的病狀，可能是新屋症候群。建材的化學物質影響到黑石太太女兒的呼吸系統和黑石太太的精神狀態。這時如果不斷發生倒楣事，當然會覺得住在「不吉利的房子」，希望搬出特別買下的房子也不怎麼奇怪。

「可是……」久保小姐不解地側著頭，「大塚太太沒碰到問題，住得好好的，其他幾戶人家也沒發生什麼狀況，只有那兩戶沒辦法住人。」

兩戶指的是，私人道路的西邊、最接近公共道路角地的黑石家；及東邊臨接岡谷公寓、最裡面的那戶。這戶是最先搬出去的人家。不知爲何僅僅住上一年多就搬走，也沒辦法確認現在是不是還沒找到買主。

「不過三年就換五任房客也是很奇怪。」

令人在意。對我來講，如果短時間就會改變居住地，最初就不會租屋。

「如果能問問租黑石家房子的男性就好了，可是大塚太太幾乎沒看過他，突然上門拜訪又像突擊訪問，我也不想這麼做……」

「還是不要吧。」我苦笑，「我們只是因爲在意才調查這些事，又不是感到對社會大眾的義務才追究下去。」

「說的也是。」久保小姐笑著。

「對了，最近那個聲音怎麼樣了？」

我這麼一問，久保小姐用僵硬的聲音回答我：

「還是一樣。」

久保小姐訪問完黑石太太沒多久，我在剛好是大文字（註）的夜晚，接到一通意外來電。

因爲決定在年底搬家，那夜是我最後一次在住上許久的大樓頂樓看大文字，我胸懷感慨萬分的心情和丈夫一起看完大文字、回到各自房間後，剛好接到那通電話。

是住過岡谷公寓四〇一號房的屋嶋太太打來的。

前些日子，我考慮到申請延長郵件轉送服務，因此提筆寫信給她。遺憾的是，信被轉送回來，所以我改用宅配的方式寄出。

郵件轉送服務須由本人提出申請，有限期間一年，想延長就須每年提出一次；但宅配業者通常會掌握收件人的新住處，將貨物送到收件人的新居，可說是特別服務的一環，但也因此不保證一定會送到收件人手上；然而，宅配轉送服務的期限沒有特別規定，業者如果判斷能夠送到就送件，而我的嘗試成功了。

屋嶋家有小孩子，常用郵購或網路購物，所以常有宅配上門，加上新住處也在同一個營業所負責的區域，我的信便和我的作品一起送到她家。

我在信上寫下希望「請教關於您以前住的岡谷公寓的事。」她因此特地打電話給我。

註：正式名稱爲五山送火，每年八月十六日舉行，是京都夏天的著名活動。

3 岡谷公寓四〇一號房

屋嶋太太搬到岡谷公寓是在一九九九年的三月底。

因爲屋嶋先生轉調到新公司，希望找到通勤方便的新居，房仲便介紹這間公寓。屋嶋太太和久保小姐不同，一開始就不太喜歡岡谷公寓，也不喜歡四〇一號房。

「我事先和房仲聯絡，請對方提供幾間住處給我們選，對方也傳眞了平面圖。光看平面圖，我最喜歡這間套房。」

屋嶋太太從平面圖和公寓的立地條件選了六間房。她將兩歲的女兒託給朋友，和屋嶋先生一起看四〇一號房，但屋嶋太太看完後就對四〇一號房興趣缺缺。

「沒辦法準確說出哪裡不好，但我覺得那裡很暗。」

建築物本身維持得很好，絕對稱不上舊，加上是邊間，採光很好，室內也經過裝潢。是很漂亮的套房，然而給人「昏暗」的印象。

「你不覺得有點暗嗎？」她問屋嶋先生，後者反而很不可思議地反問：

「哪裡暗了？」

其實四〇一號房比他們那天看的任何地方都來得採光良好，四樓陽台視野很優秀，沒有任何遮蔽視野的建築物，可以一眼望盡遠處的綠色丘陵。然而，屋嶋太太仍舊很猶豫，如果可以選，她不想選這裡。但從租金、坪數到周邊環境、通勤方便等的條件來考量，這裡是最好的物件。

「如果有時間，我很想再花點時間看其他地方。可是因爲調動得很臨時，我先生四月一號就要到新公司報到，沒有再看新房子的時間了。」

因爲沒有明確不滿的理由，屋嶋先生也喜歡岡谷公寓的套房，屋嶋太太就同意了。接著就忙著搬家，終於平安無事在三月最後一天大致整理完新居。

「可是我還是覺得心情很沉重。待在房裡就不知爲何憂鬱起來。我本來個性就是不喜歡出門，可是我搬到那裡後就變得很常出門。不知道爲什麼就是不想在家，連我自己都覺得很不可思議。」

隨著時間過去，她逐漸習慣了新家，但有時還是會突然想到，「如果不是這裡就好了。」心裡深處一直躺著小小的後悔。

會這樣想的人只有屋嶋太太，屋嶋先生和女兒都很喜歡新家。之前住處交通流量很大——須走在沿著窄小舊路開拓、貨車來來往往、又沒人行道的馬路上買東西，還得穿過馬路才能到公園。女兒美都剛學會走路，那時屋嶋太太每天都走得提心吊膽。相比起來，現在的新居安心多了。她可以輕鬆牽著美都出門散步買東西，要到車站前的商圈，可以穿過沒什麼車子經過的安靜住宅區，或走過設有人行道的大馬路，公園也近在咫尺。

然而，屋嶋太太就是不喜歡。

尤其搬進來後，美都常盯著空無一物的地方，讓屋嶋太太更在意。美都在襁褓時期就常常目不轉睛盯著某處，或兩眼發亮看著空無一物的虛空，突然笑起來；有時也像被看不到的某人逗弄，張開雙手，表現出開心的模樣。

有時屋嶋太太意氣消沉，美都的大眼就會盯著她。

她一直是很不可思議的孩子，因此會在搬到新家後始終盯著空中，不全然是新家的問題。

屋嶋先生也說，「她不是一直都這樣嗎？」

然而，屋嶋太太就是覺得哪裡不一樣。

「說起來，她以前就會盯著某處瞧……但看的地方很多。但搬到新家後，她只看同一個地方，就是連接著客廳的和室天花板那裡。」

看到美都又盯著那裡，屋嶋太太不禁覺得那裡存在看不到的東西。

「妳在看什麼呢？」她問美都。

「鞦韆。」

美都的「鞦韆」和遊樂場的鞦韆不一樣。

她有時會像試圖摸摸那東西一般往前探出手。同時，屋嶋太太會在房內聽到宛如掃除一般「唰」的一聲。最初，她覺得是誰拖著腳步慢慢走路，但又像用手撫過榻榻米的表面。她驚訝轉頭時，聲音卻像什麼也沒發生似停止。這時，美都一定會盯著和室的上半部。後來，她終於忍不住發毛，因爲美都拿帶子綁住玩偶的脖子玩。

女兒拿一條帶子綁住喜愛的玩偶頸項，然後搖晃著玩偶，說：

「鞦韆。」

屋嶋太太的腦中不自覺浮現出和久保小姐同樣的想像。

「什麼」從和室垂吊下來，搖晃著。

「所以我才寫信給您……」

屋嶋太太在七月寫信給我。那時美都還是會盯著半空。屋嶋太太問女兒好多次類似的問題，而美都的雙眼都好像在看用帶子垂吊在那裡的人；此外，只要屋嶋太太一想起來，「唰」的聲音就會一再出現。晚上，還會聽到有什麼在屋子裡面爬動。

「我們習慣在和室鋪床三人一起睡。有時半夜醒來就會聽到什麼在床鋪周圍爬來爬去。我先生也聽到好幾次。」

美都在挨罵後就不再拿帶子吊起玩偶，但似乎仍會看見用帶子吊起來的東西。她過去都一臉開心，但在屋嶋太太寫信給我時，美都開始露出畏懼的表情。

「大概是九月，我聽見了嬰兒的哭聲。」

因爲房子還殘留著殘暑的熱氣，屋嶋家常開著窗睡。聲音似乎從窗外傳來。

「與其說聲音從那裡傳來，不如說透過窗戶從某處聽到了哭聲——大概是這種程度的音量。」

一開始，屋嶋太太以爲聲音來自公寓的隔壁房間——或樓下的房間。然而，天氣轉涼後關上窗睡覺，還是聽到同樣音量的哭聲。

「是隔壁的聲音透過牆壁傳過來的吧？」屋嶋先生猜測。

「隔壁是一個單身男性。」

聽到屋嶋太太這麼說，屋嶋先生的神情馬上變得僵硬。屋嶋家是邊間，只有一戶「隔壁」。

搬家吧，屋嶋太太如此決定。她從夏天開始收集出租公寓的廣告，並將這些廣告拿給屋嶋先生，告訴他到處都有條件差不多的住處，如果不在意建築年份，也有更便宜的地方，她試著用這些理由說服對方。

「我先生覺得付出去的禮金很可惜，但搬出去後，那些錢都可以想辦法再存……他最後也接受了。」

一九九九年十月，屋嶋家搬出岡谷公寓。新住處不遠，距離岡谷公寓最近的車站有一站的距離。美都在搬進新公寓後不再凝視半空了。

「美都會在那段期間看著半空，可能只是巧合吧？不過，新公寓住起來實在舒服太多了。雖然舊了一點，但很安穩。我先生也說這裡比較好。我也不再聽見奇怪的聲音了。」

美都似乎不記得在岡谷公寓看到的東西。現在，她已經咬字很清楚了，然而問她，「曾經在以前的家裡看到什麼嗎？」她只會歪著頭，一臉不解。

難道岡谷公寓的怪事不光是「上吊的人」嗎？

屋嶋太太聽見嬰兒的哭聲，還感覺有東西在榻榻米下爬動。這麼說來，二〇四號房的前任住戶——梶川先生搬入新住處前也很在意有沒有嬰兒，莫非是上吊的人有小孩嗎？

——其實，我每次聽到怪談出現這種段落就想長嘆一聲。

這是標榜眞實體驗的怪談常見的橋段。某人在某處看到一個女人，嚇得逃走時，發現自己腳邊蹲了一個老太婆。之後某人才知道以前有女人在那裡自殺。如果自殺的女人變成幽靈，那麼老太婆又是怎麼一回事？這是毫無邏輯的現象。不過，當然可以主張正是因爲毫無邏輯，所以才是眞實體驗；然而，如果怪異是眞正存在世上的眞實事物，儘管是特異，也應是「自然現象」的一部分。

既然是自然現象，我認爲就應該要有邏輯。

因此，一切都是虛妄吧？

實際上，岡谷公寓沒出現過自殺者，也沒任何事故或案件，死亡人數是〇，當然沒嬰兒死掉，因此找不到異常的原因；而「磨擦榻榻米的聲音」是物理現象，屋嶋太太聽到的嬰兒哭聲也是眞的有嬰兒在半夜哭泣。聲音本來就常從意外的地方傳來；至於出現爬動聲的原因，只要考量到這個聲音和「磨擦榻榻米的聲音」有些相似，從常識面來講，應該是同一種聲音發生變化，聽起來像有什麼東西東西在爬動。

——大概就是這樣，不過我這麼想的同時又覺得，眞的只是這樣嗎？

不論久保小姐或屋嶋太太，她們敘述這些經驗的證詞都十分冷靜鮮明，很難一切都用虛妄解釋；還有梶川先生，他身爲前任住戶，和在和室中晃動的上吊人影一樣都是縊死，我心理上很難接受這些全部都是偶然。

「可是岡谷公寓從未發生過自殺事件或事故啊。」

聽我這麼說，屋嶋太太忽然說出意外的事。

「我認爲原因不在公寓本身。公寓旁有個小社區，聽說那裡的住戶也有類似的經驗。」

我很驚訝。那位擁有類似經驗的人是鈴木太太，她只在岡谷社區住了三個月。

「鈴木太太租了社區的房子。當時剛有房子在出租，她就住在那裡。我們兩人都是媽媽，聊過後發現是同鄉，變得很要好。」

鈴木太太租的是黑石太太的房子。

屋嶋太太現在還是和鈴木太太很要好，我因此拜託她讓我聽聽鈴木太太的經驗。屋嶋太太答應得很乾脆，接著，她便和鈴木太太一起和久保小姐見面。

4 岡谷社區

鈴木太太的受訪年紀是三十五歲，大了介紹她給我和久保小姐的屋嶋太太兩歲，有一個小孩，是個男孩，比屋嶋太太的女兒美都大一歲。

一九九九年九月，鈴木太太透過房仲的介紹搬進岡谷社區的黑石家。

「我的第一印象是，這是間很新很漂亮的房子，租金也很便宜，我當時就覺得這種地段卻這麼便宜，真的沒問題嗎？」

黑石家的租金比一般行情便宜將近兩萬圓。

「好便宜哦，」聽鈴木太太一說，房仲便笑著回答，「因爲這是要賣的房子。」這個價錢和公寓的套房沒差多少，而且沒有管理費，甚至更便宜。至於房子來歷或前任住戶，房仲什麼都沒告訴鈴木太太。

其實鈴木太太是黑石家的第二任住戶，黑石太太一家搬走，房子很快就租出去。第一任住戶住了四個月左右就搬走了，原因不明。

鈴木太太聽了便說：

「原來如此……我搬來和附近鄰居打招呼時，有一家的人跟我說，『妳要住久一點哦』。我當時還覺得對方很奇怪。」

之前住戶沒住多久就搬走了嗎？——久保小姐輕描淡寫說，並未深思下去，卻作夢也想不到「沒多久」居然是以月爲單位。

「房租眞的很便宜，我先生也說該不會裡面有什麼吧？他當然是開玩笑的，我也沒當眞，單純高興自己找到了好房子，開心搬進去。」

剛搬進去時，鈴木太太住得很高興，設備很新穎，周圍環境不錯。加上附近很多小孩年紀相近的年輕媽媽，她因此很安心，很快就和大家打成一片。

「屋嶋太太也是其中一人。我們聊起來後，發現彼此不只是同鄉，老家也很近。上的學校不一樣，但說不定在很多地方都擦身而過，聊開後就變得很要好了。」

鈴木太太搬來時，身邊還帶著一刻都不能放心的男孩，因此拖延到整理新家的進度。屋嶋太太常拜訪她，順便幫忙整理。

「事後回想起來，就覺得早知道不要那麼急著整理了。好不容易整理好了，又要搬家。我們住了三個月，不，嚴格說起來是兩個半月。我從年輕時就比較容易有感應，所以眞的沒辦法住在那裡，眞的不行。」

鈴木太太小時候就常聽到或看到東西。

剛搬進新家時，她立刻察覺到怪聲。隔壁的房間或自己的背後，傳來某人在四處走動的腳步聲或東西移動的聲音。

「大都是白天聽到的。我先生沒去上班，小孩也在眼前，但還是有聲音。我就想糟糕了。」

這房子該不會有什麼吧？

「我雖然看得到、聽得到，但不太會察覺到奇怪的氣氛。當初看房子時什麼都沒感覺到，也不太在意房租低於行情太多，只覺得賺到，太幸運了。」

——搞不好搬到有問題的房子了。

她第一次看到「那個」是在收拾晚餐的時候。

那天晚上，鈴木先生晚歸，家裡只有她和兒子。兒子在玩玩具，鈴木太太在洗碗。

廚房是開放式的，越過吧台就可以從水槽看到客廳的電視。她把搞笑節目當成背景音樂，一邊聽一邊洗碗，但電視的聲音突然變小了。

奇怪？鈴木太太自言自語地抬起頭。兒子獨自坐在客廳地板上開心玩耍。電視遙控器則在自己剛剛放的位置，那是兒子沒辦法伸手碰到的吧台。

討厭。鈴木太太想。

電視節目的聲音宛如昆蟲的振翅，儘管小聲，但傳入耳朵後反而強調出周遭的寂靜。她忍不住伸手要拿遙控器，但背後襲來一陣惡寒，宛如憑空生出一團冰冷的存在。

背後，有東西。

鈴木太太無法回頭，努力將意識集中在手邊。她心想，這時一定要裝成什麼都沒發現。絕不能突然回頭，不能露出狼狽的樣子，無視那東西是最佳的對策。

她留意著背後的「什麼」，努力若無其事地洗碗。

她的視線突然停在水龍頭上。刷洗得很乾淨的銀色扁平長形水龍頭上，映出正在洗碗的鈴木太太頭部，以及她背後的另一張臉。

那張臉緊貼在鈴木太太的背後，是一名長髮女子，一頭亂髮垂在發青的臉上。鈴木太太可以從她的髮絲間窺見她睜大的雙眼，瞳孔非常靠近眼睛的下緣。

她隔著鈴木太太的肩膀窺看她的手部。

鈴木太太用力閉上眼，深呼吸一口氣後再睜開，盯著自己正在洗碗的雙手。冰冷的空氣流動著，像在撫摸她的背部——忽然，電視音量恢復了，背後的冷空氣消失了。鈴木太太從緊張的狀態中解放出來，朝水龍頭一看，背後沒有任何人。

她克制著自己回頭確認「什麼」是否消失的衝動，選擇無視剛剛發生的事地繼續洗碗。她一如往常整理完廚房才回到兒子的身邊。

「那晚就只有這樣而已。但我覺得自己眞的搬到很麻煩的地方。我先生沒把我的話當眞，連聽都不好好聽，讓我很困擾。」

此後，鈴木太太常察覺到背後存在某人的動靜。雖然她繼續無視，但一想到才搬來這裡就碰到這種事，忍不住憂鬱起來。

怪聲也持續發出，雖然小聲，但絕非偷偷摸摸。感覺就像某人故意弄出聲音來彰顯自己的存在。不止如此，鈴木太太還以眼角餘光看過人影閃過。

在客廳看電視時，會透過客廳入口的玻璃門看見門的另一側閃過一抹影子。打掃浴室時，會從敞開的浴室門看見有人經過走廊。外出回家時，則在二、三樓的窗戶看到迅速離開窗邊的人影。

「實在受不了了，我就跟屋嶋太太抱怨家裡有怪東西。」

他這麼一說，才知道屋嶋太太也覺得屋子存在著「什麼」。

鈴木太太拜訪屋嶋家很多次，從未察覺到奇怪的氣息，但聽到屋嶋太太提起來，才想起聽過幾次「唰」的聲音。她以爲是孩子或其他人的聲音，沒有特別在意——這麼一思考，鈴木太太詫異地想起水龍頭上看到的女人臉孔。

仔細想想，女人的位置很怪。

鈴木太太在女性當中算高大。她彎腰面對水槽洗碗且低頭面對水龍頭，也就是說，她是從斜上方注視水龍頭。那時，水龍頭上方映出了鈴木太太的頭，還有背後那個女人。換句話說，女人所在的位置更高，比鈴木太太高出一個頭。

「大概是一百九十公分高的位置，因爲我將近一百七。」

鈴木太太認爲，她是垂吊下來的。

「冷靜想想，屋嶋太太家的東西照理說不可能出現在我家。可是我有種奇妙的自信，我認爲她不是在窺看我的手，而是從我的背後垂下來。」

自從意識到這件事，鈴木太太就開始聽到什麼東西掃過地板的聲音。那是十分乾燥的「唰」一聲，接著是宛如搖晃著什麼一般、間歇性的「唰、唰」聲，和屋嶋家聽過的聲音很相似。

「我覺得這下麻煩大了。雖然還沒眞的發生什麼壞事，但放任事情繼續下去也讓人受不了。」

當鈴木太太這麼想，屋嶋太太終於說出，「我要搬家。」鈴木太太一想到會被丟下就頓時不安起來，但不能強留對方，於是她也考慮起搬家一事。

「我跟我先生這麼提了，他卻叫我不要說傻話……他這麼說也是當然的。」

聲音仍舊繼續，也依然看到人影。屋嶋太太在這種情況下搬走後，從新居捎來消息，說自己「住得非常舒服。」鈴木太太不由得十分羨慕，她也希望自己住得舒服自在。

某天，鈴木先生的堂弟來家裡玩，祝賀鈴木家喬遷之喜，還特別住上一晚。這位堂弟比鈴木先生小兩歲，兩人感情好得像兄弟，和鈴木太太也從結婚前就很要好。

他們就著堂弟帶來的啤酒吃晚餐，「她啊，一直說家裡有怪東西。」鈴木先生把鈴木太太覺得很害怕、想搬家的事情當成笑話。堂弟也完全不相信幽靈或超能力，跟著鈴木先生大大揶揄了鈴木太太一番。

「我先生因爲沒有這方面的能力，所以當成玩笑在說。可是一直被當成笑話，我也有點不高興。」

當天深夜，堂弟突然發出尖叫聲，嚇得鈴木夫妻醒過來。他們從寢室衝到走廊，正好看到堂弟從客房爬出來。

「他說半夜突然睜眼一看，發現自己腳邊有上吊的人影。」

鈴木太太在三坪大的西式房間鋪床讓堂弟睡，腳邊有扇窗。雖然拉上窗簾，但因爲路燈的照明而有些微亮度。堂弟說自己看到窗戶那裡搖晃著一道黑色的上吊人影。一個大男人臉色發青地堅持自己眞的看見了，絕對不是夢。因此鈴木先生特別到房間確認，當然什麼人也沒有。

結果，堂弟不想再回客房，在鈴木夫妻床邊的地板鋪床。

「我先生也覺得有點不舒服了。」

不久後的某個晚上，鈴木先生一臉不高興地從三樓寢室下來。

「他問我到底在幹麼？」

鈴木先生因爲工作，隔天必須早起，很早就睡了。

「他說我在房間不知道在吵什麼，讓他不能睡。」

然而，鈴木太太剛剛在洗澡，洗完後就在客廳休息。聽完她的話，鈴木先生的表情登時僵硬起來。

「他問了好幾次，『眞的嗎？妳眞的沒在隔壁嗎？』最後才說大概是聽錯了。可是之後也發生同樣的事。他在客廳時，看到玻璃門外晃來晃去的人影。」

人影經過玻璃門走往浴室，然後在浴室發出叩叩叩的聲音。鈴木先生納悶鈴木太太在做什麼？聲音持續一陣子後停了，人影又穿過玻璃門。

人影前進的方向只有通往玄關的樓梯，他想著到底怎麼回事？人影又走回來經過玻璃門，在浴室裡發出叩叩叩的聲音。

連續發生好幾次，鈴木先生決定看一下浴室，發現浴室沒人。他訝異地前往三樓一看，鈴木太太和兒子在寢室中睡覺。她哄兒子睡覺，最後也一起睡了。

「他突然把我吵起來，嚇了我一大跳。他臉色大變地搖著我說，『妳剛剛在樓下吧？』一聽到我說，『我一直在樓上』後，他馬上說，『糟糕了，這裡不行，我們趕快搬家』。」

鈴木太太總算鬆一口氣。她高興地整理起剛拆的行李，連忙找到新家搬過去。新家是位在車站另一邊的公寓，她搬過去後再也沒碰上怪聲或人影，住得很自在。

「託那東西的福，我先生總算尊敬起我的感應能力了。」鈴木太太笑著，「找新家的時候，他一臉認真地問我，『妳真的沒有感覺到什麼嗎？』」

她現在回想起來，經過玻璃門的人影似乎是男性，腳步聲聽起來也像是男人。

「我覺得上吊的人應該是那家的太太。雖然是我個人的直覺，不過可能夫妻之間發生什麼事情吧？」

我和久保小姐不知道怎麼看待鈴木太太的事。

雖然鈴木太太也聽見「摩擦榻榻米的聲音」，但這是聽完屋嶋太太的話才發生的事，鈴木太太可能被屋嶋太太影響；至於看到上吊人影的堂弟，狀況可能也是如此。他在事前聽到鈴木太太的事，雖然覺得是笑話，可是內心仍舊不安，而在睡不慣的床上作夢、見到那樣的幻影；鈴木太太和堂弟的狀況也影響了鈴木先生。

可是，在屋嶋太太提起自己的經驗前，鈴木太太就聽到物體移動的聲音了。關於她背後的女人臉孔，可能是她太害怕而出現幻覺，其實根本是她自己的臉。然而，我想不出究竟是什麼原因造成那些聲音。雖然可能是她受到住戶沒住多久的事所影響，但一想到黑石太太也說了類似的話，不禁讓我有些在意。

當然，可能一切都是事實。

在屋嶋太太、久保小姐房間出現的東西，同樣現身在鈴木太太家。

若是如此，原因就不在岡谷公寓或小井戶家。儘管我們還沒調查出事情發生在過去的哪一時間點，不過會不會有戶人家，橫跨了岡谷公寓和社區的建地，並且在其中發生了什麼事，如此一來就跟這些現象吻合。

可是，怎麼回溯過去？

我這麼思考時，收到久保小姐的電子郵件。

住在社區的大塚太太告訴久保小姐，租黑石家房子的安藤先生搬走了。雖然對方沒來打招呼，不過她看見搬家公司的卡車運走行李。幾天後，房子前面又放上出租招牌。

大塚太太說，安藤先生是在黑石家住最久的房客，不過僅是兩年又兩個月，他當然也可能因為工作不得不搬家。但經過久保小姐和黑石太太的詢問，她們確定安藤先生簽下的租屋契約比一般契約更長，是四年約，這表示他打算在那裡住上一段時間，然而，他住兩年又兩個月就搬走了。

久保小姐拜託黑石太太調查房屋的出租狀況。

安藤先生是黑石家的第七任房客。

黑石太太在一九九九年二月搬走，往後四年間出現七任房客，是非常異常的數字。這段期間，安藤先生住了兩年又兩個月，因此表示此後的兩年五個月間，六戶人家進出其中。期間，一戶家庭因為自家裝潢，最初只租三個月。但整體看下來還是超出常識的數字。我不禁思考，下一位租下黑石家的人會得知這個數字嗎？如果知道，對方會怎麼想呢？

之後，久保小姐收到詢問是否更新租約的明信片。

她煩惱很久，最後回答對方不更新，開始在附近找新的住處。

四 高度成長期

1 小井戶家

久保小姐和鈴木太太見面後，找到一位非常了解那一帶的人，是住在附近的秋山先生。時間約在二〇〇三年的十月初。

秋山先生當時七十三歲，是位精神奕奕的老人家。他和益子家一樣，在當地住了三十年以上，到幾年前為止還擔任包含小井戶家在內的町內會長；他也是當初拜訪小井戶先生，並且發現對方屍體的不幸人物之一。

秋山先生曾是郵局員工，那帶正好是他的郵局轄區；此外，他雖然是內勤職員，不過因為工作，相當熟悉當地歷史，還似乎察覺到久保小姐以「調查土地歷史」為名義行動的眞實目的，提供非常詳細的情報。

秋山先生告訴久保小姐，岡谷公寓應該沒發生過自殺事件，至少他從未聽聞住戶死亡。但之前又是什麼狀況？

那塊地在興建公寓前是停車場，停車場之前是空地——這件事也透過益子家的證言和住宅地圖確認過，當時留下位在角地的一戶人家。

「住在那裡的人是小井戶泰志先生。我不清楚他眞正的年齡，可能比我大三、四歲。」

小井戶家是佔地六十坪左右、古老的木造雙層小型建築。按照秋山先生的記憶，這戶人家一直住在那裡。

秋山先生在這塊土地上蓋房子、搬來這裡的時間比益子家還早，是一九六八年左右。這時小井戶家就在了。他的母親一度健在，但最後只剩小井戶先生一人。兩人在戰後沒多久搬來這裡，不是土生土長的住民。

「泰志先生沒正式的工作。我記得他打過幾次郵局寄送賀年卡的工，但其他時候就不知道在做什麼了。大概是一再找新工作和辭職。」

他應該沒結婚，也沒兄弟姊妹。

「我也不知道他們母子的生活費哪裡來。不過泰志先生的母親——照代女士當過裁縫，附近鄰居會拜託她縫製和服；除此之外就是靠撫卹金吧？我聽說她是戰爭寡婦，行事低調，但沒特別避著人，是個性沉穩的人。」

照代女士在一九八〇年左右去世。事情來得突然，某天就發現她不見了，據親近她的人說，她住院了，一個月不到就去世。

「我聽探病的人說，她得了癌症，泰志先生也很自然地出席葬禮，可是他之後就開始囤積垃圾了。」

最初，僅是讓人覺得這戶人家怎麼有些髒亂。

秋山先生猜測，大概因為母親去世，沒辦法好好打掃住處，也疏於照顧庭院，於是庭院的垃圾漸漸堆積起來，最後宛如城牆一般佔滿整塊建地。

「為了收町內會費，我一年會拜訪小井戶家幾次。室內也非常誇張，裡頭不僅是沒地方站，基本上所有空間都被垃圾塞滿了。我跟他說，這樣對身體不好。他卻說，『沒關係，我討厭縫隙，縫隙對身體才不好。』──妳說他是什麼意思？我實在搞不懂。我應該問過他，不過他大概沒回答，我不記得答案了。」

小井戶先生不光是囤積垃圾，深夜或清晨時甚至會在附近徘徊撿拾。不過，小井戶先生不認為堆積如山、不能用的東西是垃圾，堅持還能用。

可是，秋山先生並不覺得小井戶先生的精神出問題，只覺得他個性偏激古怪。除了囤積垃圾，他並未和附近居民發生衝突。

「如果跟他提到垃圾，他只會在嘴裡含糊不清說些藉口逃掉，倒不會特別回嘴。但堆積垃圾的狀況一直持續下去，未來或許眞的會鬧出麻煩，不過建商開始收購土地了。」

當時，建商提出大量收購這一帶土地、興建大型公寓的計畫。周邊居民因為建商執拗的交涉和找麻煩而陸續放棄土地。小井戶家隔壁的松坂家最先放棄房子搬走。

「我沒聽說他們和建商起過爭執，是個性溫和的夫妻。可能覺得隔壁鄰居這麼會堆積垃圾，萬一要賣房子，說不定賣不掉，現在正好有人用還算可以的價錢買……大概是這樣。」

接下來是後面的住戶賣掉房子，接著隔壁的住戶也放手了，眼看小井戶家附近的住家接二連三消失。

「該說託建商的福嗎？會來要求處理小井戶家的住戶都不在了。町內會到最後也從未正式向對方提出抗議，畢竟是附近鄰居的事，多少還是會在意。不過，小井戶家剛好位在要被收購的區域角地，大家可能想著反正哪天那塊土地就會出售，小井戶家就會不見了。」

可是，小井戶先生的家始終不動如山地安住原地，然後，泡沫經濟開始了。原本一天到晚有建商上門找鄰近小井戶家的秋山家，執拗交涉收購土地，但某天就無聲無息，再也無人上門。

「原本每天都上門問，『有沒有打算改變想法』，但一個星期、兩個星期過去，忽然完全不見人影，不再打電話來。我心想總算放棄了吧，才知道那家公司破產、連夜逃走，當然不會再來。」

秋山家和岡谷公寓位在相同區域，不過位置相對。想要收購小井戶家周邊人家土地的公司，和想要收購秋山先生家土地的公司名稱不一樣；然而，秋山先生認爲他們實際上是同一家公司。

「聽說那時有很多這種事情，表面上裝不同公司，實際根本是同一間。他們聯合收購土地，然後再互相轉賣土地好提高地價。我在別的地方看過常來我家的業務員，但他那時拿的是別家名片。」

似乎不只一家建商收購這帶土地，可是經過某一時間點，收購行動都停止了。因此，小井戶家被留下來，周圍都變更爲建地，只有它孤零零留在原地，而堆積在小井戶家的垃圾已經越過界線侵蝕了附近空地。

「不過說是這麼說，其實就是堆到圍牆的外側。但這樣堆放下去就會讓不相干的人也來丟垃圾。甚至還有半夜開著小卡車偷偷丟冰箱或浴缸的人，町內會也意識到這是個問題。」

町內會一開始希望由土地管理者處理垃圾問題，但找尋管理者的過程中，發現這塊土地的抵押權非常複雜，找不出眞正的管理者。雖然他們也認眞考慮向小井戶先生提出抗議，然而空地上大部分的垃圾都由完全不知身分的外人丟棄，很難用強硬的態度向小井戶先生抗議。町內會成員也和行政機關商量，可是事情毫無進展。如此一來，只能直接和小井戶先生交涉，因此前往小井戶家拜訪，才發現他死了。

「我們在一進玄關就看得到的走廊上發現他。他從垃圾中清出空間、鋪床睡覺。」

建築物的一樓是六張榻榻米大的和室和四張半榻榻米大的餐廳兼廚房；二樓則有兩間六張榻榻米大的房間，但被廢物和垃圾佔據；此外，地板到處都被掀起來，連下面也塞滿垃圾。

「浴室也通通是垃圾，這附近又沒澡堂，眞不知道他怎麼洗澡。」

眾人一進屋就聞到猛烈的臭味，出聲打招呼也無人回應。一名幹部踮著腳尖上了走廊，並在走廊中段發現小井戶先生。根據目擊到的樣貌和臭味，他立刻得知對方死了，因此看一眼就轉開視線，在小井戶家的門口等警察前來。

「我只看了一眼，不記得細節了，不過他看起來像睡在皺成一團的床鋪，但全身發黑，因此我立刻知道他死了，也沒勇氣看個仔細。我們還想說不定是自己搞錯了，總之先請警察來確認，於是就報警了。」

警方聽完敘述後運走遺體，也沒特別聯絡秋山先生等人，因此小井戶先生的死因成謎，但傳聞他是病死的。

「據說他死了兩星期。」

儘管周圍都聞得到臭味，但包含秋山先生在內的町內會幹部都不認爲臭味變得更強，前去拜訪小井戶先生也僅僅是爲了交涉日漸嚴重的垃圾問題。

「我們也討論過怎麼處理遺體。如果他沒有任何親人，町內會是不是要做點什麼——像替他安排火葬，不過他的親戚出現了，領走他的遺體，事後也賣了那塊地。大型機械過沒幾個月就開進來鏟平那些垃圾，整成一片空地，就連附近的土地也一併鏟平且鋪上砂礫，改建成停車場。」

秋山先生記得小井戶先生在一九九〇年去世。那年三月，大藏省對金融機關下達總量管制的行政命令，此時逐漸顯露崩壞徵兆的經濟泡沫已經完全破滅；七月時，秋山先生等人發現小井戶先生的遺體。房子很快拆除，改建成停車場；岡谷公寓在將近兩年後落成。

秋山先生證實，那塊地在作爲停車場的期間，從未發生任何異狀。

小井戶泰志先生大概在六十五歲左右去世。

「他以現在來講算早死吧？我一聽到他是病死，便有點感傷。我一直在想，當他身體變差躺在床上時，心裡到底怎麼想？這實在也不能說和自己完全無關。我太太還很健康，可是總有一天我們其中一人會先走，留下另一個。我想像自己或她被孤零零留在家、因爲生病而成天躺著，最後就這樣死去，一想到這就受不了，畢竟無法保證自己不會碰到這種事啊。」

這帶是高度經濟成長期開發的住宅區。附近的車站帶來快速開發的機會，當時搬到這裡的居民，現在都已經六十歲到八十歲了，家族成員也幾乎是年長者，很少有兩代以上同堂的人家。

老人家兩人過著低調的生活，如果其中一人某天去世，不知何時另一人也會追隨腳步而去，接下來房子便會拆除，土地分割、改建成狹小的住宅，抑或和附近的土地合併，興建成適合單身者或年輕小家庭的公寓。

世代交替即是如此緩慢進行。

「雖然我們也嘗試成立町內會或聯繫居民的網絡，但這裡本來就不是土生土長的居民聚集成的地方。以前舊居民彼此相識，大家都上一樣的學校，也是前輩、後輩的關係，感情都很好，可是我們這種新居民就沒辦法這樣了。」

在高度成長期買房子的年輕夫婦大多是核心家庭，一向不願受到家族觀念束縛。那是一個女性會將「有房、有車、沒婆婆」當結婚條件的時代——她們不喜歡保守的家族觀念、緊緊擁抱合理進步的個人主義、也不希望被過往的積習困住，迥異於堅持（或不得已必須堅持）地緣關係的鄉下或下町；而新住民從某處漂泊到四處都存在的已開發住宅區，偶然搬進一間房子，好不容易透過自治會的活動結合在一起，然而經過時光流逝、世代交替，這些連結毫不留情地被截斷。

「雖然有町內會，但只是道義上得成立這樣的組織。附近居民多少會往來，不過整體來講，這裡本來就不是每戶人家都會親密交往的地區。」

老人近年來逐漸過世，愈來愈多年輕世代搬進來，雙方也因爲世代差異而產生摩擦，無法好好相處；加上新世代沒有在這裡住一輩子的計畫，完全是流動民族。

「這幾年人口流動得非常頻繁，我根本記不起年輕人的臉孔，認眞去記也沒用，因爲好不容易記起來時，對方就搬走了。」

即使如此，秋山先生還是說，這一帶的居民也認爲岡谷公寓的住戶更換得特別頻繁。

「我沒聽過關於這件事的具體說法。不過的確有人說，比起附近公寓，那裡常有人搬進搬出，我也有同感。雖然這帶本來就不容易住得久，但只有那棟公寓時不時會看到搬家公司的卡車。如果是幾十間套房的大型公寓就罷了，可是那裡明明只是小公寓而已。」

附近的居民似乎也不知道箇中原因。

「也有人說岡谷社區一樣住不久，但住下來的人好像都對環境沒特別不滿，住得很安穩。住不久大概就是偶然吧。」

秋山先生說社區從未發生事故、自殺或案件。公寓落成前，那塊土地是停車場；落成隔年，岡谷社區開始興建和販售。

「不過岡谷社區的土地除了停車場，原先還有一棟房子，建商是將位在深處的空屋拆掉後，和旁邊的土地合併，形成岡谷社區。」

正確來說，岡谷公寓從一九九二年起興建，住戶在隔年完工後遷入；到一九九四年，臨接公寓的岡谷社區開始興建，建商則在翌年販賣預售屋。預售屋的建地包含臨接岡谷公寓預定地的停車場，和更裡面的一棟房屋。

成爲空屋前，那棟屋主是一對姓稻葉的夫妻。

「稻葉先生原本住在市內國宅，他說退休後想住有院子的房子，所以搬到這裡。」

稻葉夫妻應該是在一九八五年左右搬來。秋山先生說：

「我記得之前是一戶叫大里的人家，他們賣掉房子搬走了。」

建築因此經過重新改裝，交給稻葉夫妻。他們原本預定在這裡住到人生盡頭，但日漸爬升的地價阻礙了希望。

「因爲房價日漸升高，光固定資產稅就要壓垮他們了。稻葉家當時都靠稻葉先生的年金生活，到太太也領年金的時候還要好一段時間。他們似乎是自營業，不像上班族能拿到一大筆退休金，每月的國民年金也只提供一點點錢。他們好不容易存錢買到房子，但後來實在無法承擔，於是賣了房子，用那筆錢搬到鄉下。他們剛好在地價大幅上漲前搬來，最後出乎意料獲得一筆不錯的收入。」

最後，稻葉夫妻搬回稻葉先生的老家，也買了房子。

「不過，他們搬家時發生一件讓人不太舒服的事。我因爲和稻葉先生交情不錯，他們搬走前叫我去他家一趟。」

搬走前，稻葉家處理掉許多不再用到的家具和家庭用品。他們似乎完全是自己整理行李，還仔細打掃整棟房子。

就算是會被拆掉的房子，還是得在搬出去前好好整理——這是稻葉先生這代人的禮數。

但當他們翻開和室的榻榻米時，下面出現奇怪的汙漬。

「我到他家看了，是紅黑色的汙漬。稻葉先生還問我覺得那是什麼。我看它的形狀很像是什麼東西從榻榻米的細縫裡滲下去。」

秋山先生不知道究竟是什麼東西造成汙漬，但顯然那個「什麼」相當多。

稻葉夫妻搬來這裡後不曾掀開榻榻米，這是他們第一次這麼做。

「該說是很深的紅黑色，還是褐色呢？怎麼看都像血跡。稻葉先生對此感到不舒服，我也渾身發毛。如果是血跡，就是大里家或更之前住戶的事。」

大里家是稻葉夫妻搬來前的住戶，不過秋山先生和這家的主人素無往來，不清楚他們的狀況。這家人只住了幾年，秋山先生幾乎沒見過他們。

秋山先生說：

「我意識到時，才發現那也是住不久的房子。大里家前的人家……我已經想不起來什麼名字了，總之是小孩很多的家庭。這家應該也沒住幾年。之前則是篠山家。我記得篠山家的兒子失蹤了。我是在某一天忽然發現很久沒見到篠山家的兒子，一問他們鄰居，才知道他不見了。據說他某日出門後就再也沒回家。不知道是離家出走，還是失蹤。不過他已經成年，家人看起來也沒在擔心，所以我當時才猜他應該是離家出走。看到那塊汙漬時，我就突然想起這件事。」

雖然秋山先生暗示這塊血跡來自篠山家的兒子，但他失蹤三十年了，那塊汙漬不太可能是他的。尤其如果稻葉先生在居住期間都沒察覺到這塊汙漬的存在，它應該就不可能是血跡。

小說中，因爲美學上的需求，會將血跡描寫成紅黑色，但血其實非常容易褪色。新鮮的血液是暗紅色，接觸到日光後，會從茶褐色變成褐色，接著是帶著綠色的褐色，接下來轉爲黑色——血會不停改變色彩。

這是因爲讓血液呈現紅色的「血紅蛋白」，會在光線作用下變成「高鐵血紅蛋白」和「血紅素」；如果是光線照不到的地方，紅色會在數週至一個月內消失；如果照射的光線很微弱，則會在幾個星期內消失不見；如果由陽光直射，血在幾小時內就會褪爲黑色；因此，如果是古老又呈現暗紅色的汙漬，應該是染料或是某種隨時間轉爲暗紅色的液體。

「我跟稻葉先生說，那不可能是血跡。我沒聽過篠山家發生刑事案件，或造成大量出血的意外。就算和失蹤的兒子有關，時效也早就過去了，所以我就勸他睜一隻眼、閉一隻眼，重新鋪好榻榻米，反正肯定沒什麼大事，通通忘了吧。」

稻葉先生同意秋山先生，但他依然相當拘泥於這件事情。秋山先生認爲，對方一定是因爲家裡的榻榻米下出現莫名奇妙的汙漬而不舒服，沒想到，稻葉先生看著那塊汙漬，居然喃喃自語：

「有時，這房間會傳出不知是誰的腳步聲……」

什麼意思？秋山先生一反問，稻葉先生只搖搖頭，說：

「算了，反正我要搬走了。」

「他要賣掉這間房子，說不定癥結點就是他聽到的腳步聲。不過，我還不知道具體細節，他們夫妻就搬走了。」

房子在稻葉夫妻搬家後拆除，這塊土地加上隔壁停車場的土地，如今蓋上六棟房屋——稻葉家以外的土地，又是如何？

岡谷公寓興建在四戶人家的土地上，包括角地的小井戶家、西邊鄰居的松坂家、松坂家北邊的根本家，以及更後面的藤原家。

從住宅地圖可以確認，藤原家是佔地寬廣的大型建築；另一方面，岡谷社區是在拆除了稻葉家、稻葉家前方的村瀨家，以及西側的政春家後建設完成。村瀨家和政春家都是大型住宅。

聽完久保小姐的話，秋山先生點點頭，說：

「沒錯，大致就是這樣。小井戶家隔壁是松坂家，後方是根本家、更後方則是藤原家。他們在這裡住了很長一段時間。不過，我記得根本家的房子，原本是建在藤原家那塊土地上。但聽說兩人的祖父去世後，爲了繼承而分割了田地。藤原家住在這裡非常久了，代代務農爲生。」

根本先生和松坂先生都是上班族。土地收購的風潮席捲之際，他們都已經退休且靠退休年金生活。兩家都是老夫妻，沒有和晚輩住在一起。

「根本家的太太當時失智了。整天不是在家裡走來走去，就是堅持地板下有貓，還從簷廊底下扔飼料進去，可是明明就沒有貓。大概是她想養貓吧？據說她經常會趴在走廊或簷廊上，對著不存在的貓說話。根本先生一度以爲她昏倒了，衝過去一看，才發現她在喊著，『小咪、小咪。』」

根本太太不是在家裡不斷走動，就是趴在地上對貓說話，幾乎沒辦法處理家務。

「根本先生的身體也不好。年紀大了，身體就會冒出各種毛病。我記得他有糖尿病和高血壓的問題。因此，當有人來談收購土地，他似乎準備立刻賣掉房子，搬到某處的療養院。」

可是，提供照護服務的療養院只接受需要受到照顧的人入住，根本先生始終找不到同時讓夫妻入住的療養院。

「最後聽說他們搬去和兒子一起住了。根本先生說他賣掉房子後，買了二世代住宅，和兒子一家一起生活；松坂家就比較幸運。夫妻兩人都很健康，一起搬到鄉下。現在這時代，聽說有公司專門幫客戶斡旋老後到鄉下居住，他們兩人一起種田，過得很悠哉。」

大家因爲各自的理由離開這塊土地。

「社區東邊的村瀨家也是兩位老人家一起生活。我聽說他們搬到女兒家的附近。村瀨家之前……這麼一提，好像很長一段時間都是空屋。我搬來時，那裡好像是什麼小工廠，沒住人。不過我其實不太記得了。社區更裡面的住戶就是稻葉家，那棟房子的住戶也變動得很頻繁。」

稻葉家住進去前，是大里家住在那裡。對照益子家的說法，大里家似乎沒住幾年就搬走了。

大里家之前則是關家，他們也沒住幾年；更之前是長男失蹤的篠山家。一如秋山先生在這裡落成新居且搬進來，篠山家同樣也蓋了屬於自己的房子。那棟房子看起來很新，儘管秋山先生沒特別詢問，不過自己搬來的時間點和他們應該沒差幾年。

「篠山夫妻的年紀大我很多歲。我小孩還是小學生時，長男就二十歲了。長男後來離家出走，次男也搬出去獨立生活，剩下夫妻倆，他們就接連去世了。」

那是一九七〇年代中葉左右的事，篠山夫妻約在那裡住了十年。

「此後，新的住戶就搬了進去，但不知道是買的還租的。那戶人家沒加入町內會，也很少和鄰居往來，給人一種不太整潔的印象。小孩很多，每個都像野孩子，經濟狀況看來不是挺好。這麼說來，他們應該是租房子吧？也不是說他們小孩沒家教，應該說是父母管不了那麼多。在我印象中，那對父母整天都在大吼大叫。」

似乎是個令人印象不好的家庭。當年的住戶應該都有一定的經濟能力，才會覺得那個家庭很奇怪。

「接著是大里家，他們是很普通的人家。只是還沒跟其他人熟起來就搬走了——爲什麼搬走嗎？我沒聽說。他們是對四十幾歲的夫妻，小孩上幼稚園。他們好像提過是工作的關係。不，我記得他們買了那棟房屋。雖然只有一下下，不過大里家搬進去前，大門掛過出售的牌子。」

後來搬進去的是稻葉家，他們住四年後搬走，房子因此閒置上很長一段時間，最後被拆除。他們旁邊是政春家。

「政春家在我搬來時就在了，是很普通的夫妻。他們在兒子結婚後和兒子及媳婦同住，沒多久，全家似乎迷上某種新興宗教，我因此和他們漸漸沒有來往，後來慢慢連他們的人影都很少見到，某一天，就完全消失無蹤了，連聲招呼都沒打。有人說可能是發生什麼事，連夜搬家逃走了，但也不知是眞是假。他們後來也退出自治會，所以我也不太清楚狀況。」

這麼說完，秋山先生側了側頭。

「這麼說來，可能是那方面的宗教吧？我記得他們在家裡驅邪好幾次。就是打開窗戶，往外灑鹽——我注意到的大概就是這樣。這一帶算很和平，沒有案件，也沒發生過自殺或意外。至於小井戶泰志先生的事情算是異常嗎——唔，可以說是最接近異常的一件事吧。」

公寓或社區都沒發生過自殺事件。至少，這裡從未發生異常的死亡。

唯一比較古怪的死者是小井戶先生，但他不是上吊身亡。如果相信久保小姐的印象，那名自殺者應該是女性，而非男性。

「我就不清楚之前的事了，畢竟我不是土生土長的人。」

秋山先生搬來這裡時，周邊雖然已經開發，並排著嶄新的獨棟住宅。不過這些住宅之間仍有田地，周圍也殘留不少田園和農家。

「這裡不是什麼由來已久的城鎮，只有零星遍布的農家而已，過去應該什麼都沒有吧。」

秋山先生又說：

「所以，我認為應該沒有什麼古怪的因緣才對。」

2 搬走的人

雖然秋山先生說，這裡原本應該什麼都沒有，不過翻開一九六〇年前的地圖，可以看到這一帶沿著大馬路的四周散布著一些聚落，尤其車站的前方是兩條大馬路的匯集之處，構成還算繁榮的商圈。一九五三年出版的地圖也顯示出岡谷公寓這一帶有建築物。特別是在公寓和社區所在的區域，興建起更大型的建築物。

從地圖上沒辦法得知當時住了什麼人，因爲還沒有住宅地圖。第一份記載個別住戶姓氏的住宅地圖，是在一九五二年於大分縣別府出版。花了三十年，住宅地圖的使用率才擴大到全國規模。

公寓這一帶基本上是在進入高度成長期才形成住宅區，因此附近幾乎沒人知道更早的狀況。雖然大馬路沿途坐落著歷史悠久的住宅區，但住戶的型態歷經泡沫經濟時期的重整，替換成當時才搬進去的居民。我和久保小姐因此在追溯到比三十年前更早的歷史時，失去了追查方法。唯一能夠確認的是，這一帶在這段期間內的確沒發生過案件、自殺或是意外。

「看樣子，只能到此爲止了。」

久保小姐需要工作，所以只能利用休假追查當地歷史。我也是私事繁忙，而且還住在遙遠的京都，無法在當地調查和訪問。至於調閱地圖、調查報紙縮印版——這些不需在當地也能進行的繁雜調查，則有大學時代的友人幫我大忙。

阿濱不知爲何在學弟妹之間很有人望，經常動員有空的學弟妹替我調閱許多資料。不過，隨著調查的進行，線索也愈來愈少。正當我們把「這已經是極限了吧。」掛在嘴上時，久保小姐來了電話。那是十月即將結束的時候。

我內心騷動起來。久保小姐若是特地打電話來，通常表示事情有所進展。

「我知道搬出社區的飯田先生消息了。」

久保小姐說完後，沉默了一陣子。

「……我不知道怎麼看待這件事情，有點恐怖。」

飯田家是岡谷社區中最早搬出去的住戶，居住期間僅僅一年。據說因爲調職，打算賣掉房子，可是到現在仍舊沒有賣掉。飯田先生搬走後，包含社區的人在內，沒人知道他們搬去哪裡。

爲了知道飯田家的消息，久保小姐採取簡單明快的手段。她和附近的房仲業者商量，希望短期租下飯田家的房子。

畢竟久保小姐正準備搬出岡谷公寓，需要找新的住處。當她詢問各家房仲之際，突然想到自己接觸過的房仲中，說不定正好有人受到委託要賣飯田家的房子。

因此，她每到假日就走訪各家房仲，尋找是誰受到委託直到找到爲止。這實在是一件大工程，不過一旦找到，往後的事情就簡單得不得了。

飯田家的土地建物在飯田家搬走後，立刻掛牌求售，三個月左右就出現買家。負責的房仲和委託人飯田章一先生聯絡時，出來赴約的是飯田家的親戚，對方希望能夠取消售屋委託。

原來飯田先生去世了，而繼承土地和房子的太太則在住院，無法辦理這些手續。因爲不知道她何時才會復原，所以希望暫時取消這件委託。

負責的房仲當時心想飯田夫妻大概出了意外，可能是發生車禍，丈夫因此去世，同車的妻子受傷入院。於是他向對方表示理解取消委託，並希望可以探望飯田太太。但是，那位親戚以飯田太太現在還無法接受探病爲理由，婉轉地拒絕。

他覺得飯田太太的狀況可能眞的很糟吧。於是他告訴對方，之後若還是想出售房屋，請務必跟他聯絡，接著就掛了電話。然而，房仲沒再接到任何聯絡。

如果是意外，或許可以找到新聞報導。

那位房仲還記得飯田家搬去哪裡，久保小姐便去調查了那個地方的報紙，結果，在當地報紙上找到報導。

但那並非意外事件的報導，而是刑事案件的報導。

某天夜晚，飯田家附近的居民發現飯田家中飄出煙霧，於是通報一一九。消防隊員趕到一看，發現妻子榮子太太全身是血地倒臥在玄關入口，手裡還抱著六歲的兒子一彌小弟。

救護車立刻將兩人送往醫院，然而一彌小弟在醫院死亡。他身上有銳利的刀刃造成的刺傷，似乎因此失血過多。榮子太太身上也有數處刀傷，狀況危急。火災只燒了二樓就被撲滅，但在火災現場中發現屋主章一先生的屍體。他是上吊死亡的，似乎是刺傷妻子後，放火燒屋，然後自殺。看起來可能是強迫自殺，但因爲沒有後續報導，所以不知道章一先生的動機。

「公寓和社區加起來已經有三人死亡了，這會是偶然嗎？」

久保小姐顯得很慌張。

應該吧，我想，視爲偶然應該是最具常識的對應。

這樣一路追查過去的住戶，一旦碰到「死亡」這項嚴重的結果，通常容易從中感受到某種意義。然而，我們平常不可能掌握過去住戶的訊息。我們不可能知道自己現在的住處，過去住過哪些人？他們搬走後又過得如何？而且我們找的，不只是一間套房，而是公寓和社區的所有住戶。在這種範圍內，也可能會非常偶然地碰到不幸的死亡。

而且，日本原本就是首屈一指的自殺大國，ＷＨＯ做過統計，日本每十萬人的自殺率是先進國家中數一數二得高。死亡原因中，自殺占了將近百分之三，這表示每年在日本的自殺人數超過三萬人，數量是交通事故死亡者的六倍，其中有六成的自殺者選擇上吊。

「可是我又不是找上百個人。」

就算現在只找了十個人，之後找的九十人中都沒有出現自殺者，就整體來看也毫無疑問——統計上的數字就是這麼一回事。雖然某些狀況會出現偏頗，然而母數愈多，就愈會接近統計上的數字。在目前樣本數過少的階段，討論偏頗沒有意義。

「可是飯田先生不光只是自殺，他還打算帶著太太和小孩一起上路。」

事件本身的確令人震驚，然而日本國內的強迫自殺案件絕不在少數，只是沒有報導出來。

在日本到底多常發生強迫自殺？其實並不清楚，因爲警察廳並未發表過關於強迫自殺的統計。從過去愛知縣警發表的近親殺人的統計看來，光是母子自殺就占了三成，比殺害嬰兒、配偶還多。不過，發生在家庭內的殺人原本就是最常出現的殺人案件類型，約占了四成。比起被素不相識的人殺害，被具備家族關係的人殺害的可能性更高。

而且，飯田先生的案件只刊登在地方報紙的地方新聞版面，顯然不是全國性報紙會報導的案件。如果在發現妻子的遺體時，飯田先生行蹤不明，可能就會有報導了。然而，在此之前就已經發現飯田先生的自殺屍體，判斷他是強迫自殺。

不知道爲什麼，在大眾媒體的想法中，這不是「殺人以及殺人未遂」而是名爲「強迫自殺」的另一種現象。比起殺人，自殺很難成爲新聞。

我從以前就覺得這件事很不可思議，日本人過於看輕家族內造成的強迫自殺，背後的原因或許是多數人傾向將整個家庭視爲單一的存在，而非關注於家庭內的個體。日本人傾向將殺害家人後，自己也死亡的狀況視爲損壞自己的身體後死去，在法庭上也不例外。

「殺害他人後自殺卻沒死成」和「帶著家人去死，卻沒死成」的罪狀同樣是殺人，然而後者的量刑輕很多。

雖然很難親眼目睹強迫自殺的案件，但這不是什麼稀奇事。不如說，因爲不稀奇，所以無法成爲新聞。

說得也是——久保小姐回應，但似乎還是放不下這件事。

其實我也無法放下，我一邊說服久保小姐，心裡卻有懸念。只是我懷疑主義的性格已經滲到骨子裡，很討厭輕易做出「這一定有什麼意義吧。」的結論。正因爲看起來具備某種意義，所以才會刻意踩煞車，不輕易做出結論，而爲了踩煞車，我會想辦法找出道理。

若是恣意找出各種道理，當然可以得到各種結論。但對我來說，直覺地認爲「有某種意義」與「因爲看起來有某種意義，所以要小心」而本能地感到猶豫，這兩者之間幾乎沒有差距。久保小姐的內心已經激烈動搖，我還沒有。然而，這之間的差別只不過是因爲久保小姐眞的聽到異常的聲音，我卻沒有。

總之，我覺得我們不知爲何很難從這件事情抽手了。

誰也無法一無所知地撤退。

3 社區之前

如果想要調查的人家附近沒有住得很久的住戶，最好就問寺廟或神社。畢竟住持或宮司（註一）有很大的機率記得以前的土地狀況，就算沒有住持，也有負責管理寺廟的人，這種人通常是地方耆老。

久保小姐四處詢問附近的寺院、神社時，我也聯絡了大學母校的畢業生。

我上的大學是淨土眞宗（註二）的大學，周遭非常多寺院出身的人。雖然幾乎都是眞宗寺院的孩子，不過也有人是其他宗派寺院的。其中最多的是淨土宗的學生，還有禪宗（註三）、眞言宗（註四），或沒有成立大學的宗派相關人士。

他們畢業後，大多回到老家寺院，不少人也會和其他寺院的人結婚，或在其他佛教系的學校擔任教授或教師。換句話說，寺院有寺院的人際網絡，因此我請教學弟，有沒有認識的人在那一帶的寺院擔任住持？

對方替我在岡谷公寓附近找到有檀家（註五）的寺院，並將住持介紹給我。

林至道先生擔任住持的寺院是檀家寺。他在終戰那年出生，一直住在當地。他繼承寺院已有二十幾年，信徒幾乎都是當地土生土長的居民。

我們和林先生在十一月初見面。

我首先向他道謝接受我們採訪一事，接著請教他關於這一帶的歷史。

「他們不是我們的檀家，所以說是知道，其實也都是聽來的。」

他說完後，繼續說道：

「我記得小井戶家和隔壁松坂家是蓋在一戶姓高野的人家的土地上。高野家搬走之後，土地分割成兩塊。」

「本來呢，」林先生說：

「我印象中這一帶好像有工廠還是其他建築，但可能在戰爭中燒掉了。打從我懂事起，這些建築就沒了，因此我也不是很清楚詳情，但至少這裡是在戰後才有住宅。」

戰後，高野家才在那塊土地上蓋房子。

「高野家和隔壁的藤原家應該是在戰後沒多久搬來這裡，不過，我無法肯定是哪一個年代。這一帶多半是在戰後才接二連三蓋起房子。過去是水田或旱田，然後這裡一棟、那裡一棟地蓋起房子，成了住宅地。」

高野家切割成兩塊土地，分別蓋起房子；幾年後，藤原家賣了部分土地，蓋了根本家，後者一直住到泡沫經濟時期。

「藤原家是這一帶的古老家族，我記得他們本來是很大的農家。」

註一：神社的負責人，負責神社的營運。

註二：鎌倉初期，由親鸞所創建的淨土教的一派。主張依靠阿彌陀願眾生成佛的本願，認爲只要有信仰心就能往生西方極樂。

註三：在日本是臨濟宗、曹洞宗、黃檗宗的總稱。前兩者在鎌倉初期成立，後者在江戶時期成立。以坐禪爲修行方式，強調不立文字、教外別傳、直指人心、見性成佛。

註四：日本平安初期由空海創立，以大日經、金剛頂經爲基礎，解明大日如來悟道的世界，強調即身成佛。

註五：寺院的信徒，以布施的方式支持寺院的財務，寺院則爲信徒進行葬禮等法事。

高野家、藤原家所在的位置後來成爲小井戶、松坂、根本、藤原四家的土地，後來這塊土地則蓋起岡谷公寓。

而岡谷社區又是如何呢？

「那裡有戶姓政春的人家，住很久，不過現在成了社區；還有川原家，川原家的位置比較裡面，前面則是姓後藤的人家。」

對照秋山先生的記憶，後藤家的房子後來改建成工廠，然後閒置下來成爲空屋；幾年後，村瀨夫妻搬進去。這麼一來，政春、川原、後藤三家的土地就是岡谷社區的建地。他們都在戰後才搬到當地。

「很遺憾的是，我就不清楚川原家搬走後的狀況了。」

林先生依稀記得篠山家搬走後，那棟房子換過不少戶人家，但不記得分別是哪些人，畢竟不是鄰居也不是檀家。

他其實不了解高度成長期後才來到此地的居民狀況。

「如果是更早以前住在這裡的人家，因爲上同樣學校，我還記得他們，但我就沒和開發後才搬來的人往來了。那時，學生人數急劇增加，還開設了新學校，加上學區不同，他們和我的孩子也上不同學校，要不然還可能因爲小孩的關係會有些交流。」

儘管我們問了林先生，關於土地變成公寓用地的兩戶人家，及土地變成社區用地的三戶人家，他們家中是否發生過案件，但他的回答很含糊。

「一定發生過很多事情吧……不過，即使我和他們有往來，但彼此沒住在一起，也不清楚具體情況。雖然不能百分之百這麼說，不過這裡基本上滿和平，應該沒發生什麼重大的案件。」

林先生並非用直截了當的口吻告訴我們這裡什麼都沒發生，但也不是刻意隱瞞這裡發生過重大刑案或意外。我的感覺是，既然有人在這裡住很久，一定發生過很多事情，其中也會有難以啓齒的事件。

久保小姐拐彎抹角問了很多次，可是林先生不願意多說。

他究竟是不敢說，還是眞的什麼都沒有？

最後，我們還是搞不清楚。

「如果什麼都沒有，他大可直接說沒有。」

我們結束和林先生的會面，久保小姐頻頻側首表示不解：

「林先生不直接說沒有，不正是默認這裡眞的發生過什麼嗎？」

或許是這樣。我說，但站在寺院的立場，林先生可能很多話不能說。

「可是，我覺得有點意外。」久保小姐說。

什麼事？我問她。

「就是我跟林先生說，我的房間其實有怪聲。他的反應不是很平淡嗎？因爲是寺院住持，我以爲他會更積極——怎麼說呢？就是會有別的反應。」

我聽出她話中的含意，不禁苦笑起來。

在怪談中，碰到怪事的被害者多半會求助寺院和神社。很多類型的怪談故事中，也都會出現明理的寺院住持，幫助被害者或是給予建言。

就算是寺院，也有很多類型哦——我告訴她。

我從淨土眞宗系的大學畢業，學弟介紹的林先生也是眞宗的人。

基本上，淨土眞宗不認爲世上存在幽靈、惡靈。阿彌陀佛救濟眾生的本願是眾生最終都會前往西方極樂世界，所以理論上不可能存在無法前往西方、徘徊人世的靈魂；就算出現例外，也不像怪談故事所說，會造成在不幸事故中喪命的犧牲者，亦或自殺後四處徘徊的靈魂。因此，我念的大學學生會宛如遊戲一樣享受著怪談，從不會認眞討論幽靈作祟或怨念造成的異變。

「原來如此，這是叫惡人正機說嗎？就算是惡人也能往生極樂，所以不存在幽靈。」

——其實不是這個意思。

基於畢業生的義務，我否定久保小姐的話。

惡人正機說的「惡人」並非指所謂的惡人——罪人。

惡人指的是我等凡夫俗子，被眾生皆有的煩惱所支配；「善人」則代表對這些煩惱毫無自覺的人。因此，「若善者可往生」的意思是，如果對惡毫無自覺的善人都能夠前往西方極樂世界，自覺自己是惡人的人不可能無法前往西方極樂世界，所以才說「惡者亦同」。

其實我不了解以教義的角度如何看待或議論幽靈（我的專攻是印度佛教學，不是眞宗學。）我認識的老師和學生幾乎都用平淡的態度面對靈異事件。雖然一口咬定幽靈存在的說法有欠考慮，不過直截了當地說「沒有」也是氣量狹小。大家的態度都是沒問題的話，相信幽靈存在也是無妨。

「眞意外。」久保小姐說，「明明是寺院。」

我回答她：正因爲是寺院啊。

正因爲老家是寺院，因此會頻繁和死者打交道，所以很難將死者當成「異常」。換句話說，「死亡」並非不吉利或忌諱的存在，反而再正常不過。

而且，死者的靈魂非常尊貴，絕非可怕的東西，而對供養死者的家族更是如此。他們敬慕死者，惋歎死者的逝去，就算接受死者因爲遺憾而在世間徘徊，也很難接受親人成爲有如怨靈或惡靈的存在。

人死後，不是成佛，就是無法成佛而徘徊在六道之間——這種事與其說是令人恐懼，不如說是讓人感到哀傷。因此，不會養成聽到幽靈或是作祟就會激動起來的性格。

大家晚上一起說怪談故事，接著起鬨地到近郊的靈異地點——年輕人常做這樣的事，包含我在內，其他同學也不例外。然而，我們僅僅享受恐怖的氣氛，從沒碰上撞見幽靈或遭到作祟的嚴重情況，儘管曾經發生看似古怪的事，但也不太値得一提。

友人阿濱和其他朋友碰過一次奇妙的狀況。

京都郊外，有一條隧道傳聞「鬼會出來」。

阿濱他們社團聚會結束後，一群人前去朋友租的房子，熱中講起怪談。期間有人提到那條隧道會出現幽靈，於是大家決定「一起去看看吧。」阿濱抱著好玩的心態搬出錄音機、接上麥克風，在前往目的地的車上進行實況錄音，像電視上的靈異節目。

車子抵達了隧道口，握著麥克風的阿濱也繼續有模有樣地播報，緊接著所有人氣勢高漲地進到隧道，當車子開到隧道的正中間，事情猛然發生了。車體下的輪胎傳來爆胎的巨大聲響，車內瞬間一片寂靜，接著再次吵鬧起來。車子當然沒任何異狀，也不知道究竟是什麼聲音。那件事情後來成了大家的話題好一陣子。

參加的人說，一開始嚇了好大一跳，接著毛骨悚然起來。出隧道後，大家激動得直說，「那是怎麼回事啊？」錄音帶也錄到怪聲和眾人的喧鬧聲。然而，這件事對於參加者來說，並不「恐怖」也不「令人忌諱」。他們都以「我們去了隧道，碰到很誇張的事情哦。」的口吻談論這件事，就像這是一件很有趣的事情。

——嗯，就是這樣吧。

「這樣啊。」久保小姐笑了，「那今天晚上應該沒關係吧。」

應該吧，我這樣回答。

那天晚上，我拜訪了久保小姐，也在那裡住一晚。我平常很少出門，之所以如此不遠千里而來的原因之一是，須和學弟介紹的林先生當面道謝；此外，我很想看一眼久保小姐即將搬出去的房間。

久保小姐惡作劇一般地說，「那我替您準備和室。」

我便回答，「那就麻煩了。」

我覺得自己不會因爲受到氣氛影響而感到害怕。

實際上見到公寓時，我也感覺不到「恐怖的氣氛」。我對岡谷公寓的第一印象是很普通。就像久保小姐所說的，是一棟外型精緻、頗有水準，打掃和保養也相當周到的漂亮建築。

二〇四號房也是如此，那間有問題的和室，意外地充滿清爽的空氣。雖然到處都放滿雜物，一看就知道沒有在使用，不過很乾淨。榻榻米上鋪了地毯。

「我想這樣就不會有聲音了。」

久保小姐很不好意思似地說：

「其實我已經習慣了，但還是希望別聽到聲音。鋪上地毯後，聲音就停了，至少我沒再聽到了。」

可是她還是不想進入和室，也不想打開拉門。只是家裡有一間不打開的房間，還是令她住得很不自在，無法消除緊張和不安。

「我還是打掃過了，也開了窗戶通風。眞的要在這裡鋪床休息嗎？」

麻煩妳了，我雖然這麼說，不過還是用了確認是不是眞有聲音的名義在客廳熬夜。我們就這樣聊著一些瑣碎小事，清晨就來了——因此，我最後並未在和室度過「一夜」。而且那天拉門整晚都開著，但我不光是沒聽到聲音，也沒看到怪東西。天空微亮之際，我還是在和室睡了。

什麼事都沒發生，也一如往常地沒有作夢。

4 過去

因爲林先生的好意，久保小姐隔年一月與林先生的檀家——佐熊先生見了面。佐熊先生在岡谷公寓附近經營洗衣店。接受訪問時，他將近五十歲。佐熊家長期居住在此地，從父親那一代就開始經營洗衣店，過去是自營，近十年來轉爲大型連鎖洗衣業者的加盟店。

「我也不記得太久以前的事了……」

關於岡谷公寓，佐熊先生最早的記憶是用地還屬於藤原家、松坂家和小井戶家的時候。

「就我的印象，那三家一直住在那裡。唯一改變的就是，途中藤原家賣了一部分土地，然後根本家搬進來，這狀況到泡沫經濟時期都沒有改變。關於藤原家的狀況，我都記得很清楚。」

因爲佐熊先生已經去世的父親和藤原先生交情很好。

「藤原家很久以前就住在這裡，聽說他們是很有錢的農家。這帶到處都有他們的田地。他們以前的房子蓋在大馬路邊，戰後道路拓寬，就搬到公寓旁邊重新蓋了房子。我記得那裡本來就是藤原家的田地。他們自己種蔬菜和稻米，完全自給自足，接著這邊賣一塊地、那邊賣一塊地，靠著賣地的錢過日子。最後用來蓋房子的土地，也趁地價胡亂攀升的時候賣掉了。現在夫妻倆住在湯河原的高級老人院。」

眞是讓人羨慕吶，佐熊先生笑著說。

另一方面，岡谷社區的用地則來自後藤、川原、政春三家。佐熊先生的同學在政春家內，所以多少知道內部狀況，不過幾乎不記得後藤家和川原家的事了。這兩家在佐熊先生還是小學生的時候就搬走了。

「社區那塊地的最東邊——也就是靠近公寓的位置是後藤家。我那時還是小學低年級，不記得後藤家還在時的狀況了。我想，那裡在他們搬走後閒置了一陣子。好像租給附近的工程店家，當成放材料的倉庫還是工作場所之類的。之後有別的人家搬進去，但我沒有什麼印象。畢竟他們搬進去時，我剛好離家了。」

佐熊先生高中畢業後離開家裡到別處工作，然後在二十年前左右回來繼承家業。後藤家搬走後，村賴家住進來，剛好碰上佐熊先生離家的日子，並且在他回來沒幾年的時候就搬走了。

「村賴家應該是在泡沫經濟開始的時候搬走，或稍微早一點——他們比住在公寓用地上的松坂家更早搬走。」

至於川原家，早就離開了。

「川原家大概在我小學快要畢業的時候搬走，所以我也不太記得川原家的事，隱約記得是個很嚇人的家庭。他們家有一個大我很多的兒子，我很怕他。不過，我對其他事就沒什麼具體的印象了。」

川原家搬走後，篠山家搬進來。

「我不太記得篠山家了，我想他們有對比我大一點的兄弟，但幾乎沒有往來。他們似乎在我離家後搬走，所以我完全不知道那戶人家之後的狀況。等我回來繼承家業時，那裡是大里家了。他們是一對上了年紀的夫妻，兩人前後去世。之後也是一對老夫婦搬進去，但我忘記他們姓什麼了。」

那是稻葉夫妻。

可是佐熊先生完全不記得他們，也沒有往來，後者也不是洗衣店的顧客。

然後，久保小姐提出篠山家長男離家出走的事情。

「這麼說來，是有這麼一回事——我聽說篠山家的兒子離家出走。那是我高中的事吧？他們家有兩個兒子，長男是繼承人，所以父母非常寵愛他。大概就是這樣才出了問題，他後來變得素行不良。應該是和父母大吵一架後離家出走，不過沒聽說他回來。可能因爲我也剛好離家，所以才沒聽說。不過，我不知道篠山家搬走的原因，好像是夫妻其中有人去世……總之我不知道細部狀況。」

總而言之，那棟房子給人一種裡面的住戶始終來來去去的印象。房子西邊則坐落著政春家，政春家是六人家庭，包含雙親、長女、次女、長男以及祖母。次女是佐熊先生的同學。

「因爲是女孩子，所以我們很少玩在一起。不過畢竟是小時候，偶爾還是有一起玩耍的機會，又上同所學校，雖然談不上是好朋友，但也算熟，就是童年玩伴、青梅竹馬的感覺。」

他的童年玩伴叫做光奈子，有一個姊姊和弟弟。姊姊大佐熊先生四歲，弟弟則小他三歲。因此，佐熊先生小學畢業後，從未和姊弟倆其中一人上過同所學校。

「他們的雙親和祖母也都非常親切。姊姊是美人，當時可說是大家的偶像。」佐熊先生笑著說，「有時拜訪他們時，如果是那位姊姊出來應門，我內心就會砰砰跳啊，只是很遺憾的，我上高中時，那位姊姊就嫁掉了。」

至於童年玩伴光奈子，她也在佐熊先生離家時結婚了，不過婚後常出入娘家。

「我記得弟弟叫盛幸。他也在我不在家的那段時間結婚了，不過，問題就出在他太太身上。」

佐熊先生回到家後，發現政春家完全變了樣。

「他們完全不和鄰居往來了。雖然光奈子還是常回娘家，可是和附近的人毫無接觸，據說是那個媳婦迷上新興宗教，把全家人都拉了進去，只有教團的人會出入其中。光奈子和她先生似乎也是信徒，所以才常常回娘家。姊姊倒是沒有回來，大概沒有信教吧。」

鄰居最初很擔心政春一家，但只要一談到這件事，政春家的人便會強烈排斥這個話題，眾人後來也束手無策。政春家在附近擁有不少土地，但信教後，爲了錢而接二連三放棄產權，後來甚至壓迫到生計。

「我想應該都被教祖榨乾了。附近的人也認爲幫不上忙，都袖手旁觀。如果不小心多說些什麼，不是被他們敵視，就是被纏著要人入教，徒增厭煩。搞到最後，還是不知道政春家信的究竟是什麼宗教，應該不是什麼有名的教團。他們在鎮上郊外有間道場，不過說是道場，其實就是一棟老舊的民宅。不知道他們除了政春家以外還有多少信徒。」

根據佐熊先生說的話，那應該是以教祖爲中心的小型宗教集團。教義可能是神道系或修驗道系，此外就不清楚了。政春家日後的行動日漸詭異，最後完全被社區孤立起來——或者應該說，他們自身封閉起來。

「後來，光奈子的父母去世了。附近鄰居應該沒人出席她父母的葬禮。我甚至懷疑他們是否眞的舉行了葬禮。」佐熊先生說，「他們不知何時就雙雙去世了。」

事後，不再有人出入政春家，然後房子在某一天忽然拆毀，鄰居連他們何時搬走都不知道。

「政春家開始信教的原因是什麼呢？」久保小姐問。

「這個嘛——最直接的原因就是，那個媳婦迷上了這個宗教，可是爲什麼全家人都被拉進去呢？」

佐熊先生側頭不解地說：

「他們家的奶奶是在我離家期間過世的，不知道和這件事有沒有關係。如果不是——那可能是因爲那房裡好像有什麼。」

「有什麼？」

佐熊先生點點頭：

「我也不是很清楚，不過光奈子說他們家是鬼屋，會有東西出來。」

光奈子似乎說過某種東西會在地板下爬行。

「她說那東西會在地板下發出聲音地爬來爬去。只要誰坐在地板上，就會立刻爬到那人的正下方——地板的下方，然後開始嘀嘀咕咕說些不吉利的話。聲音聽起來非常不舒服。」

光奈子剛進中學時，很認眞地告訴佐熊先生：她家地板下有鬼。她一度因爲家用馬桶換成沖水式而高興得不得了。因爲過去是舊式馬桶，清理時需挖出穢物加以處理，那時她總覺得很恐怖，因爲下方的汙物槽好像蹲著什麼東西。

「——不是實際什麼人在那裡嗎？」

「我想不是，」佐熊先生搖頭否定：

「她不是那麼說的。」

那東西會在地板下爬行。

有時，光奈子一在房間走動，那東西就會跟在地板下。如果到簷廊或廁所這一類會通往地板下方的位置時，就會摸到那東西悄然無聲伸出來的手。萬一不小心在一樓躺下，那東西就會爬到頭部正下方，嘀嘀咕咕說些什麼，聽起來像「你們都去死。」或是「去死」，光奈子因此害怕得難以忍受。

然而，政春家的祖母卻說，「那不是什麼壞東西。」

「這麼說來，政春家的奶奶知道那東西？」

「應該是。她似乎告訴光奈子，雖然那東西一直在家裡，但它不會做什麼壞事，不要理它就好。」

一定是貓或鼬之類的動物，佐熊先生笑著說。

既然政春家的祖母也知道那東西，所以應該是一直在政春家嘍？那東西是從何時出現在政春家的？

「政春家是當地人嗎？」

「不是，他們並非很久以前就住在這裡。我記得是戰後才搬來的。在公寓和社區用地上的人家裡，只有藤原家是代代都住在這裡。不過，藤原家本來住在別處。」

藤原家也是戰後才搬遷到這裡嗎？既然如此，這裡之前有過什麼？林先生說，這裡曾經有工廠——久保小姐這麼一問，佐熊先生歪了歪頭，說：

「嗯，究竟是什麼呢？我沒想過這件事。如果我父母還健在，他們應該記得，只是兩人都進墳墓了。」

如今出現政春家進行過某種驅邪儀式的證詞。

這麼說來，政春家的人應該眞的認爲家裡有什麼。根據政春家的祖母，那是一直待在政春家的東西。政春一家或許習慣了，可以無視它，然而盛幸的太太又是如何？這位媳婦最早加入新興宗教，這件事情的背後應該藏著某種意義。

「可是，這和發生在公寓及社區的事情都沒有任何關係……」

久保小姐走投無路了。

雖然出現乍看存在某種意義的片段資訊，但無法將它們拼湊起來，不禁令人懷疑這一切都是虛妄。

這時，久保小姐已經搬到新居，展開新生活。

前一年的十一月，她在車站附近找到現在住的房子且搬進去，雖然比岡谷公寓狹窄又較為老舊，但非常方便。她也不是沒考慮過其他地點，但如果一直放不下公寓的怪事，還是找一個容易繼續調查的位置比較好。看來她還是決定繼續調查這些怪事。

久保小姐習慣新居的生活後，在去年年底雀躍地告訴我：

「房裡沒有怪聲，住得好輕鬆！」

我也在這時搬進新家。

帶著大量書籍搬家，實在是一件讓人手足無措的大工程。不過，我還是很高興自己決定好後半輩子要住的地方，而且一想到書籍還會繼續增加，就再也不想體驗一次搬家的經驗。

我被整理新房子的工作追著跑時，習慣新生活的久保小姐，再度四處尋訪熟悉當地歷史的老人家；另一方面，我除了繼續著手寺院方面的調查管道，也寫信給熟悉當地歷史的鄉土史研究者，不過兩邊都沒有結果。

時間轉瞬即逝，那年夏天，一本十分稀奇的怪談專門雜誌創刊了。

幻想文學評論家東雅夫（註一）先生和Media Factory（註二）的編輯為了慶祝我的新居落成，在天氣還冷時，前來我家。

東先生問我，怪談雜誌即將創刊，是否可以幫這本雜誌寫點什麼？我原本就盤算，自己都參加了久保小姐的調查，如今應該要好好整理讀者寄給我的怪談故事才對，而這本雜誌的出現剛好幫了我大忙；而且，我本來就喜歡閱讀怪談實錄，雜誌內宛如繁星的執筆陣容也讓我十分興奮。

我非常感激東先生的邀請，答應在那本雜誌上發表怪談故事。

進入春天，我正式將收集到的怪談實錄轉成文字檔案，也從其中揀選幾則，寫成怪談故事。這是我第一次嘗試這種寫作形式，心情非常緊張，同時也感到自己混在這些閃亮的執筆陣容中，實在有些僭越。不過，我也因此有些雀躍。

5 小井戶之前

久保小姐搬家後過得頗舒適。她再也沒聽到怪聲，也沒必要在家中弄出一間不打開房門的房間，更不用擔心夜晚工作時會不會聽見什麼、看到什麼。

另一方面，我卻不怎麼適應新家的生活。

維持自己的房子，原來這麼麻煩，這是我的眞心話。

而且，我和丈夫分開生活已久，隔這麼多年才住在一起，實在無法習慣家裡還有其他人。常發現房門忽然打開了，或沒動過的東西換了位置。同居人在，這些是理所當然，但對我而言是前所未見的經驗。我每次都會因爲這些事而感到困惑。

聽到不可能出現的聲音，我總得深呼吸一口氣才能說服自己——這不奇怪，這些都是理所當然的聲音。可是，我們夫妻倆的起居時間完全不同，我對此傷透腦筋。

我爲了尋找新生活的節奏而艱苦奮戰時，久保小姐充滿恆心和毅力地探訪當地居民。然後，終於在二〇〇四年的九月挖到寶。

「我找到記得小井戶家之前鎭上狀況的人了。」

無論早晚都會吹起秋風的時刻，久保小姐氣勢驚人地來了電話。

註一：日本著名的怪談研究者、編輯、編撰者。

註二：1986年成立的綜合出版社，現爲日本角川集團旗下一員。

「看起來，過去真的出現過自殺的人。」

自殺——我啞口無言，不禁懷疑這是真的嗎？

「我已經和對方約好見面、請教詳細狀況了。」

久保小姐找到的是當地某間神社的管理者——田之倉先生。

田之倉先生已經七十八歲，是土生土長的當地人。他老家的本業是賣酒，店家坐落在沿著大馬路發展起來的古老住宅區，後來由兒子繼承。不過，兒子在泡沫經濟時期賣掉身兼店鋪和住家的房子，用這筆錢買下興建成多功能大樓的一樓店面，經營起便利商店。

久保小姐在二〇〇四年九月底和田之倉先生見到面。

「小井戶家和隔壁松坂家的土地上，本來是住著一戶叫高野的人家。高野家搬走後，土地分成兩塊。」

田之倉先生說：

「那裡本來是鑄造工廠，戰爭時燒掉了，戰後成了住宅建地。」

根據田之倉先生的記憶，岡谷公寓的建地多半都來自工廠的土地，不過北邊大馬路一帶以及現在公寓的東側就不是了。大馬路周邊的人家多半是農家或商店，東側則並排著小型住宅或像大雜院的建築。

「我的印象有點模糊了，但大馬路那邊應該有工廠的宿舍。至於工廠東邊，在我印象中就是一堆擠在一起的房子。」

我想，岡谷公寓和岡谷社區是在大雜院之類的房子拆掉後蓋的——田之倉先生說完後接下去：

「那是昭和二十三年還是二十四年吧，就是發生帝銀事件（註一）、下山事件（註二），社會氣氛很糟糕的那段時期。我不是很確定具體的時間，不過差不多就是那時，大雜院被拆了，蓋起獨門獨棟的房子。」

田之倉先生雖然回想起這些事情，不過久保小姐無法判斷正確性。

一九四九年時，工廠已經燒光光，大雜院和小型住宅也拆掉了，還有一些土地成為田地，不過最後都成了住宅用地。

高野家蓋在南東方向的角地上。

「高野先生一家從別的地方搬來。我記得他是普通上班族，給人一種很正派的印象，好像在銀行之類的地方工作，可是他太太自殺了，後來他就辭掉工作，搬走了。」

久保小姐將自己和某人的對話內容告訴田之倉先生，對方當時看似有苦難言地告訴

註一：1948年發生在帝國銀行椎名町分店的下毒事件，被視爲犯人的男性到死亡爲止都否認犯案。
註二：1949年國鐵總裁下山定則的死亡事件，是日本戰後的著名懸案。

她，這附近沒發生過什麼重大案件。

田之倉先生聽完後，露出苦笑。

「那是當然的啊，雖然我就這麼口無遮攔地說了——算了，反正當事者不在了，所以請放我一馬吧。」

那應該是昭和三十年——一九五五年左右的事情吧，田之倉先生說：

「先不提土地開發後才來的人，更早就住在這裡的居民都知道這件事，畢竟這可是少見的大事，很難隨便就忘掉；而且，這件事情正好發生在那戶人家女兒的喜宴後。這一帶以前都會帶出嫁的新娘到娘家附近的人家拜訪，打招呼說，『謝謝您長久以來的照顧。』然後到鎮守此地的神社致敬，還會跟鄰居致意。因此，高野家的鄰居理所當然都嚇了一大跳，早上還滿面春風地跟著女兒一起向親朋好友致意的媽媽，當晚居然上吊了。」

「——上吊，是嗎？」

「我是這麼聽說的。高野家的女婿也是這附近的人，好像住在現在車站的對面。女兒似乎是嫁到那邊的和服店。那個時代沒什麼專門舉辦喜宴的地方，更別說在飯店結婚這種事了。大多都是在家裡或附近餐廳舉辦喜宴，高野家也是這樣。以前在商店街有間很大的料亭，喜宴就是辦在那裡。夫妻倆送了女兒嫁去夫家後就回家了，然後太太馬上進了房間。先生以爲太太在換衣服，可是等半天等不到太太出來。進房間一看，發現她穿著有黑色花紋的豪華和服，帶締卻掛在梁上，上吊了。」

久保小姐倒抽一口氣。

——沒錯，一定就是這位母親。

「但沒人知道她爲什麼自殺。女婿是生意繁盛的和服店小開，這是樁不錯的親事，大家都恭喜她，而且還是在娘家的附近。他們夫妻一定也很高興，可是高野太太爲什麼死了？以前的人會覺得這種事情很丟人，高野先生在這裡也待不下去，一年忌的法事做完後就搬走了。我聽說他在事情發生後就辭掉工作。那個時代，如果家裡有人自殺，很難在正經的公司待下去。」

眞的很奇怪。田之倉先生接著說：

「因爲這樣就沒辦法在公司待下去，實在太莫名其妙了。不久前，參加特攻隊還是件值得稱讚的事。大家不都說，如果被敵軍俘虜就自殺吧。明明是一切腹就會受到大大褒揚的時代，怎麼突然就完全顚倒過來了呢？」

這對本人、對家人來說都是很可憐的事啊，他繼續說：

「結果，聽說女兒在父親搬走時也離婚了。對方是開店的，很在意風評吧，所以她的立場就變得很爲難了……」

這一帶一直是很平靜的地方，田之倉先生又說：

「幾乎沒聽說什麼案件或自殺事件，也可能是有，但沒鬧到眾人皆知吧？大家在這一帶談論的事情，除了高野家之外，就是——」

「篠山家嗎？我聽說篠山家的長男失蹤了。」

咦？田之倉先生很意外似地回應：

「是嗎，原來有這件事啊。我好像聽人說過，不過不怎麼清楚。」

田之倉先生說，他基本上不怎麼了解岡谷公寓那邊的事。

「我以前會因爲送貨出入一些人家，多少還知道哪些人在，但不知道從什麼時候開始，那裡的住戶不再叫貨了，自從不再送貨，我就不記得那裡有什麼人了。町內會就另當別論，不過筱山家那邊都不是以前就住在這裡的人。」

他也曾經出入藤原家，不過就幾乎沒接觸到其他住戶，記憶很淡薄。

「出現負面傳聞的是川原家。那家的父親很早就去世了，孤兒寡母相依爲命。後來母親也去世了，不過有一段時期大家都說，她不是病死的。」

「不是病死的？」

「是啊。那家的兒子——我記得還很年輕，個性非常粗暴，經常毆打或踹他母親。然後，母親有一天突然倒下，救護車來的時候就死了。聽說是腦中風，但有段時間，鄰居都說是兒子害的。」

久保小姐的腦中瞬間掠過稻葉家榻榻米下的血跡，但如果是腦中風，應該不會有血跡。

「兒子總是鬼鬼祟祟的，在鄰居之間的風評也不太好。雖然不是什麼不良少年，但就是不知道他平常在幹些什麼。他母親聽說眞的管不動他。附近的人——就是藤原先生，似乎聽過好幾次怪聲。不過事情也沒鬧到警察那裡，都是傳聞罷了。川原家的兒子後來獨自住了一陣子，然後不知何時就搬走了。聽說是房子拍賣、篠山家要搬進去，他才搬走的。總之，那是一間讓人有點不舒服的房子。」

我因爲田之倉先生的說法而嘆口氣。

他提到的「黑色花紋」，是母親穿的黑色高級和服。

那是女性最高級的禮服，當然會使用繡著金襴花紋的豪華腰帶。久保小姐看見金襴腰帶在黑暗中搖晃著，那條腰帶的主人應該就是高野家的母親。她在祝福完出嫁的女兒後穿著禮服上吊，而岡谷公寓就蓋在女人死去的地方。現象之間的邏輯吻合了，但如此吻合一事卻讓我們困惑。

「……眞的會有這種偶然嗎？」久保小姐問。

如果是偶然也太剛好了，我回答她。

單純見到上吊身亡的女性幽靈，而這塊土地上眞的出現上吊的女性，可說是偶然；然而，如果那名女姓還剛好穿著高級和服，就很難說是偶然了。久保小姐事先並不知道高野夫人的存在，但她藉由超乎常理的方式察覺到她的存在。

但是，她刻意選在女兒的大喜之日上吊自殺的動機到底是什麼？

高野夫人想必知道女兒和家人一定會痛心疾首，而從時代背景來看，必然會替往後的生活帶來麻煩。可是，她仍舊選擇自殺的理由究竟爲何？她一定基於非常重大的原因才下如此決定，如果是這樣，她會在多年後用異常的形態存在也沒那麼奇怪了。

因此，高野家的母親在建築物拆除後依然留在土地上，而土地到最後蓋起岡谷公寓，可以這樣想嗎？

「如果是這樣想，那小井戶家裡眞的什麼都沒有嗎？」久保小姐說，「如果怨恨和痛苦會留在土地裡，那麼小井戶家、隔壁的松坂家應該也會有些什麼吧？」

——確實如此。

但我們不知道松坂家的消息，也不知道和小井戶家有關的人們去向，無法向當事者確認。

「小井戶先生不是收集了很多垃圾嗎？他該不會是不想看見從房裡出現的什麼，才用垃圾掩埋起來吧？」

久保小姐應該是從自身的經驗出發而作出如此推測。她事實上也將二〇四號房的和室當成儲藏室，不斷將用不到的東西塞進裡頭。因爲房間給人很不舒服的感覺，她也因此不想進去找東西。就算想丟掉什麼，也因爲不想進房而拖延下去。

「我到最後根本搞不清楚那裡頭到底有什麼，簡直跟黑洞一樣。」

就是這樣，久保小姐笑著說：

「不過——若是一直持續這樣的狀況，最後精神上也出問題，就會變成小井戶先生那樣了。我聽了秋山先生的話後就這麼覺得。」

原來如此。

「如果高野夫人的遺憾眞的殘餘在土地上，可以說明的就不光是二〇四號房了，也可以解釋四〇一號房裡爲什麼也出現怪事。」

是啊，我如此回答。

總是住不久的二〇三號房說不定也出現相同現象，因此房客才接連不斷搬走。久保小姐的前任房客梶川先生也是如此。他應該是目擊或感受到高野夫人的幽靈而陷入深深的煩惱，導致生活步調崩壞，搬家時才會拘泥於房子是否爲新屋；然而，梶川先生已經無法重建生活了。他之所以上吊自殺，是因爲生活無法恢復正常所致，不過，高野夫人的存在是造成他自殺的遠因。

「可是岡谷社區也有住不久的房子。」

——黑石家的房子。

安藤先生住兩年多就搬走，而那年年底搬進去的第八任住戶，聽說是擁有一對小兄弟的年輕夫妻。

「住過那裡的鈴木太太說，她聽過什麼東西在摩擦地板的聲音，但岡谷社區不在高野家的範圍啊。」

確實如此。不過我認爲，鈴木太太的說詞很可能被屋嶋太太的經驗所影響。因爲在屋嶋太太告訴鈴木太太自己碰到的怪事前，鈴木太太從未聽過怪聲。

「可是她看到了上吊的女人啊。」

鈴木太太只是「看見了女人」——她是在聽完屋嶋太太的話後將之解釋成「上吊的女人」，我認爲這樣想比較好。

「那麼社區也有住不久的房子，這也只是偶然嘍？」

——很難如此斷定。

雖然是出售的成屋，但用常識來看，兩個家族的居住時間都短得驚人。黑石家搬走的原因和怪事無關，飯田家此後的狀況也無從得知。不過，我完全想不出來爲什麼黑石家的房客在僅僅五年七個月間就換了八次。如果說這是偶然，也太牽強。

「而且稻葉先生說過他聽見腳步聲，對吧？稻葉家也是住不久的房子。」

此外，還有政春家的事。

政春光奈子女士說，「家裡有鬼。」

雖然這些怪事的種類和公寓內的事情相比之下毫無共通處，但住不久的岡谷公寓過去發生過高野夫人的事，應該可依此猜測住不久的社區同樣存在著誰。

「而且，出問題的房子恰巧都靠得很近？」

我也不免覺得這未免太過剛好。

「或是有什麼共通的事？」久保小姐說，「就像公寓中每一戶可能有什麼相通之處，公寓和社區兩者應該也有。」

——正是如此，那就是我們要找尋的。如果真有某種原因造成公寓和社區居民都住不久，理由豈不是應該存在雙方共通的過去嗎？我這麼思考著。雖然已經查出高野夫人的事，但高野家並非坐落在社區用地，所以高野家不是造成這些怪事的原因。儘管她可能造成岡谷公寓的異事，可是並非一切的元凶。

「公寓和社區都是建在以前的工廠用地上，對吧？」

聽久保小姐這麼說，我嘆了口氣。

正確說來，應該是工廠和臨接的住宅用地。

「那之前又是如何？工廠興建前，莫非有什麼東西橫跨了工廠和住宅用地？」

有可能，如果找得出來，或許就能夠找到一切的根源。

然而光是找到高野夫人，就費了我們兩年歲月。愈回溯時間，證詞和線索也會愈來愈少。要找到根源究竟得花上多少時間呢？

是不是放棄比較好？擁有切身之痛的久保小姐已經搬好家，怪聲對她也毫無影響了，像這樣將空閒時間花在不會實際影響自己的事務上，實在有些愚蠢。

但當我這麼說時，久保小姐很乾脆地持否定態度。

「既然已經知道高野夫人的事，我就絕對不能在這裡放棄。如果現在要撤退，我們一開始就不會追查到這個地步了，不是嗎？」

久保小姐說得沒錯，我向她投降了。

五 戰後期I

1 高野家

久保小姐耐力十足地繼續在當地打聽消息。

二〇〇五年初春，她終於找到和高野家往來的人。

提供我們證詞的是日下部清子太太和千香女士母女。採訪時，清子太太已經八十七歲，腰和腿的狀況都不佳，出外得坐輪椅；但口齒仍舊清晰，記憶力也很好。

女兒千香女士雖然嫁到別縣，不過先生在六年前去世，她之後就搬回娘家照顧母親。清子老太太和自殺的高野家母親——高野敏江太太交情很好，千香女士也和高野家女兒——禮子很親密。

「我記得敏江姊年紀大我將近一輪。我們一起學習插花，變得很親近。後來我女兒也一起去學插花，我們經常拜訪彼此。我女兒也跟禮子小姐好起來了。」

千香女士點點頭。禮子比千香女士大了五歲。千香女士是長女，禮子則是高野家的三女。

「高野家只有女兒，是三姊妹。」千香女士回想起往事，「事情發生時，兩位姊姊都嫁人了。家裡只剩禮子姊，是祖父、父母和禮子姊組成的四人家庭。」

禮子的父親高野先生在金融機關工作，家境頗優渥。母親敏江太太是家庭主婦，平日會學插花、裁縫，生活十分悠閒。

「禮子姊高中畢業後，曾經爲了上班搬出去一陣子。我聽說她在東京當事務員。她在出事的那年搬回來。高野太太說，要她留在家裡學習當新娘應該會的事。可是禮子姊回來後，高野太太就變得有點奇怪了。我和母親也猜想過，原因該不會出在禮子姊身上吧？」

接下來我要說的是未經證實的傳聞，千香女士以這句話爲前提地說道：

「我聽說她在東京被壞男人騙了，所以父母親急忙將她帶回來。我沒有直接從禮子姊那裡聽到任何事情，不過我覺得應該是雖不中亦不遠矣。」

清子太太也表示，禮子回家時期的前後，敏江太太有段時間看起來很忙亂，好像家裡發生什麼麻煩事。至於是什麼麻煩，清子太太也試著打探幾次，對方始終沒告訴她。因此清子太太認爲那應該是很難啓齒的事。

「因爲禮子小姐回來後，敏江姊就恢復成平常的模樣了。」

可是敏江太太身上出現變化。因爲某件事的契機，清子太太開始覺得敏江太太變得很奇怪。

那天清子太太去了敏江太太家，可是她現在已經忘記前去的原因。不過，那天她須在晚飯後前去某處，便邀請敏江太太一同前往。

那個時代，女人在晚飯後出門是很稀奇的一件事，因此清子太太猜測，當時可能是共同朋友去世後的守夜。

她抵達高野家時，換好外出打扮的敏江太太正在等她。兩人之後聊著天走出高野家的大門，突然之間，敏江太太停下腳步，打量起四周。

她一臉狐疑地窺探著附近鄰居的房子。

「怎麼了？」清子太太問道。

「妳沒聽見嗎？」

聽見什麼？清子太太反問。其實她因爲小時候生病，聽力變得不太好。若不特別留意，經常會漏聽很多聲音。

「聽不見的話就算了。」

敏江太太這麼說著，邁步向前。可是走一會後，她又停下腳步。又聽到什麼了嗎？正當清子太太側首不解時，敏江太太突然戒備地看四周一圈，甚至湊近附近的圍牆和樹叢的細縫。

怎麼了？清子太太這麼一問，「妳也沒聽見剛剛的聲音嗎？」敏江太太說。她知道清子太太的耳朵不好，因此後者以爲自己又漏聽什麼。

「因為剛好在說話。妳聽到了什麼聲音？」

清子太太問完後，敏江太太湊過來並且壓低聲音說：

「我聽到嬰兒的哭聲了。」

清子太太聽她這麼說，也豎起耳朵，同時窺探周圍的狀況。然而，她什麼都沒聽見，只有些微來自附近人家的廣播聲或闔家團圓的談笑聲。當時ＮＨＫ已經開始播放電視節目，但最重要的電視機尚未普及，夜晚街角總是一片寂靜。

敏江太太湊得更近，溫熱的氣息噴上了清子太太的臉。

「昨天也是。哭了一整晚，我根本睡不著。一定是故意讓小孩哭的。」

清子太太愣住了，「故意讓小孩哭」是什麼意思？

「就是附近的人要找我麻煩啊，故意讓小孩哭一整個晚上。睡眠不足眞是讓我難受極了。」

可是，敏江姊家附近應該不存在有嬰兒的人家啊，清子太太指摘。

「可能是貓的叫聲吧？我家隔壁的貓最近也很吵呢。」

清子太太話聲一落，敏江太太便將手指豎在唇前，接著轉動眼珠窺看四周。她睜大雙眼，眼白白得誇張，清子太太覺得有些詭異。然後，敏江太太勾住她的手腕，用力拉住，她催促清子太太往前走，同時屈著身子，湊上了臉。

她說：

「是啊，根本沒有嬰兒，卻有哭聲，不是很奇怪嗎？一定是藏起來了。」

「藏起來？」

「他們不知道從哪裡借到小孩，藏起來了，然後故意讓那小孩一直哭。他們一定躲起來嘲笑聽到哭聲、不知所措的我啊。」

敏江太太的表情扭曲了——清子太太認識的敏江太太是典型富貴人家的女主人，從不大聲說話，也絕不會有低俗的發言，舉止總是優雅高貴。可是眼前的她，精神方面好像出了問題，簡直變成另一個人。

「而且不只是一家、兩家而已哦。我才以爲是在後面那戶人家的家裡哭，隔壁鄰居家裡也馬上傳來哭聲。一定是附近的人勾結起來一起這麼做的。」

「附近的人勾結起來……」清子太太被敏江太太的氣勢嚇得動彈不得，「敏江姊，妳到底怎麼了？妳和鄰居發生糾紛了嗎？」

「是對方設計我的——他們說好一起這麼做的。那麼多小孩一起哭得那麼大聲，妳覺得只會有我家聽得到嗎？但我去抗議不要來煩我的時候，他們卻聚集起來說根本沒有什麼嬰兒。」

清子太太心想，如果所有鄰居都說沒嬰兒、沒聽到哭泣聲，那麼就應該眞的沒有。

可是她沒辦法說出這些想法，因爲敏江太太的樣子顯然非常怪異。她雙眼發亮地窺視周遭，接著像要爆出更大的祕密似地壓低音量，一臉認眞地說：

「只要我出門，他們就會像現在一樣躲在陰影裡哭鬧不休。而且都只趁我聽得到的時候才哭，實在太過分了！」

清子太太只能附和，「這樣啊。」

街燈的光線在敏江太太的臉上投落陰影，她那對彷彿從底部發出光芒地窺視四周的雙眼，以及將心中不平一吐而盡的歪斜雙唇，正痙攣般地顫抖著。

清子太太或許應該要強硬地告訴敏江太太，「根本沒有聲音，一切都是妳多心而已。」可是被後者的氣勢壓倒，她只能肯定對方發言似地說，「是嗎？」、「這樣啊？」

可能因爲如此，敏江太太開始認爲自己和清子太太擁有共同的祕密。

那天，敏江太太也屢次露出窺探周遭的表情，而且每次都會拉住清子太太的袖子，露出「妳看，又來了。」的眼神。兩人單獨在一起時，清子太太就像水庫洩洪般滔滔不絕地說著眾人在找她麻煩。

她彷彿跳針的唱片，重複同樣的內容。

此後，敏江太太不時向清子太太表露出類似的態度。

她有時會突然來訪，滔滔不絕地重複同樣的話。有一次，清子太太受不了地說，

「我什麼都沒聽到。」敏江太太原本正在興頭上，表情瞬間冷下來，瞇起雙眼低聲說，

「原來妳也是一伙的。」清子太太覺得她冰冷的聲音實在太恐怖，不由得改口附和她，

「聽妳這麼說，我覺得好像也聽到過那些聲音。」

「……之後回想起來，我不禁覺得自己當初錯了，我應該狠下心指正她。再不然，也應該好好告訴高野先生或是禮子小姐。」

我雖然一直這麼想，卻無法下定決心。我始終想著，等到她實在太過頭的時候再說也不遲，一直拖延下去。我真的很後悔——清子太太說著：

「她會那樣死掉，那個聲音就是原因。」

敏江太太在女兒禮子小姐相親且談成婚事後，不再出現怪異舉止，當時清子太太完全放下了心。

「……聽說那個聲音在婚禮出現了。」

婚禮只有雙方親人參與，清子太太和千香女士並沒有參加。但聽說敏江太太在宴席上陷入歇斯底里。

清子太太不知道她究竟是再度聽到根本不存在的嬰兒哭聲，還是哪個親戚說聽到有嬰兒在哭。可是因爲這樣，敏江太太不分對象地痛罵大家，指責就連親戚也要欺負她、還要破壞女兒婚禮。

整個婚宴鬧得不可收拾。

「因此高野先生帶了敏江太太回家，留下爺爺在現場向所有人道歉——然後回到家後，敏江太太就那麼死了。」

「我猜，」千香女士接著說：

「禮子姊應該真的有男朋友吧？她個性大方開朗，找到工作要搬出去自己住時，也無視了高野先生和高野爺爺的劇烈反彈，堅持到底。她開始上班後，變得愈來愈漂亮、時髦，是那個時代典型的business girl，走在時代的最前端。」

清子太太點頭同意。

「可是當時這裡還是鄉下地方，不論是高野爺爺還是高野先生都是很老派的人，對於禮子小姐的舉動總處處看不順眼，不停叨唸她，她又是愈講愈不聽的個性……」

「在那個時代，孩子和父母推薦的人相親結婚是理所當然，結婚前和男人交往根本是大逆不道。可是禮子姊在當地有很多男性朋友，經常就站在路邊隨意聊天，而那些男性朋友之中，很多人都有點不良少年的感覺。我雖然年紀比她小，也會替她擔心。」

「我想，她應該是在東京碰到喜歡的人，之後懷孕了……可能是流產或墮胎了才回家裡，所以敏江姊才那麼害怕嬰兒。」

她非常憤怒，也十分狼狽。但我覺得她藏在心底最深處的情緒其實是憂慮跟恐懼——清子太太如此說。

這件事從日下部母女的話聽來的確滿有可能。但無意間聽到別人家的醜聞，久保小姐顯得困惑不已。千香女士可能誤會了久保小姐的反應，說：

「您可能覺得我們說的話太跳躍了……不過我想事情應該就是如此。」

她說完後和清子太太交換一個眼神，接著說：

「……因爲我眞的聽到了……我聽到了嬰兒的聲音。」

久保小姐驚訝地回望她。

「您一定覺得怎麼可能吧……我在禮子姊出嫁前到她家玩過一次，她讓我看訂婚時別人送來的禮物。」

千香女士在玄關遞上賀禮後，被帶到鋪著榻榻米的會客室。當時很流行在會客室裡裝飾訂婚收到的禮物。

禮子帶著千香女士看那些禮物時，敏江太太端茶進來。她露出優雅笑容向千香女士道謝，但當把茶放到桌上時，突然停下動作。

「茶碗倒了下來，茶水從托盤裡溢出來，一下子就在桌上流得到處都是。接著水滴啪嗒啪嗒地滴到榻榻米上，可是禮子姊的媽媽卻想要撈起那些水。」

因爲她的模樣實在太古怪，即使到現在，千香女士還是記得很清楚。她當時已經聽母親說過敏江太太有點奇怪，因此心想，媽說的就是這個嗎？

敏江太太的雙手像要摸遍桌子和榻榻米似動個不停，還驚恐地窺視周遭。正當禮子很驚訝似地開口斥責敏江太太之際，

——哇啊啊啊。

千香女士聽見嬰兒的哭聲，而且聲音從離會客室非常近的地方傳來，可能就在簷廊或簷廊外面。可是聲音聽起來卻有些悶悶的，簡直像從地底下傳來。

當千香女士驚訝地意識到聲音彷彿來自地底時，敏江太太——還有禮子都像要塞住耳朵一般抱住頭。

……禮子姊也聽得見嗎？

千香女士不禁如此認爲，她接著說：

「兩人都慌慌張張想裝成沒這回事，可是臉色都一片鐵青——我在之前就和母親談過，當下就確定是這麼一回事。看到她們的樣子，我確定自己想的沒錯。心想著，果眞如此。」

清子太太點頭同意：

「禮子小姐雖然個性大喇喇，但畢竟還是那個時代的女孩子。」

千香女士也點點頭。

「還沒結婚就大了肚子，對本人來說，想必就像被醫生說得了癌症一樣。因此她明知會被責罵，還是決定和父母商量，之後就老實地被帶回家裡。如果不是這樣，我不認爲她會老實聽父母的話答應結婚，她不是那種個性的人。」

敏江太太死後，禮子傷心欲絕，她雖然在頭七後搬去夫家，可是日下部母女看過她好幾次憔悴至極地回到娘家。一週年的法事結束，高野家決定賣掉房子，禮子也從婆家消失無蹤，而夫家也只對外表示兩人已經離婚。

此後，沒人知道高野一家的消息。

「我想禮子姊可能是內疚吧？雖然嘴上說因爲母親的事而無法在夫家待下去，但我覺得她在逞強。後來就沒再看過她，也聯絡不上了……她在出嫁前，在對方店裡露過幾次面，算是要學做生意。可是婚後就沒在店裡看過她。對方也給人一種不要過問我們家媳婦的感覺。」

然後，千香女士自言自語似地開口，「我想它應該是跟過去了。」

「我曾經到禮子姊夫家一次……也在那裡聽到了聲音。敏江太太的守靈夜也是。我去弔唁時，我們這些和禮子姊認識的人，聚集在她的房間一起吃飯。」

因爲是昭和三〇年代的事，當時禮子的房間是四疊半的和室，沒有西式床鋪，只有書桌和化妝台。榻榻米上放著座墊，幾個穿著簡易喪服的女性聚集在房內，千香女士也在其中。

她身穿羊毛製的普通和服，繫上黑色腰帶，背對牆壁正座。當她憂鬱地聽著其他朋友的談話，背後突然傳來悶悶的嬰兒哭聲。

那孩子斷斷續續地哭著，聲音從牆壁的另一邊——或是從那邊的地板下傳來。千香女士驚訝地看著周圍的人，看起來只有她聽到聲音。當她認眞地打算起身回家之際，背後咻地吹來一陣彷彿從縫隙竄出的風。她訝異地回頭一看，僅看見緊貼著自己背部的牆壁，那面牆連讓空氣通過的縫隙都沒有。哭聲也消失了。

之後當所有人一起向喪家告別要回家時，一個朋友對千香女士說：

「妳那裡怎麼了？」

對方指著千香女士的足袋，她的腳跟處有一個小小的紅色汙漬。

對方問她是否受傷，見她搖頭否定後，低聲說，「是嗎？」然後笑著說：

「那好像手印哦，很小很小的手印。」

千香女士好不容易才壓抑尖叫出來的衝動。

她全身發抖地回家，脫掉足袋一看，腳跟有好幾個小小的紅色汙漬。千香女士在禮子家背對牆壁正座，雙腳正對著牆壁。汙漬看起來簡直像什麼東西從牆壁中伸出來摸了她的腳，雖然要說是嬰兒的手也太小——然而，那的確像是手印。

「老實說，我之後就不太敢和禮子姊見面了。雖然去她夫家時，她說她過得很不安，希望我常去找她，可是我很不想去……後來其他朋友找我一起去拜訪她，如果拒絕邀約，可能會被認爲我很奇怪，因此還是硬著頭皮去了。但是我還是在那裡聽到聲音了。」

此後，千香女士就再也沒拜訪過禮子。其他朋友之後還是去過幾次，但同樣覺得禮子變得很古怪而開始避開她。

聽說禮子總在朋友前去拜訪時，不斷告訴她們夫家的房子很奇怪。她好像被什麼附身一般自言自語地說，自己聽到嬰兒哭聲、從牆壁湧出小孩。

禮子變成這樣一事傳遍了朋友圈，大家自然而然疏遠了她。然後，禮子消失了，高野家也下落不明。

「她現在在哪裡過著什麼樣的生活呢？」

千香女士低聲說。

如果禮子還活著，已經超過七十歲了。她在哪裡做些什麼？度過何種人生呢？她再婚了嗎？有孩子嗎？——現在也仍會聽到**那個聲音**嗎？

我認爲我知道高野敏江選擇死亡的原因了，從前因後果來看也算合理。將敏江逼到上吊的理由是——嬰兒哭聲。日下部千香女士也聽過這個聲音，所以敏江應該不是因爲罪惡感而出現幻聽。

此外，久保小姐簡短地說了一句：

「屋嶋太太也聽見了呢，那個『嬰兒的哭聲』……」

不光是屋嶋太太，二〇四號房先前的房客梶川先生也聽見了。我想起他問房東伊藤太太的話，忍不住這樣懷疑。

「哭泣的嬰兒應該是禮子小姐的孩子吧，難道現在還留在原處嗎？」

正是如此——然而，眞的是這樣嗎？

有件事情令我有些在意，高野敏江似乎以複數的說法來表現嬰兒的哭聲。因爲並非直接聽本人說，不能確定眞是如此。不過當我聽到日下部清子太太講述事情時，我想像的是複數的「嬰兒哭聲」。

我確認了錄音的逐字稿，清子太太的確用「那麼多、那麼大聲」來表現。當然可能是清子太太口誤，然而，她難道不也是從敏江的話中想像複數的「嬰兒哭聲」嗎？我認爲，這是本人在無意識中選擇這種說法。

我之所以拘泥於這一點是有原因的。

我手邊很多從讀者那裡收集來的怪談，而我從前年開始謄寫內容，將它們製成文字檔案。這些怪談很多是本人的實際體驗，也有不少從其他擁有實際體驗的人聽來的內容。當我謄寫這些怪談時，意外地發現一般人對於乍看之下只有創作者才會留心的遣詞用字的細節，其實也相當敏感。

聽了怪談——然後要說出來時，這些遣詞用字的細節其實遠比想像中來得重要。用這些文字檔案爲底本寫作怪談時，絕對不能刪除或改變其中的遣詞用字。從這些微妙纖細的遣詞用字中誕生的「想像的發揮」，可說是怪談故事的生命線，若遭到破壞，這個故事就無法稱爲怪談了。

怪談若是經歷了長時間的口耳相傳，通常只有這條生命線會被完善保留下來，就算內容經過割愛或加以潤色，但那些微妙纖細的「想像的發揮」——也就是讓這個故事成爲怪談的遣詞用字，總會不可思議地完整保留下來。

千香女士提到的朋友證詞也是如此——禮子說的「湧出」二字符合了我方才的理論。聽到嬰兒從牆壁中「湧出」，這時，聽者腦中想像的畫面應該是兩個以上的嬰兒。

如果從地板湧出就算了，但從牆壁中出現一個嬰兒時，應該不會使用「湧出」這種表現方式。

我雖然這麼認為，不過久保小姐一臉困惑：

「是這樣嗎……」

妳可能想太多了——久保小姐說，從聽來的狀況判斷，我不認為高野禮子曾經多次流產或是墮胎。

她這麼說也沒錯。在無法確知眞相的現在，我只能暫且將這個問題擱到一邊，只是我非常在意這件事。

那一陣子，我常詢問身邊眾多作家這個問題。

「當你聽到『湧出』這兩個字，你認為湧出的東西是複數還是單數？」

我大學時，曾經加入別間大學的推理小說研究會。一些研究會的成員如今成了作家，但所有人都留在京都，過著好像延長社團生涯的生活。只要一有機會，我就會問他們這個問題，而答案分成兩種。

有些人回答，「若是本格推理，『湧出』是表示複數的伏筆。」也有些人會說，「只是單純的怪談傳聞，沒必要拘泥那麼微妙的遣詞用字。」

看來我的「正因為是怪談，所以遣詞用字很重要」的主張很難獲得他人理解。

這段期間，我也在怪談雜誌連載作品，所以有機會和其他怪談作家見面。對方是和我在同本怪談雜誌刊登連載的平山夢明（註）先生。

平山先生是怪談實錄收集者，同時也是優秀的幻想小說、黑色小說的創作者。

「既然是從牆壁，那應該是複數吧。」

聽到《超級恐怖故事》系列的編輯者這麼說，我眞是一吐胸中怨氣。

「是從牆壁裡接二連三冒出來吧，那應該就是複數了，不是嗎？」

就是說啊，聽我這麼說，平山先生便問我，爲什麼會問這個問題。

因爲一些因緣際會，我正在追查一個怪談，接著我便將到目前爲止調查的怪事和其中的前因後果告訴了平山先生。

平山先生一開始露出好好先生的笑容傾聽我的說明，但表情卻在途中逐漸變得認眞起來。

「同棟公寓的不同房間發生同樣的怪事……嗎？」

這很稀奇嗎？聽我這麼一問，「不、不稀奇，」平山先生說：

「有時也會有這種事的。同樣收集怪談實錄的人聊起來的話，會發現彼此知道類似的經驗。有時是聽過同樣的經驗，有時是聽過同樣的現象，但都是從不一樣的人那裡聽到同樣的怪事。」

關於這點，我也有幾個經驗。比方說，不只一個相同的怪談流傳在京都市近郊的某條鐵道沿線，或者東京有名的醫院等處。

「乍看不一樣的地方，其實就在隔壁，或地方相同，只是建築物不同。有問題的房子被拆了，結果在新建的房子——之類的狀況。」

果然是「怪異」附在土地上了嗎？

「也是有這種事的。」平山先生說，「更正確來說，是可以如此看待這種事。不過我也不知道到底怎麼回事。」

雖然事情來自不同的對象，也發生在不同的地方，但追本溯源，這些怪事都出自同一個源頭，我也聽過這種說法，平山先生如此說。

「這些狀況業障很深，對我們的影響也很大，就是所謂的棘手故事。要是隨隨便便就寫出來，會碰到倒楣事的。」

我嚇了一跳。收集怪談實錄時，的確存在所謂的「被封印的故事」——這對喜歡這類讀物的讀者而言，可說是一種常識。作家一下筆就會碰上麻煩，所以無法寫；或是下筆時，非得封印故事一部分的內容。

最有名的例子莫過於木原浩勝先生、中山市朗先生合著的名作《現代百物語　新耳袋》系列中的〈八田甲山〉。眾多讀者認爲這是系列中最恐怖的一則故事，部分內容遭

註：日本小說家，代表作有《世界橫麥卡托投影地圖的獨白》、《他人事》等等。

到封印一事更是富有盛名。

「其實我也不知道究竟是不是眞的是怪談害的。」平山先生笑著說，「不過實際收集怪談之後，我也碰過一些只能這麼想的事。我雖然嘴上講是偶然罷了，但還是很在意，所以有一些故事後來就決定不寫。不可思議的是，一旦決定不寫並將收集到的內容都留在檔案後，怪事就戛然而止了。」

「原來有這種事啊。」

「我認爲怪談有一部分的本質在於說出來，『說』這個行動本身就已經是怪了。問題不在怪談的內容，而在說出某個怪談的行動中，就潛藏著『怪異』了。」

——我聽不太懂。

平山先生大概察覺到我無法理解，所以解釋：

「在我不得已封印起來的故事中，有些內容其實沒什麼了不起，不是什麼特別恐怖的經驗，可是我怎麼樣都無法用筆將它說出來。只要想說，就會碰上怪事。寫那樣的故事與其說是在『講述怪異的故事』，不如說包括我在書寫的整件事本身就是『怪異的故事』。」

平山先生接著說：

「四谷怪談也是如此，不是嗎？那是鶴屋南北（註一）的創作，雖然似乎有當成底本的故事，但是和我們熟知的四谷怪談幾乎沒關係。既然如此，那應該就不會有阿岩作祟這回事。可是，這個怪談卻是超級厲害的怪談，因爲眞的作祟了。平常不會發生的事，只要碰上四谷怪談就會發生。從常識來思考，大概是偶然沒錯；然而，那個偶然卻不知道爲什麼只要和特定的歌舞伎劇本有關時，就特別會發生。所以即使到了現在，大家在上演時還是會特別去參拜一趟。」

我點頭同意他的說法。

我腦中一直有個和服腰帶的設計，但始終沒有眞正落實——我想請人在黑底腰帶畫上紅色蒔繪的梳子，這時我若是再請人在黑底的腰帶上以黑線繡出「纏繞在梳子上的黑髮」圖案，就成了四谷怪談（註二）。因爲在黑底腰帶添上黑色刺繡，乍看之下是有梳子圖案的腰帶。

我很喜歡這個點子，但怎樣都無法付諸實行。我雖然完全不相信作祟，但還是會想像，萬一出現什麼偶然的事件就太不舒服了。四谷怪談擁有令人想像「說不定會出現什麼偶然」的魔力。

「我不知道是不是眞的有什麼作祟。雖然講作祟，但沒有作祟的主體，不是嗎？難以想像是阿岩在作祟，然而大家卻一直說著作祟、作祟。到這個地步，四谷怪談的內容已經不再是重點了，反而成了只要扯上關係就會被作祟的怪談了。」

註一：這裡指的三世（1755-1829），又稱爲大南北江戶時代的歌舞伎狂言作者。《東海道四谷怪談》是他的代表作。描寫女子阿岩遭丈夫下毒謀害後，作祟報復丈夫和新妻的故事。

註二：在四谷怪談中，有一段是阿岩在梳髮，髮絲卻不斷掉落的情節。

小心一點比較好，平山先生說：

「怪談之中就是有這種光是存在，就是怪異的故事，如果不留心一點，會碰上麻煩的。」

他一臉認眞地說，令我不禁挺直背。

「如果有什麼進展，請告訴我。我也會留意的。」

我滿懷感激地向他道謝。

我在回家的路上漠然地思考，如果嬰兒的聲音不只一道，或許那不是禮子的孩子。換句話說，禮子的事情發生前，那塊土地上就已經存在「嬰兒的哭聲」。

3 遺跡

這段期間，久保小姐常拜訪田之倉先生，打聽包含工廠在內的土地歷史。遺憾的是，田之倉先生記得的就是他提供給我們的證詞。不過，他爲我們介紹一些記得當地更早狀況的人士。

「哦，那座工廠啊。」

這麼說的人是辻誠子女士。我們採訪時，她已經七十歲。她在岡谷公寓那一帶出生長大，後來嫁到市內其他處。

「我記得那座工廠叫做植竹工業，是座規模不小的工廠，戰前就有了。戰爭期間應該是生產軍用的鑄造零件，到戰爭結束都還在。」

根據辻女士的記憶，工廠老闆並不是當地居民，只是將工廠蓋在那裡。但很多員工住在附近。

當時那一帶蓋了很多小房子或是大雜院，其間則夾雜著少許當地土生土長的農家耕地。

「那些都是戰前就蓋好、用來出租的房子。雖然是獨門獨棟，不過數量比大雜院少很多，和狹窄的大雜院混在一起。我記得角地一帶是大雜院的聚集地。」

辻女士的同學中有很多住在大雜院的孩子，大多數的人家境都很貧窮。

「多數大雜院都是兩層樓，然後用牆壁隔出一間間的室內空間。一樓除了廚房，還有一間套房，二樓則是相鄰的兩間套房。每間套房都住了五、六人的家庭。唉——以前的住家大多都是這種樣子。」

大雜院周圍則是一直住在當地的商家，不然就是農家，這些人和大雜院住戶的氣質很不相同。

「當時存在一種風氣，好人家的孩子不能跟大雜院的孩子玩在一起，但對小孩來說根本沒差。不過工廠關門後，大雜院的人都不見了。」

居民逐漸增加時，附近的農地搖身一變成爲新的住宅區，大雜院的住戶也隨之減少，工廠關門後，住戶都消失了。

「工廠關門是因爲發生了火災。不，我記得不是戰爭的關係，是生產產品時起火了。我還記得當時從學校也能看見烈燄沖天，非常恐怖。」

辻女士說著，露出了惡作劇般的笑容。

「聽說工廠的廢墟中鬧鬼哦。」

失火後，工廠很長一段時間都維持著燒毀的狀態。當年並不會特別在火場周圍架設圍欄或是鋪上防水布，只是將燒剩下來的東西堆起來放著。工廠設備也是如此，燒得焦黑的生鏽鐵塊就像屍骸般留下來。

那裡是個會刺激孩子冒險心的地方，但因爲很危險，只要孩子一跑去工廠的廢墟玩就會受到大人的斥責。

「即使如此，男孩子還是會跑去裡面玩。瞞著大人玩更有樂趣吧。」

不過會去那裡的孩子愈來愈少，眾人開始傳言廢墟裡鬧鬼。

據說有些孩子在廢墟裡玩著尋找齒輪或軸承的「尋寶」遊戲，突然發現背後站著一名燒得全身焦黑的大人，還無言瞪著他；也有人說機械之間會伸出一隻黑色的手抓住他的腳；此外，還聽到呻吟聲、啜泣聲之類的傳聞——各種常見的怪談故事在小學內流傳，後來就沒有孩子靠近工廠廢墟了。

——接下來，是我鄰居同學發生的事。

男孩和弟弟一起玩投球遊戲。

一不小心，球滾進了廢墟，兄弟倆只好進去找球。

那是冬天的傍晚時分，周遭開始轉暗，兩人一直找不到滾進瓦礫間的球。雖然只是一顆球，但對於戰爭結束時的孩子來說是十分貴重的玩具。縱使他們內心都因爲廢墟鬧鬼的傳聞害怕得不得了，還是無法放棄。

當他們在縫隙或陰影間找球時，太陽一下子就西下了。

「好恐怖哦，不要找了啦。」

哥哥教訓了一下說著這番話的弟弟，接著好不容易從廢材的縫隙間找到掉進去的球。太好了——正當哥哥這麼想著，起身攀爬堆在地上的廢材時，看見瓦礫之間有黑影在蠢動著。

燒剩的建築物、零件材料、壞掉的機械間，倒臥著不只一道的黝黑人影，那些人影扭動著身軀，隱約傳出微弱的呻吟。黑影包圍兄弟倆的周圍。他們靠得緊緊地呆立在原地。直到弟弟哭起來，辻女士的同學趕緊抓起弟弟的手，閉上雙眼跳過人影。兩人努力不看腳下，從廢墟衝向外面的馬路。

辻女士的同學從馬路回頭一看，已經看不見人影。太陽西下，黑暗遮掩了瓦礫之間的地面，他再也看不見蠢動的東西，呻吟聲也停止了。

「我同學很認眞地強調他沒有騙人，他說人影有幾十個，像是輪廓模糊的黑影子。我自從聽了他的話，傍晚經過工廠附近時都很害怕。」

之後，另一位當地人士——中島先生告訴我們稍微不一樣的故事。他同樣住在植竹工業附近，和辻女士是童年玩伴，比她高兩個年級。

「——廢墟的鬼？我聽過那樣的傳聞，像是夜晚那邊會傳出呻吟。還有人的靈魂到處飛的說法，不過都是捏造的。我沒聽說那場火災有任何死者。」

據說那是工廠作業時的火災，因爲員工都急急忙忙地滅火，雖然出現幾名傷者，不過所有人都順利避難，受傷的人也都只是輕傷。

「工廠的確燒掉了，不過沒有關門，應該是搬走了。那是終戰隔年的事，工廠老闆正準備大展拳腳的時候，這場火災燒掉了整座工廠。我聽說老闆打算重建，但因爲土地劃分法之類的關係，他無法重建工廠。因此那塊地之後變更爲建地。工廠好像搬到別處去了，但我沒聽說最後搬到哪裡。不過我記得以前——還是昭和的時候吧？在某處看到工廠的名字，當時還想原來那間工廠還在啊。」

如果那間工廠到近年來都還在運作，或許可以調查到後來的狀況。

然後，我們確認了當時那邊確實有一間名爲植竹金屬工業的金屬鑄造物工廠。那是一間大工廠，佔地達當地的八成，主要生產引擎零件用的鑄造物。工廠在二戰期間受到軍部接管，負責生產軍用鑄造零件；終戰隔年的一九四六年，工場於作業中發生火災，整間工廠燒毀。

植竹工業由植竹禎一創立於大正年間，他在昭和初年將所有權轉移給埜島家。植竹家和埜島家的自宅都位在近郊，只是工廠蓋在這裡。火災後，工廠搬到東京的臨海地區，規模逐漸縮小，但始終保持營運，到一九九六關廠爲止。

「爲什麼會出現鬧鬼的傳聞啊，可能是時代背景吧？那時到處都有『出現那東西』的傳聞。從某個角度來說，也是不錯的年頭吧。小孩子只要擔心鬧鬼就可以了。」

中島先生笑著說：

「大家也說工廠隔壁的大雜院是鬧鬼大雜院，一眼就看得出來那是一間又舊又破的大雜院，所以才有這種傳聞。有些人還煞有其事地說那裡有鬼。」

中島先生說著，忽然歪頭露出不解的表情。

「此外，還有什麼呢……好像有過什麼案件。在我印象中，好像聽過大雜院裡有居民被逮捕，所以才會有人說什麼被害者出來了。」

「既然有被害者，就代表是殺人案件吧？」久保小姐問。

不過，中島先生不記得詳細狀況。他在案件發生很久後才聽到傳聞，連時間都不記得了。

「我想這是捏造的吧？不然就是因爲竊盜或其他案件被逮捕，然後加油添醋成這樣的傳聞。如果眞有殺人案，應該會鬧得很大，我一定會記得。」

至於工廠搬走、大雜院拆除後才搬到當地新建住宅的住戶，中島先生幾乎沒印象。就連自殺案件也都是久保小姐提出後，他才恍然大悟，「的確有這麼一回事。」

我們試著調查中島先生提到的案件，不過找不到這一帶發生案件、居民遭逮捕的報導。我也拜託學弟妹代爲調查，當地是否存在發生過案件或意外的舊報導或紀錄，不過完全沒有收穫。如果有意外，也是火災、交通意外；案件則是竊盜案、口角導致的傷害案件——每件事都和當地相隔甚遠。

不過，正如我們的懷疑——「上吊的女人」果然不是一切的源頭。因爲怪談在此之前就存在了。但火災沒有造成任何犧牲者，所以怪談的誕生應該不是起因於植竹工業的火災。

說不定只因爲工廠這一帶總是黑暗冷清，因此打從過去就被當成「不好的地方」。我猜附近的人可能認爲因爲這裡有怪談，火災才會發生，若非如此，沒道理毫無犧牲者的火災導致怪談的出現。

不過，儘管我們得知了鑄造工廠的狀況，但還是不知道工廠興建前的狀況。我費了很大力氣尋找舊地圖，透過大正六年發行的地圖，我只能確認土地上有某種建物；更早的地圖在明治十五年發行，但與其說是地圖，不如說是繪圖，無法判斷這張圖究竟多忠實地呈現當時狀況。不過，包含工廠在內的廣大地區都是種植桑樹的田地。

和中島先生見面沒多久後，發生了一件事。

我接到久保小姐的電話，她聽來很緊張。

「我又聽到聲音了。」

久保小姐搬去的新住處是較爲寬敞的單人房，她又在房裡聽見「摩擦榻榻米的聲音」。室內地面是木頭地板，不是榻榻米，但她還是清楚聽見某種東西摩擦榻榻米的聲音。她找不到聲音的源頭，可是到處都聽得見聲音，還總是出現在久保小姐的背後。然而，她轉過頭卻什麼都找不到。況且，這裡只有一間房間，她更加渾身不對勁，不敢回頭。

我問她：妳還好吧？

「我先去求了平安符，之後就學鈴木太太，無視那個聲音。」

雖然她這麼說，可是聲音透露出疲憊。她在岡谷公寓時還能夠關上和室的門，可是這次沒有任何一扇能夠關上的門，可以關上的只有自己的心門。

「有什麼萬一的話，我會再搬家——可是它下一次也會跟過來嗎？」

我無法回答這個問題。

「對了，妳那邊怎麼樣了？」她問我。

「算是習慣了吧。」

但實際上，我還是不太適應新家的生活。

剛搬家時，我很驚訝房子居然可以產生這麼多麻煩。

家裡到處都發生狀況。庭院老是出問題，可以怪罪在園藝業者的身上，但連電力系統都出問題，我就不是很清楚箇中緣由。可能是因爲我家蓋在山上，容易受到雷的影響，感應器就常壞掉；電話線插口也壞過一次，天線接收器也是，每一次都得請業者來修。但不論請他們來看多少次，也找不出走廊感應器啓動時老是出錯的原因。

我家走廊上裝著人一經過就會自動點燈的感應器，一段時間就會熄滅。但有時走廊上明明沒人，感應器卻自動亮起。我只能假設因爲家裡附近都是田地和森林，因此偶爾會有大型蛾類飛進來

不過最讓我感到不可思議的是，感應器在丈夫在家時從不會出錯。

我不知道這究竟是怎麼回事，說不定感應器仍然會出錯，但丈夫一旦在家，我就會把他當成這一切的元凶。

久保小姐的家出現怪事，我家也是——我在掛電話時這麼想，而平山先生的身影掠過了腦海。

到底怎麼回事呢？我問家裡的貓。牠們是一對我在以前大樓停車場撿到的褐色虎斑貓兄弟。兩隻貓不可思議地望向我，然後倏然回頭看往同一個方向。

兩隻貓兄弟有一對以虎斑貓來講十分罕見的綠色雙眼，只見牠們的目光穿過中庭窗戶，同時神經質地搖著尾巴，緊盯著走廊的方向。

最近常發生這種事。

4 植竹工業

二〇〇六年初，久保小姐找到了在植竹工業工作過的人——鎌田先生至今依然住在當地，現年七十六歲。植竹工業發生火災時，他正好十六歲。他從國民學校畢業後，進入植竹工業當實習員工，工廠卻在終戰隔年燒毀。工廠搬走後，鎌田先生辭掉工作，回家幫忙種田。

「那時得下這樣的決定才吃得飽啊。」鎌田先生感慨地說。

火災當天他沒有當班，所以不在工廠內。他一聽到工廠發生火災就從離工廠徒步二十分鐘的自家跑去看，火勢已經嚴重到不可收拾。他聽前輩說是切斷金屬的機械起火，但詳情就不清楚了。

「工廠一直勉強操早就出問題的機械。火一下子就燒開，很快就不可收拾了。那時講到工業用油，可是貨眞價實的油啊，而且將鑄造物從模型裡拿出來的脫模劑也是易燃物。現在就會用水性材質了。」

當時的工廠也沒有能力和零件來修理受損的機械，當時也尚未出現所謂的安全管理。熟練的工人也徵召到前線，根本沒有能夠指揮和監督現場的人手。工人替換得很頻繁，可說是一片混亂。

「這工作本來就很容易發生火災，當時常發生小意外。像在高熱的火爐冒火之際，鐵砂屑或金屬碎屑飄進去，導致危險的粉塵爆炸——唉，當時就是這樣啊。」

久保小姐接著提出隔壁大雜院的問題。

「妳說那個大雜院啊。我是當地人，所以住自己家。如果不是的話，大部分的人就會住在大雜院。那間大雜院又舊又小，還被說成是鬧鬼的地方。」

當時沒有流傳和大雜院有關的怪談嗎？

「有啊。像是出現死掉的工廠前輩，或是哪家死掉的老婆婆。我記得也有關於嬰兒的怪談。」

您是說嬰兒嗎？久保小姐再次確認。

「對，在地板下爬來爬去，或是從牆壁或地板出來。」

不知道為什麼會出現這種怪談，硬要說的話，就是因為有人死了，才會變成這樣吧。鎌田先生繼續說：

「畢竟工廠總會發生意外，也出了人命。再加上那時候，大家都是在家臨終的，終戰前後更是如此。只有富貴人家才能住醫院，在醫生看顧下死去。而且醫生人數很少，很多人根本沒看過醫生就死了。」

當時也很難攝取足夠的營養，很多嬰兒或小孩因此死去。

「相對的，不論哪戶人家的家裡都有在地上爬來爬去的小孩。」

鎌田先生看似懷念地瞇起雙眼。

「怪談也流傳在工廠裡。我聽人說，如果晚上待在工廠，會見到在以前意外中死亡的工人。那些工夫全身被燒得焦黑，倒在工廠地板上呻吟。仔細想想，根本不可能那麼多人死掉，可是當時我還是認眞相信了。其他還有——幾年前因爲意外死掉的前輩出現。」

鑄造工廠的工人會將用火爐融化的金屬——液體注入模型中，當時還用杓子。如果金屬液體中混入不純的成分，它就會變成小顆粒四處飛散。據說當下若是反射性閉上雙眼反而危險，眼皮會燙傷。其實就有前輩因此燙傷眼皮。

他那時痛苦掙扎著，還撞倒裝滿液體、正在冷卻的模型。沉重的模型壓住他，而尚未冷卻的液體潑在他的全身。眾人雖想救他，卻都束手無策。

「其實就算眞的出手救他，他也沒辦法活下來。」

這件意外似乎是在鎌田先生入廠前不久發生，之後，眾人傳說晚上留在工廠，就會看見這位前輩。他全身燒爛，四肢蜷曲，眼皮燙爛，所以雙眼緊閉。前輩會伸出燒爛而血肉模糊的雙手，摸索著要靠近看見他的人。

「因爲我年紀還小，還不用在工廠值夜班。不過每當爐子生火的日子，得有人在工廠値夜班守著爐子，所以我總是很害怕有一天會有人跟我說，『你也差不多該值夜班了。』」

說完後，鎌田先生笑起來。

「我有一次和一些人在工廠待到深夜。當時可能是工作進度落後，要修理壞掉的機械吧。」

人數一少，就襯托出工廠的巨大。

鎌田先生很不安。平常會嫌機械聲吵到聽不到別人講話，這時大部分機械都停止運作，彼此的聲音聽得清清楚楚，鎌田先生因此更害怕了。

他心懷不安地工作，周遭倏然響起怪聲。鎌田先生以爲是風吹進來。

「我這樣講是滿奇怪的，不過聽起來很像地下吹著風，令人不太舒服。」

他以爲是機械的怪聲，所以仔細地巡了周遭，這時，前輩跟他說，「不要管那個聲音。」雖然不知道是什麼造成的，但到了晚上就常聽到。鎌田先生想，「這樣啊。」可是聲音愈來愈大聲，好像某種東西正在逐漸靠近。雖然眾人的交談、機械的運轉聲能夠蓋過那道聲音，可是聲音一直不停，令鎌田先生很在意。他不禁豎起耳朵。

彷彿從地底深處發出的震動聲中，隱約聽見混雜在其中像是呻吟的聲音。

「聽起來就像很多人在呻吟，令我毛骨悚然。」

前輩再次對呆站著的鎌田先生說，「不要管它。」所以鎌田先生拚命無視聲音地專心工作。工作結束後，他飛奔回家。

「除了剛剛的事，還有人很認眞說過，過去誰因爲火爐倒下被燒死，或者被機械夾死，這些人都會出現在活人的面前、還會發出慘叫。我眞心覺得這些事好淒慘——也很嚴重，不過仔細想想，這些故事實在有點怪。畢竟當時工廠外頭只要出現一次空襲，就會導致比工廠意外死亡還多數十倍的死者啊。」

工廠遷走後，鎌田先生回到離工廠有段距離的老家種田，完全不記得此後的事。他當然也沒有任何工廠興建前的記憶。

出現怪談的工廠，出現怪談的大雜院。

這麼說來，源頭大概要追溯到更久之前的事了。植竹工業在大正十一年——一九二三年創立，這裡在此之前存在過什麼呢？在大正六年發行的地圖上，工廠的所在地標示著存在建築物的小小黑色四角形。

這到底是什麼？

六

戰後期II

1 中村家

我們在這段期間盡可能畫出植竹工業東側的小型住宅和大雜院的居民地圖。

總結鎌田先生、田之倉先生為首的古老記憶，植竹工業附近應該有數間小型住宅和六棟大雜院。最南邊的四棟大雜院成為岡谷公寓和岡谷社區的建地，其中應該住了十二戶到十六戶人家。不論是姓名或是綽號，我們這時只掌握了不到一半的居民身分。即使如此，還是得把這些當成線索。

同時，我們也找出當年以這一帶為學區的中小學校學生名冊。追查名冊上的人實在是相當繁瑣的工作，很可能根本沒有任何收穫，然而，這是我們唯一的手段。

我們想找的是擁有戰爭期間或是戰前記憶的人，他們現在都超過七十歲；雖說這裡是小地方，但當時住在附近的人不見得記得當地的歷史。

像日下部清子太太，她的年紀剛好符合這段期間，也在高野夫人的事情上幫了我們大忙，同時住在這個學區，可是她在車站的另一頭長大，小孩的生活圈也非常小，當然聽都沒聽過植竹工業。

這樣到底能收集到多少證詞？說實在，我完全沒把握。

久保小姐和我都是在工作的夾殺中尋找極爲稀少的線索，在毫無成果的情況下，我們迎接了春天。期間，久保小姐生了場病，她因爲卵巢囊腫接受手術。

「不是什麼大手術。」

雖然她這麼說，但身體動過刀，不可能毫無影響。她出院後，還是有段時間身體不佳，光是工作就耗盡她所有精力。

然後夏天到了，那是對我——及我丈夫——而言，發生很多事的夏天。忙碌的季節匆匆過去，二〇〇六年秋天，阿濱來了電話，他還是在召集有空的學弟妹替我收集相關資料。

「大姊，找到不得了的東西了。」

不知道爲什麼，阿濱從大學時代就叫我「大姊」。

「有個叫中村美佐緒的大雜院居民，我們試著用她的名字和『逮捕』當關鍵字搜尋，居然找到新聞報導了。」

啊，我想起來了，中島先生提過大雜院的某個居民遭到逮捕，而且還有鬧鬼的傳聞，鬼可能就是被害者。加害者是誰？是什麼樣的案件？發生在何時？因爲詳情和日期一概不知，只好拿已知的大雜院居民名字，從頭搜尋新聞報導。

我先請阿濱將那份報導寄給我，又請他調查當時的雜誌。得確認報導中的「中村美佐緒」就是大雜院居民之一的「中村美佐緒」，雖然花了一星期，不過不須透過繁瑣的公文手續，就確認報導中的女性的確就是中村本人。

——一九五二年，都內一名女性遭到逮捕，身分是中村昭二先生的妻子美佐緒。

這年年底，美佐緒的隔壁鄰居因爲聞到惡臭而報警；接獲消息的警署出動調查報案者的住家附近。他們調查到隔壁的中村家時，發現了裝在燈油桶中，性別不明且遭到勒斃的嬰兒屍體。

美佐緒因爲殺害嬰兒和遺棄屍體遭到逮捕。警方調查完後院後又從田地發現兩具嬰兒白骨。美佐緒在前一年的九月也生了一個女兒，因爲是死胎，所以她用布裹好屍體棄置在庭院角落。

她的犯行很快就曝光並遭到逮捕，不過棄屍嫌疑最後以緩起訴的處分收場。

中村美佐緒是在被逮捕的前四年搬到當時的住家，在那之前，她住在緊鄰植竹工業的大雜院。

聽完我的報告後，久保小姐啞口無言好一陣子。

「殺害嬰兒嗎？」

我點頭回答久保小姐的問題。

「而且是三個人？」

新聞報導寫的是三個人，不過根據八卦雜誌，中村美佐緒很可能還殺了其他嬰兒。中村美佐緒住在大雜院時，大概快要二十歲。中村夫妻在大雜院關閉前就搬到東京都內，而她在都內的住家遺棄了胎死腹中的女兒。

不過考慮到她後來因爲殺害嬰兒被捕，這個「死產」也很令人懷疑。但是當時的檢方接受了美佐緒「死產」的說法，最後以緩起訴釋放她。一年後，再度逮捕了美佐緒。這時，不光發現裝在燈油桶中的嬰兒，還從田地裡找出兩具嬰兒的白骨。可以確定她在前次因爲遺棄屍體被捕時，已經在田地裡埋了嬰兒的死屍。

而且，警方在調查過程中又從壁櫥的天花板找到一具塞在衣物箱中的屍體。這句屍體死亡超過三年，美佐緒事後承認自己在搬家前也曾經死產（她否認殺害嬰兒），之後將屍體藏在衣物箱，然後就這麼和其他行李一起搬到被捕時居住的地方。

也就是說，美佐緒將死在大雜院的嬰兒屍體塞進衣物箱，搬離了大雜院。她同時也暗示自己在大雜院裡殺了三個嬰兒，然後將屍體塞進衣物箱藏起來。之後再趁機將屍體埋在自宅地板下。然而當時大雜院已拆除，原地早蓋了新的住宅，因此無法找到她暗示的屍體。

不過美佐緒的自白中很多說不通的地方。尤其是大雜院殺害嬰兒一事，警方無法確認她是否眞的殺了嬰兒，再加上找不到最關鍵的屍體，因此無法以此事起訴她。

但光靠最早發現的三具屍體，就足以將她判刑。

總之，她住過大雜院。可是當她的罪行在其他地方被揭發時，大雜院已經不在了，所以無法在大雜院的地區立案。據說美佐緒還在大雜院時，其他住戶就已經流傳聽到奇怪的嬰兒哭聲。也有雜誌報導指出，大雜院居民作證，在美佐緒搬走後仍會聽到不該存在的嬰兒哭聲；此外，還指出被殺害的嬰兒數目遠比警方調查到的更多，內容寫得十分煽情，很難判斷是否爲眞。

根據這篇報導，美佐緒大概沒有老實招供正確的數字。在她家附近也發現過可疑汙物，甚至還有鄰居打掃廁所的汙物槽時，發現像是骨頭碎片的物體。

此外，美佐緒的丈夫居然完全沒發現她懷孕了。明明只要懷孕，體態就會發生顯著的變化，他卻壓根沒留意。附近居民也作證美佐緒長年都是懷孕的體態，也就是說，她很可能不斷懷孕。

這個前提再加上她被逮捕的時間，她極可能殺害了十個以上的嬰兒。

「……可是這只是假設而已。」

是的，我回答。但不管是殺死嬰兒或是死產，她都只是用布裹一裹孩子的遺體，藏在庭院角落，毫不在意桶子裡的屍體發出惡臭，或者是屍體是埋在種植自己要吃的蔬菜的田地裡。

美佐緒的手法拙劣到令人目瞪口呆——也就是說，她很可能已經十分習慣這些事情，習慣到破綻百出。

這實在是讓人心情黯淡的案件，不過也知道高野敏江聽到複數嬰兒哭聲的原因。那不是高野禮子的孩子，是被美佐緒殺死的孩子。敏江和禮子因爲內心有愧，無法接受這只是單純的「怪異」。

「這樣的話，不就是怪異將高野夫人逼到自殺嗎？」

正是如此。

美佐緒的犯行導致「嬰兒哭聲」的怪異。這個怪異在美佐緒離開大雜院後，仍舊在大雜院出現，也出現在之後興建在大雜院土地上的高野家。高野敏江將自己逼到自殺，然後她本身也成了新的怪異——「上吊的女人」。

這是連鎖的怪異。

即使高野敏江死去了，「嬰兒的哭聲」也沒有停止，還被岡谷公寓的屋嶋太太聽見。然後，梶川先生可能也聽見了。

「死去的孩子應該沒有希望自己被發現，或是向美佐緒復仇的意圖吧……」

我想是的。

「仔細想想，幾乎沒人知道怪談故事中的幽靈到底爲了什麼而現身。我想，爲了要傾訴什麼而出現的幽靈其實不多。」

這麼說也是，它們就只是出現而已。

「可是卻會對目睹怪異的人產生惡劣的影響——就像敏江一樣。如果沒有怪異，她就不會被逼到自殺了。」

或許眞是如此。

「這是……作祟吧。」

與其說是作祟，不如說是業障。

被美佐緒殺害的孩子當然沒有向她本人復仇的意圖，我也不認爲這些孩子打算禍延他人。不如說，這些孩子不幸的死亡產生「穢」，而高野敏江接觸到了這種「穢」——這種說法比較合實情。

日本自古以來就有「觸穢」的說法。人們認爲碰到穢就會傳染，並且應該避穢。從「罪穢」這個名詞就可以得知，「穢」和「罪」有十分密切的關係。

在日本，「罪」是透過祭祀除去的犯罪和災害的總稱。古時候有「天津罪」和「國津罪」的區別。根據某些說法，前者是對共同體的農耕或祭祀所犯的罪行，後者則是個人的犯罪或是天災。

古時代的農業不光是人們賴以爲生的產業，也和祭祀保有密切的關係，可說是帶有咒術意義的行爲。因此，妨害農業等同妨害祭祀，是將異常狀態帶進共同體的危險行爲，而這種行爲就是「罪」。

「罪」會產生「穢」；爲了除去穢，須進行祭祀。

此外，雖然和「罪」不同，但「死亡」或「生產」等異於平常的生理狀態也是「穢」的一種，且和由「罪」而生的穢一樣都須除去。其中又以死亡產生的「死穢」最嚴重。

這一部分關於「穢」的概念和佛教「不淨」的概念結合，讓「穢」的概念和「罪」劃上等號，並且讓人類必須揹負起來——然而，這其實是起因於對佛教「不潔」概念的錯誤理解。

「穢」存在個體之外，「不淨」卻普遍存在個體之中——這個正確的概念被誤解且在傳世過程中遭到扭曲，「不淨」因此被視爲過去累積的罪孽，而罪孽化爲「宿業」存在個體內部，指涉爲「穢」；可是，「穢」在原本的概念中只會附著在個體之外，過一定時間就會消失，也可以透過水垢離(註)的祓禊手續去除。

另外，「穢」和「罪」之間根本的差異就是——穢會傳染。

因此，「穢」必須隔離好避免接觸。尤其「死穢」會污染死者的家族或親屬，不僅

註：在向神佛祈禱之前的沐浴淨身。

須架設喪屋來隔離死亡，遺族也須在規定時間內服喪。換句話說，遺族在這段期間等同和人世隔離，進行淨化「穢」的行為。至今，仍可以在舉辦喪禮的過程中見到這種猶如殘渣一般遺留下來的習俗。

關於穢的傳染性，可在《延喜式》（註）中見到「觸穢」的記載。上頭記載了與死穢有關的「甲乙丙丁展轉」規定，一看就可以知道當時的人認為穢如何傳染。

假設甲的家族發生了「死穢」，那麼如果乙拜訪甲家，乙的家族全員便會被死穢污染。這裡的拜訪指的是使用同樣的火源、共同用餐。

自古以來，火、食物及水就被視為傳染聖潔之力（同時也是不淨力量）的要素。因此，若是共用火、食物和水，就會傳染死穢。

接著，丙如果前去被死穢污染的乙家，丙也會受到污染；但這次的汙染僅限丙一人，丙的家族並不會被污染；相反的，若是乙拜訪丙家，那麼丙的家族全員便會被污染；可是，如果丁去拜訪丙家，丁就不會被污染。

根據《延喜式》的記載，這些接觸到死穢的人「縱然非神事之月」也不可前往「諸役所」、「諸衛陣」及「侍從所」等公共場所。至於無法前往的時間區間也有十分嚴格的規定，根據甲乙丙丁等人的狀況不同，分別是三十天、二十天、十天、三天。

「呃——也就是說？」

也就是說，假設太郎家發生死穢，次郎在這時拜訪太郎家，不光次郎，次郎全家都會被死穢污染；如果三郎去了次郎家，三郎也會被死穢污染，但他不會將污染傳染給家人；要是被污染的次郎去了三郎家，那三郎一家也會被污染；但就算四郎去了三郎家，四郎也不會污染——死穢在這個階段已經不再具有傳染性。

《延喜式》的記載只有這樣，不知道感染了太郎家死穢的次郎，若是前往別人家又會如何；此外，在次郎家感染死穢的三郎，如果去了四郎家會是什麼狀況？或是因爲次郎來訪而被感染的三郎又去了四郎家，死穢是否就不會傳播了？這些就不清楚了。

不過從《延喜式》的記載，可以了解日本人對於穢抱持何種印象。穢會傳染，且擴大。如果不進行淨化穢的祭祀，穢會擴散得非常遙遠。

「這就是所謂的觸穢嗎？」

我點了點頭。

一般說來，這種狀況大概會被說成是詛咒或作祟，但我們遭遇到的狀況卻截然不同，這是一種沒有特定意圖的災厄。

有一部電影叫《咒怨》，它在一九九九年用錄影帶電影的形式發表且廣受歡迎，因此還製作一連串的續集。這部作品由清水崇導演，鮮明表現出我們對死穢的看法。在故事中，有一棟被死穢污染的房子，只要踏進這棟房子就會受到感染，無一倖免。感染者

註：平安中期成立的國家法典，共有五十卷。905年開始編撰、927年完成，967年開始施行。

將死穢帶回家裡，而家人也被污染，然後是接觸到家人的人們，以及其他接觸過感染者家人的人——感染就這樣擴散開來。

但是，我不認為所有死亡都會引起這種事。雖然不知道和《延喜式》做這樣的比較有沒有意義，但若是遵從自古以來和觸穢有關的規定，死穢就不會永遠持續。

從規定一定時期的服喪期間就可以得知，死穢的感染性只會存在一段時間，感染力也並非無限大。

根據「甲乙丙丁展轉」的規定，感染力在三代之內就會逐漸減弱，慢慢消失。

我想，死亡或許會生出某種穢，特別是留有強烈遺憾、伴隨怨恨的死亡。然而，這種「穢」原本就不會永遠存在，也不是毫無限制不停感染擴散；而接觸到穢的我們也會進行類似咒術的防衛，例如：供養死者，淨化土地。但是，如果有「什麼」強大到即使經過這些作為還是殘存下來呢？

這些「殘穢」，歷經時間流轉或類似咒術的淨化手續還是無法完全淨化。而且，因為只是殘餘的一部分，因此不至於出現在公寓中所有房間，而且只會因為某種原因出現、又基於其他原因消失——如同屋嶋太太定居於岡谷公寓期間出現的怪異，在西條太太入住後就消失了。

講到這裡，我才回過神來，不好意思地笑了。

這不是事實也並非理論，只是事情如果這麼想就說得通了——這只是作家的妄想。說到底，可能是我的個性就是如此，不知不覺就瞎掰上一篇長篇大論。

這是我的主觀意見，但也是至今爲止最能解釋一切所見所聞的思考方式。這些被美佐緒殺害的嬰兒，應該不可能無休無盡地詛咒著某人。畢竟，它們是用聲音的形式現身，感覺不到想主張什麼。只是，雖然這些嬰兒沒有惡意，但如果不健全的「什麼」接觸到這些異常，就可能引發不幸的結果。

就像高野敏江的罪惡感接觸到了它們，最終導致她的自殺。

2 污染

二〇〇六年底，久保小姐接到伊藤太太的聯絡，她是二〇四號房前任房客梶川先生新住處的房東。

久保小姐挺喜歡伊藤太太的個性，希望能夠搬到她正在出租的公寓居住。梶川先生當時住的空間稍嫌狹窄，不過附近有比較寬敞的公寓套房。但久保小姐尋找新家時，那棟公寓已住滿人，因此她拜託伊藤太太，有空房時，務必通知她。

二〇〇六年底，伊藤太太通知久保小姐，近日有可以出租的空房。

這對在新住處也會聽到摩擦榻榻米聲而煩惱不已的久保小姐而言，是再高興不過了。然而，她同時也十分不安，萬一聲音在搬到新居後又跟過來，自己該如何是好。

不過她還是決定看一下套房，於是和睽違已久的伊藤太太見面，從對方那裡聽到了有點奇怪的事。

伊藤太太告訴她，梶川先生住的房間出現了女性幽靈。

「女性嗎？」久保小姐驚訝地反問。

伊藤太太嘆了口氣，「是啊。」

梶川先生的住處很遺憾地成了事故物件。不過如果出租時間很長，就可能碰上這種事。尤其伊藤家隔壁的公寓住著很多高齡住戶，房客死亡並不稀奇。碰上這種事情時，伊藤太太基本上會等一週年的法事做完才繼續出租。

「可是最近啊，會有人特別指定要租事故物件哦。」

可能是事故物件比較便宜吧。

「我做這行很久了，雖然也有房客在別處自殺，但第一次碰到租屋變成案件現場。我空著那裡，放了一年，正當我在想之後怎麼辦，仲介來聯絡說有人想租。」

那是久保小姐從伊藤太太口中聽到梶川先生死訊的隔年——二〇〇三年二月的事，距離梶川先生的死亡已經一年以上。本來伊藤太太想再空著套房一陣子，不過既然承租者也知道這件事，她還是答應出租了。不過伊藤太太沒有跟新房客要押金，第一次簽約的房租也稍微打了折扣，管理費也只收水費。

「可是，大概過了一個月，對方就跟我說聽到怪聲。」

聽起來是「什麼東西」在摩擦榻榻米。

怎麼可能？久保小姐懷疑。

「房裡鋪的明明是木頭地板——但對方說一睡覺就會聽到聲音，要我想想辦法。可是我能怎麼辦呢？」

伊藤太太只能說，是你多心了。然後，儘管可能只有安慰效果，她還是去附近神社求了平安符，但聲音還是持續著。房客最初靠著音樂試圖掩蓋，可是某天晚上，某種布料倏地擦過了身體，對方因此醒過來。

房客感到一條硬質的布料擦過了臉和身體，他在半睡半醒間用手揮開布料，翻身再睡。正當他轉向另一邊時，突然好奇起那是什麼東西。

他歪著頭，往上一看。

自己的正上方有個穿和服的女人在搖晃著。

久保小姐瞬間啞口無言。

「對方問我，之前自殺的人是女的嗎？我說不是，是年輕男性，所以應該是你半夢半醒時看錯了吧。不過對方還是說要搬出去。」

很過分，對吧——伊藤太太很不高興。

「誇口說什麼不在意發生事故的地方，其實根本就在意得不得了嘛，結果住了四個月就搬出去了。」

「結果那間套房怎麼樣了？」久保小姐問道。

「因爲我本來就打算再空一陣子，所以就繼續空著。然後應該是隔年吧，又有人說要租了。」

伊藤太太不情願地再次用先前的條件出租，果然連三個月都撐不過。新房客住一個月左右，鬧著說看到了上吊的女人。伊藤太太就算跟對方說明，自殺的房客是男性，這裡從來沒住過女人，天花板也沒有可以上吊的地方，對方還是聽不進去。

「所以——後來怎麼樣了呢？」

久保小姐這麼一問，伊藤太太蹙起眉頭。

「既然說要搬走，我也沒辦法阻止，只好讓對方搬走。之後我再告訴仲介，這間套房不再出租。雖然不知道爲什麼會變成女性幽靈，不過的確是發生了案件，所以我想乾脆就讓那間房空著吧。」

之後，離家工作的女兒將多出來的行李送回家，伊藤太太很困擾，因爲女兒的房間老早就塞滿女兒「借放一下」的行李，於是伊藤太太就用有問題的出租套房收納這些行李。不過她後來將行李撤走，早晚都開窗讓房間通風，也供上清水和線香。到目前爲止，若是有人在她出租的套房死亡，她都會這麼做。讓空房保持通風，放上最基本的供品進行供養。

「這……眞是辛苦了。」

久保小姐說完後，伊藤太太露出苦笑。

「是啊，不過房東就是會碰上這種事情。可是，雖然心裡知道，但如果一直發生這種事，多少還是令人心裡發毛；我也不想因此就怨恨梶川先生。」

伊藤太太講起梶川先生去世那晚的夢。雖然知道是夢，但梶川先生實在太可憐，她不想責怪他。何況，若是一出現麻煩就有怨言，一開始就不該出租房子。

「可是，那些房客說的女性幽靈到底怎麼回事呢？」

妳怎麼看這件事？

久保小姐一問，我啞口無言。

出現在伊藤太太公寓的不正是高野敏江嗎?爲什麼她會出現在隔了兩站又毫無關係的地方?

「不過,不是也有那種怪談嗎?雖然看見自殺者的幽靈,可是那裡其實沒有人自殺。」

我點頭同意久保小姐。在這種怪談中,儘管出現了幽靈,但不存在死者。「沒有死者」這一件事令人費解,因此讓聽者產生了這個故事眞是毫無道理的餘味。

——我覺得應該是被感染了。

「妳是說感染了死穢嗎?」

甲家被死穢污染,進入甲家的乙也感染了死穢。《延喜式》中,記載乙回到自家後便導致乙家受到污染。從梶川先生的例子看來,因爲乙的搬家,導致新的乙家——也就是伊藤太太的公寓受到污染了嗎?

「呃,我想問一下。」

久保小姐可能因爲不安,聲音變得有點尖。

「首先,因爲中村美佐緒殺害了嬰兒,所以土地被污染了。高野敏江到了受到死穢污染的土地,因此遭到感染,然後自己也成了死穢。換句話說,那塊土地被雙重感染了,是嗎?」

就是這樣。

「這樣的話，感染力會倍增嗎？」

我也不知道。我苦笑。

死穢和傳染的說法，原本就只是我爲了說明眼前現象硬掰出來的歪理。

「《延喜式》中難道沒有任何規則嗎？」

我調查過了，沒有。

「可是，感染了死穢的人遷移到別處，本來就很常見啊——尤其是現代。」

久保小姐意料之外的話讓我愣住了。

沒錯——現代社會的居民流動性很高。過去人們的生活根植於土地，就像我們所說的「落地生根」——一旦落地，就是生根了，也被土地束縛了。但現在不一樣，現代人改變住處很容易，一生中總會遷移多次。

在日本，這些遷移者所說的「家」不知凡幾，而人們至今蓋房子前還是會進行開工破土的祭祀儀式；不過，換住所時就不一定會一一進行袚除儀式。

中村美佐緒殺害嬰兒，導致當地被死穢感染。搬到那裡的高野家也被死穢污染，導致高野敏江死在那裡，土地被雙重污染。

接著梶川先生搬進去，接觸了死穢。而他接觸的死穢是雙重汙染。他帶著這樣的死穢搬家，導致住處被雙重死穢污染。如果梶川先生死亡，那棟公寓便是被三重死穢給污染了。

然後——我思索著，新房客來了。萬一新房客也在先前住處受到汙染了呢？新房客帶著別的死穢住進留有三重死穢的房間，如此一來，這裡會出現何種變化？會形成四重污染嗎？如果那個人安然無恙地搬走，下一個住處會被四重死穢感染嗎？

我認爲高野家興建房子時，一定也進行過開工破土的祭祀儀式。考量到這是多年前的狀況，他們應該不光是進行開工破土的儀式，而是按照立柱、上梁、完工的順序，每個階段都進行了祭祀儀式，然而還是無法徹底淨化穢。那塊土地上留有殘餘的穢——也就是殘穢，導致了高野敏江死亡，高野家的土地也再次被死穢感染。家人替高野敏江舉行了葬禮，當然也透過法事進行了淨化儀式。然而，還是無法徹底清除殘穢，讓它們留在此處。

如果什麼事都沒再發生，被美佐緒殺害的嬰兒留下的殘穢應該會隨時間消失。然而，高野敏江的死造成了雙重感染——如果這件事情增強了殘穢的效應呢？這樣一來，四處都有多重死穢，而且汙染接二連三因爲居民的移動而出現、擴大。

「從高野敏江或梶川先生的狀況來看，這些怪異——或者該說幽靈，並不是死者的記憶遺留在我們所在的人世，反而像是『穢』的存在。」

久保小姐說著，陷入了長長的思考。

「之前打聽到高野禮子的夫家也出現『嬰兒哭聲』，而且還是複數的，對吧？」

雖然沒有確鑿的證據，不過我是這麼認爲的。

「這就是因爲那些『穢』跟著禮子移動了，她被感染了。」

若說只要接觸就會感染，告訴我們高野家內情的日下部母女必然也接觸了穢，然而她們沒有受到任何影響。因此，可以說並不是只要接觸就一定會感染，這眞的就像病毒感染——接觸到病毒的人，不一定會發作。

我這麼說完後，久保小姐說：

「說的也是，這麼想或許就比較好懂了。岡谷公寓受到感染，但還是在潛伏期。禮子小姐是帶原者，公寓也是。日下部母女可能也被感染了，但她們沒有發作。梶川先生被感染，也發作了。也就是說，根據住處或是居民自己的差異，有些發作、有些沒有。」

久保小姐說完後，用心情很複雜的口吻說：

「我——或許也被感染了。」

這一切都只是紙上談兵。

然而，如果「怪異」的存在眞的具備這種性質，不光是久保小姐，我們無人能夠倖免。因為「殘穢」不僅留在發生過死亡事件的建築，甚至留存在土地數十年。這段期間，住在其上的人、拜訪當地的人都受到感染，且將它帶到其他地方。就像梶川先生的例子，新的土地和場所也被感染，汙染範圍愈來愈大。

我和久保小姐或許早就受到好幾重的感染了。

久保小姐煩惱了許久，最後決定搬到伊藤太太出租的公寓。搬出去時，她前往附近神社一趟，接受祓除的儀式，也請神主替她淨化了新住處。這些求的可能只是一時心安，但我認為最重要的還是本人能不能因此平靜下來。

總之，久保小姐經過這些手續，終於安心搬進新的住處。

3 擴大

二〇〇七年三月，我再次有機會見到作家平山先生。

第一次見面時，平山先生希望我有進展就告訴他一聲。不過，我不敢眞的逐一報告事情進度，一直沒有和他聯絡。但在查出美佐緒的事時，我一瞬間考慮過告訴他，可是又覺得他可能忘記了，終究還是沒說出口。一方面也認為他很忙碌，不好意思打擾他的工作。

這次，平山先生因爲工作前來京都，順道邀我一起吃飯。正確說來，是他邀請我的丈夫時也問他，「您太太要不要一起來呢？」不過我丈夫正好因爲工作去東京，只有我帶著謝意出席。

「對了，妳還在調查那個怪談嗎？」

平山先生在席間這樣問我。我便向他報告目前爲止的經過。我說話時，平山先生頻頻側首。

「我覺得有些似曾相識——好像在哪裡聽過類似的事。」

哪一件事呢？我問他。

「美佐緒的事情，」他說：

「她是殺嬰的犯人，然後住過的地方則流傳起牆壁上出現嬰兒的怪談。這就是妳之前很在意的、嬰兒接二連三從牆壁裡湧出來的故事吧？」

我點點頭。

「發生殺嬰事件的地方，出現了嬰兒的幽靈——我聽過類似的故事。因爲很常見，所以我沒有寫。」

根據他的記憶，是這樣的故事。

——搬到某間公寓的女性，頻繁地聽見貓叫。附近可能有野貓的聚集地，她不斷聽到貓發情時的煩人叫聲。她受不了這個聲音，打算將野貓趕走，但打開窗戶一看，沒有任何貓影。她走到陽台看看四周，才發現聲音似乎從背後的房間傳來。

是附近的鄰居嗎？她記得公寓規定不能飼養寵物。可能有人偷偷養在房裡。她這麼一想，便覺得那聲音隔著一道牆壁傳來，有種悶悶的感覺。

最起碼也帶去結紮吧，她一肚子火地關上窗戶回到房間。可是煩人的貓叫還是持續不斷，就算上床也睡不著。好不容易聲音停了，她打起瞌睡，聲音又開始了。而且每次一醒過來，她就覺得聲音正逐漸靠近。

——靠近？從哪裡靠近哪裡？

哇啊啊啊。

聲音就在耳邊，可是，傳出聲音的方向只有牆壁。

她毫不在意地回頭看向牆壁。

正好看見眼前的牆面開始膨脹，她驚嚇地看著牆壁，那東西縮成一團地跳出來。它的表面上有著像是傷口的眼、鼻和張得大大的嘴。

不是貓，從牆壁生出來的嬰兒正在哭泣。

她動彈不得地盯著嬰兒，頭頂的方向馬上又傳來哭泣聲。她轉動視線往上一看，上方的牆壁也在膨脹。她像被鬼壓床似地盯著眼前的牆壁，上頭到處都開始隆起，每個隆起處都張開了嘴，開始哭泣。

正當她要放聲尖叫，臉頰上突然有種冰冷的觸感。第一個出現的嬰兒從牆壁伸出手，溼淋淋的紅色小手撫摸著她的臉頰。

「然後她就昏過去了。之後她雖然逃去朋友那邊，但走夜路時，哭聲還是跟著她。最後她找人除靈，聲音才終於停下。」

的確是很類似的故事。

「之後，我稍微調查了一下，發現那間公寓的房客都住不久。聽說公寓是蓋在附近有名的廢屋建地上。那棟廢屋因爲會傳出嬰兒哭聲，所以在附近很有名。當地還有人抱著半開玩笑的心情潛入廢屋，後來被嬰兒的哭聲纏上。會這樣也是理所當然，因爲那裡曾是殺害嬰兒而被捕的母親住過的地方。她殺了嬰兒，然後埋在院子。」

咦？我非常驚訝。

「眞是意外，不過看來應該是同一人。我先做些紀錄，回去之後再調查看看。如果眞的是同一人，我再將當時收集的資料寄給妳。」

麻煩你了。我說。

平山先生隔天來了電話，但我恰巧出門。回家後，答錄機有簡短的留言。

「果然是同一人，我會將資料寄過去。」

資料很快寄到了。除了報紙、雜誌報導、平山先生記錄證詞的筆記影本，還貼著一張大便條紙。

「請務必小心。」

大部分報導都和美佐緒的案件有關，和以前學弟妹替我收集到的資料一樣。記錄下來的證詞都很讓人不舒服。

中村美佐緒當年住過的房子一直留存到昭和四十八年——一九七三年爲止。原本是出租住宅，丈夫昭二在案件發生後還住上一陣子，他搬走後，幾個家庭搬進搬出。到昭和三〇年代後半，沒人繼續住在裡面，最後成了廢屋。趁著壞掉的屋頂坍塌下來時，屋主重建起小巧雅緻的新屋，但房客還是住不久，終究成了廢屋。當時，周圍都開發得差不多，也逐漸蛻變成在小型建築物間夾雜著空地的地貌。這間廢屋在昭和六〇年代變成有名的靈異地點，像是可以從屋裡聽到嬰兒的哭聲，或走進屋內就會被嬰兒跟上。廢屋之後被拆除，興建起公寓，但住戶還是住不久。

平山先生說過：

「我碰過不同人講不同地方的故事，可是追查下去，卻發現根源一樣。」

他說這樣的故事「業障很深」，很危險。

原來如此。這種「存在本身就是怪異」的怪異，感染力很強，因此在接觸的過程中便會逐漸擴大。就像高野敏江一樣，受到感染的地方也變成穢，成爲新的怪異火種。

纏繞著美佐緒的殘穢來自於植竹工業之前的「什麼」。那裡又生出猶如樹木般的怪異，開枝散業的同時也不斷繁殖。我腦中浮出細菌繁殖時的顯微鏡影像，殘穢就像那樣地繁殖下去，污染也持續擴大——

我們在這段期間找到戰前遺留下來、類似備忘錄的文件，上頭簡單記錄了當時的狀況，還附上手繪地圖。

植竹鑄造工廠興建前，存在著一戶叫吉兼的人家。這座宅邸佔地遼闊，包含工廠用地和緊鄰工廠的大雜院等，大小將近一整個街區。宅邸中似乎有傭人居住的大雜院，甚至還有田地。然而我們查不出這戶人家的身分，連報紙或地方歷史書籍上都不曾記載。

看來這裡就是前往過去旅程的終點了，我們找不到辦法調查這位顯然不是重要人物的吉兼家。

「眞是遺憾。」久保小姐說。

這樣也好，我回答。每當想起這一連串的前因後果，我腦中便常閃過平山先生寫著

「請務必小心。」的便條紙。

4 污染

二〇〇七年初夏，我們從學校名冊找到熟悉蓋在大雜院原址的川原家的人，是住在附近的明野先生，他曾是當地高中的老師。和川原家沒有直接關係，不過過世的妻子在川原家兒子就讀的中學當過老師。雖然不是川原家兒子和秀的直屬老師，但從同事那裡聽過不少傳聞。

「我聽說川原同學畢業後成了繭居族。他在中學快畢業時就常請假。導師也多次訪問川原家，但他好像還是不太去上課。雖然也考了高中，但沒考上，我懷疑他是否眞的想上高中。他似乎連其他有把握的學校也沒考，落榜之後無處可去，一直躲在家裡。」

川原家的母親，川原正美太太在昭和四十年左右──一九六五年前後去世。當時和秀正好十八歲。聽說正美太太從樓梯上摔下來，但明野先生不清楚詳情。據和秀表示，他一早起來就發現母親倒在樓梯下，已經非常衰弱。

但鄰居都知道，和秀會動手打母親。正美太太的死因是「中風」，就是腦出血或腦梗塞，然而附近都傳聞是兒子的暴力導致了她的死亡。

「和秀原本在這一帶的風評就不好。我聽說他感情起伏很激烈，總是對什麼都看不順眼的樣子，根本沒辦法靜下來做任何事。不論在家裡還是學校，都常焦躁不耐地走來走去。他雖然沒做過什麼要被輔導的壞事，但一直有不好的傳聞。」

聽說他小時候是乖巧聰明的孩子，非常聽母親的話，也是個老實有禮的少年。但個性一進入青春期就驟變。

如此極端的改變，不禁讓人懷疑他是否本來就有精神方面的問題。

「聽說不是什麼言行舉止變得詭異、沒邏輯的狀況，而是突然完全不想見人。就算導師或同學前去拜訪，他也一概不見，母親道歉到令人於心不忍的地步。」

這樣的母親生活在兒子的暴力之下。鄰居也說她身上總帶著大大小小的傷。

「正好那時候，那一帶經常發生縱火案件。只要是發生縱火案的夜晚，就會看到和秀的身影，因此也有人懷疑他實際上就是放火的人。此外，我也聽過他故意買很貴的東西，讓他母親困擾。」

他會打給附近的電器行，要求店主送東西來。店主當眞送來後，正美太太就臉色發青地低頭道歉，退回貨品，同樣的戲碼反覆上演。有一次還差點買下小客車。不止如此，他也常隨便打電話，收到巨額的電話費帳單，讓母親非常狼狽。

「他到處打惡作劇電話，或是打到報時台，然後就擱著話筒睡覺。還有水龍頭打開不關，任水一直流。感覺上他只要能找母親麻煩，就什麼都做。因此正美太太總是非常憔悴的樣子。川原家的親戚和老師也曾經一起討論怎麼處理和秀的問題，但因爲他大發脾氣、鬧了一場，正美太太便絕口不提這件事了。她最後那樣去世，也難怪會出現奇怪的傳言了。」

正美太太死後，川原家的親戚曾經住進川原家照顧和秀一陣子，不過沒幾個月，川原家就沒人住了。明野先生聽說和秀好像強制入院了。

「我就不清楚之後的狀況了。雖然我聽說他在醫院去世或自殺，不過眞假就不知道了——妳問和秀搬走後還有縱火案嗎？沒有了，就停下來了，不知道有沒有關係。」

總而言之，空蕩蕩的川原家出售，篠山家搬進去。最後一戶是稻葉家，然後這棟屋子就面臨拆除，蓋起社區。

「佐熊先生說的『可怕的大哥哥』指的就是這個人吧。」

一言以蔽之，就是可疑人物。有些病態，讓周圍的人感到危險。

然而乍看之下，川原和秀的周遭並沒有任何怪異的跡象。不過，川原和秀的怪異行爲很可能就是由怪異引發的。

「我再試著調查川原的事情，看看能不能找到他的同學或是導師。」

久保小姐決定後，按照計畫找到川原和秀的同班同學和同年級的同學，不過大家知道的事情都和明野先生差不多。沒人知道他搬走後的消息，也沒人說川原和秀身邊出過怪異之事。但是，川原和秀帶給周遭的印象似乎本來就很淡薄。

雖然有人說，他是奇怪的傢伙、給人很危險的感覺，但怎麼個危險法，沒人可以具體舉出實例。也就是說，他和同班同學之間根本沒有任何往來。因此，雖然給人強烈的危險感，可是沒有實際往來，所以眾人對他沒有具體印象——就是這樣的學生。

調查到這裡，畢業生這條線差不多要斷了。

我們也還是找不到可以調查植竹工業之前所在地上吉兼家的方法。

這段漫長的旅程，或許將在這裡告一段落。

七

戰前

1 樹狀

我們沒有放棄追查，但遲遲沒有成果，依然對吉兼家一無所知；或者該說連調查的方法都找不到。唯一可能的方法就是詢問當地各家寺廟的檀家中有沒有吉兼家（不過對方很可能不告訴我們。）或是確認墓碑；同時也繼續尋找離開當地的人，以及住在工廠附近的人。

我們逐一嘗試各種尋覓到的人脈，不過這些人脈也將用盡。

「做到這種程度，居然什麼事情都沒發生。」

某天，久保小姐說著，然後嘆口氣。

我們在尋找存在過去的「什麼」，因此注意到的盡是家裡出狀況的居民；然而，大部分的人都感受不到任何怪異。四〇一號房的西條太太平安無事地生活，四〇三號房的邊見太太也是如此。公認房客都住不久的二〇三號房，也在二〇〇二年秋天住進新房客，現在也還居住在裡面。

新房客是和樂融融的四人家庭，包含一對年輕夫妻和兩個年紀尚小的孩子。太太也加入年輕媽媽的團體，和大家相處融洽。繼在久保小姐之後入住的房客，現在也還住在那間套房。

岡谷社區也是同樣狀況。

搬入黑石家的第八任房客快住到第四年了，也沒碰上異狀。我們也竭盡所能追查在公寓和社區興建前、住在當地的居民消息，不過沒任何一人在搬走後捲入任何意外或案件。

就算沾染上穢，也不一定會出事。久保小姐也過得很平安。

沒有可供追查的線索，我們也無事可做，而這種狀況持續一段時間後，我漸漸快淡忘這件事，直到平山先生在這年的十月底來了聯絡，我才想起來。

「那件事情後來怎麼樣了？」平山先生問我。

我告訴他，因爲沒有任何新線索，所以束手無策。

他告訴我，他找到一張很令他在意的照片。

「妳聽過私宅監置嗎？」

聽到出乎意料的名詞，我楞住了。

是將精神病患者關在家中的私宅監置嗎？——也就是所謂的「座敷牢」。

我知道從明治時期到終戰結束的期間曾經存在這種制度。獲得地方自治體許可的責任者，可以將精神病患者監禁在合乎規定的監置室（俗稱的座敷牢）。

不論什麼時代，社會上都存在精神障礙患者。

明治時期前，這樣的患者被稱爲「癲狂」，如果對周圍造成威脅或障礙，便用監禁、拘禁的方式與社會隔離，並用民俗療法或祈禱加持來對應。

一九〇〇年，爲了解決這個問題的法令終於出現。

這年成立的「精神病者監護法」明令患者是弱者，須加以保護。若要將患者監置在私宅或醫院，須附上醫師診斷證明，並經由警察署獲得地方長官的許可；如果沒有醫師的診斷與官方的認可，家族或社會不可擅自隔離患者。

然而，這條法律並不是設置在醫療的相關規定之中，因爲收容患者的醫院數量遠遠不夠，導致這條法律反而成了可將患者監置在私宅的正當理由。政府憂心這個狀況，在一九一九年制定「精神病院法」，道府縣均須設立精神病院，可是各地方政府卻遲遲未能徹底執行這條規定，因此直到一九五〇年的「精神衛生法」出現前，私宅監置成了社會上的常態。

「對對，就是那個——我手邊有一份大正時代的全國私宅監置的調查報告。其中有張照片引起我的注意。」

平山先生說的報告在大正時代發行，當時對調查人家的患者名字和住址都做了處理。不過，作爲這份調查報告撰寫基礎的調查論文也一併留下來，上頭清楚羅列出患者的眞實姓名。

「其中也出現吉兼家的資料。從住址來看，可能就是妳們在找的吉兼家。」

平山先生告訴我，報告中提到的吉兼家監禁了三男——友三郎，資料也附上從監置室露出臉來的患者——友三郎的照片。

他將吉兼家的相關資料寄給我，我認爲可以從住址確定這正是我們在找的吉兼家。

吉兼友三郎在明治三十八年——也就是一九〇五年發病，他那時十五歲。

他因爲毆打家人、企圖縱火而被限制行動。他說自己聽見「訴說怨恨的聲音」，那道聲音命令他去縱火、殺人。

友三郎不斷出現暴力行爲，家人在隔年獲得了監置許可。

這份資料是關於私宅監置的調查論文，所以只簡單記載了友三郎的病狀；另一方面，相當詳盡地記下監置友三郎的監置室和監置狀態。

友三郎的監置室位在母屋的角落。

吉兼家將室內空間用木製方格柵欄隔開，切割出一半空間。柵欄則按照一般作法，用相當粗的正方形木製成，相當牢固；出入門則以很粗的門閂鎖住。柵欄上有一處設置著比人頭還小一圈的小窗戶，應該是用來遞送三餐的。

柵欄內的空間鋪上兩塊榻榻米，還有一塊鋪上木頭地板，大約一疊半大小。另外，木頭地板的尾端挖了起來，設置成廁所，地板下則埋了用來裝排泄物的瓶子。一般來講，這種設施單純挖個洞就好（也有很多木頭便桶的例子），不過這間監置室使用的是大小一般的陶瓶，所以人其實可以穿越瓶子旁邊的空間逃出去，友三郎便這樣做過。因此，他的家人便在監置室的地板下裝設牆壁，封閉起來。牆上有個用來進出其中，清理排泄物的堅固門扉，同時也設了一個換氣口。

換氣口很小，還有三根木頭橫跨其中，導致地下很暗，通風也很差——即使如此，論文上還是記載著友三郎「性好於地底下徘徊」。

論文也提到友三郎營養狀況「極佳」，家人給予的待遇「普通」，而綜合監置室和患者的待遇，吉兼家被分類為「普通」。

論文作者也附上監置室和吉兼家住處的照片，其中一張照片讓我心情沉重。那是一張從柵欄中露出一部分臉孔的男人照片。友三郎有著意志堅定的下顎和線條秀麗的額頭，他面無表情地望著拍攝者。

從資料來看，友三郎似乎出現幻聽。「訴說怨恨的聲音」命令友三郎縱火與毆打家人。

遺憾的是，這是僅有的吉兼家資料，我們還是不知道吉兼一家究竟是怎麼樣的家族。資料中也沒記載友三郎家人到底是什麼樣的人。他應該是襲擊了家人，不過可能沒出現任何死亡事件。也不知道友三郎此後又是什麼狀況。不過——

縱火與暴力。

這不是和川原和秀的例子存在相關之處嗎？

還有，友三郎「性好於地底下徘徊」——政春家就曾經存在著「什麼」，而那個「什麼」會在地底下徘徊，低語不祥的話語。

在政春家的「什麼」，該不會就是友三郎吧？

2 聲音

二〇〇七年十二月，我們獲知一戶住過大雜院的人家消息。

過去接受過我們訪問的辻女士，想起一名和自己妹妹很要好的同學住過大雜院。但那一戶姓方保田的人家在大雜院拆除時就搬走了，後來死在新的住處。

「我妹妹說，她聽說那戶人家因爲火災去世了。」

辻女士這樣告訴我們，不過我們查了報紙，發現那不是單純的火災。

一九五七年三月，一起火災發生，起火點在方保田家，緊鄰的四棟民宅也被捲入火災，所有住宅都被燒得精光。警方從燒毀的住宅中發現方保田夫妻和五個孩子的遺體，而且一家七口都被鈍器毆打過頭部。

火災發生之際，方保田家的十八歲長男在火場周圍徘徊，警方因此留置長男加以調查。結果，長男自白自己毆打且殺害家人後縱火燒屋。接下來，他接受精神鑑定，受診爲「強度精神分裂」，獲不起訴處分。

長男出現嚴重的幻聽，他說地下傳來「燒光他們、殺了他們。」的聲音，命令他這麼做。此外，聲音的主人纏著長男不放。夜晚入睡時，聲音會在長男的正下方不斷低語「殺了他們」或一整晚接連不斷訴說著怨恨。

——果然出來了。我這麼覺得。

徘徊在地板下的某人，低聲說著怨恨的話語，最終導致整戶人家被殺害。

我不禁懷疑這起事件和岡谷社區中飯田家自殺事件一樣，出自同一根源。

政春家只聽見了聲音，沒發生任何不幸的案件；不過聲音應該也會出現在川原家才對。

我這麼一說，久保小姐回答：

「說不定不只如此。」

因爲調查一直沒有顯著進展，久保小姐改爲整理到目前爲止收集到的資料。她在之前就錄下所有訪談，並將重點寫成備忘給我，她最近又重新將訪問內容打成逐字稿。

子。

「一開始調查時，訪問對象提到小井戶家和根本家，我很在意一段內容。」

小井戶家是曾經存在岡谷公寓用地的垃圾屋，根本家則是臨接小井戶家北邊的房子。

「訪問中提到，小井戶先生連地板下都塞滿了垃圾，我想他會不會是想阻擋出現在地底下的什麼東西吧？」

小井戶先生特地將地面開了洞，連地板下方都塞滿垃圾，這種狀況在其他垃圾屋中的確很罕見。而且經過久保小姐這樣一說，他說不定眞的是害怕地下的空隙。爲了不讓任何人到地板下方四處爬行，他拿不用的東西塞滿地下。如此一想，他的作法就不是什麼奇怪的行爲。

「還有一個人，就是根本家的奶奶。」久保小姐說，「訪問中也提到根本家的奶奶痴呆了，地板下根本沒貓，她卻說自己在養貓。」

根本夫人會將餌丟到地板下，有時還會趴在簷廊旁邊，對著地板下方說話。

「根本奶奶眞的在跟貓說話嗎？」

——那是友三郎嗎？

我想像著，全身有點發冷。

趴在冷冰冰簷廊邊的老太太，以及從地板下傳來的聲音。那道聲音細語著「大家都去死」、「去死」的不祥話語，老太太則傾聽著這些話，有時還會專注和聲音交談，她到底和「訴說怨恨的聲音」說了些什麼？

之後，除夕夜，發生了一件事。

這日還沒過去，工作室的電話響了。我看螢幕上顯示「公共電話」。

我平常不接這種電話，都會等它自動轉成答錄機好確認來電者的身分；不過那天我接了。我當下一看到「公共電話」就想到應該是某人，因爲她每年都會和先生一起到八坂神社作新年參拜。我其實也想不透當時爲何如此推測，可是確實立刻就認爲是她從外面打給我的。

然而，話筒另一端的聲音不是她。

「對不起……請問現在幾點了？」

我愣住了。

那是年輕男性的聲音，大概十幾歲到二十五歲左右。我太過驚訝，完全無法回答他。於是他又問了一次。

「現在幾點了？」

我不自覺回答他，馬上就要十二點了。

謝謝，他小聲低語後，掛了電話，而我還是愣愣地握著話筒。

這是怎麼回事？打錯電話嗎？——不可能。惡作劇電話？可是，這種惡作劇到底有什麼意義？

還是他眞的想知道現在幾點？但若眞是如此，與其打電話給陌生人，不如打給報時台還比較準確，不是嗎？

如果是打錯電話，我也不會在意；如果是惡作劇電話，忍耐著不舒服一下就過去了，但像這種不知爲何打來的電話，反而令人在意，餘味複雜。

我抱著像被狐狸騙了的心情放下話筒，心想這世上眞的有很多怪事。

隔天晚上的十二點前，電話又響了。這種時間來電的人不少，我打算接起來，但我在拿起話筒前確認來電號碼，是「公共電話」。

不可能吧，我心想，不可能有這種事情吧。

我應該是想確認眞的不會有這種事才拿起電話，另一端立刻傳來年輕男性的聲音：

「……現在幾點了？」

我一瞬間思索著如何應對。

不發一語地掛掉電話嗎？還是質問對方的身分或意圖？然而人只要一焦慮，就會變成這樣，我就是個例子，我近乎自動回答，「馬上就要十二點了。」

我回答的當下就在想，我不該說這個，要說別的。你是誰？爲什麼打電話來？但在我出聲說出，「那個……」之前，電話另一頭的人已經小聲說句，「謝謝……」然後掛斷電話。

隔天，電話又來了。幾乎是相同的時間點，顯示是「公共電話」。我沒有接起來，當電話轉接到答錄機時，對方便不發一語掛斷電話。

這個無法解釋的來電大約持續了一星期。

「好不舒服哦。」久保小姐問我，「妳沒事吧？」

事情沒有嚴重到需要特別擔心。雖然不知道對方的眞面目，但也不是會造成實質危害的事情。

那就好，久保小姐說完後又呑呑吐吐地說：

「不知道爲什麼，我想起黑石太太的事情。」

黑石太太是從岡谷社區搬出去的住戶。

「黑石太太不是也說過嗎？說她接到惡作劇電話。」

有這回事嗎？可是打到我家的電話，應該也不算惡作劇電話。

我雖然這麼回答，但瞬間湧起討厭的感受。

「說得也是……不過我有點在意是年輕男人的聲音。可能是我想太多了。」

應該是吧，我回答，卻有如鯁在喉之感。

黑石太太確實為了惡作劇電話而陷入不安。我記得她是說「沒什麼大不了。」不，假如這種怪電話，應該不會說「沒什麼大不了」。

黑石太太說的是「年輕男人」嗎？

我記得，她說騎自行車撞倒她的人似乎是年輕的男人。

……思考到這種程度，我便坐立難安起來。

沒錯，黑石太太不是一直很警戒「年輕男人」嗎？被自行車撞到雖然不是嚴重的意外，但因為對方是「年輕男人」，所以她將這點和惡作劇電話連結起來，認為對方帶有惡意。

黑石太太之所以不安，是因為隨機殺人、少年犯罪等的事件，而她搬家前後的期間正是社會上對於少年犯罪提高警戒心的時期。然而，真正將少年犯罪當成重大問題的時間點是在她搬走之後的二〇〇〇年。若要將這點當成黑石太太不安的理由，兩者的時間點上存有差異。

惡作劇電話的聲音是「年輕男人」？所以她才特別提防少年犯罪嗎？

打來問我時間的電話也是年輕男人的聲音……

我實在太在意了，所以聯絡了黑石太太。

以前聽您提過接到惡作劇電話，請問那是年輕男人的聲音嗎？

「是的。」黑石太太回答我。

雖然她覺得聲音有點老氣，不過接到電話的第一印象是十幾歲的少年。

她毫無戒心地接起電話，而對方唐突詢問。

「現在一個人嗎？」她一下子不知道對方問什麼，好一會都沒有回答，而對方像在等她答案似沉默以對。接著，黑石太太的警戒心升起，「不是。」少年聽她這麼回答，口中念念有詞著什麼，掛上電話。

「──他的口氣也沒有恐嚇、威脅的意思，我覺得好像是為了察看什麼。」

黑石太太事後也接很多次這種電話，雖然不是每天，但電話在某段期間來得非常頻繁。大部分都是不發一語掛掉，有時也會說些「家裡有滅火器嗎？」、「在看……電視嗎？」等等意義不明的內容。

「要說沒什麼，的確是沒什麼。但被問說有沒有滅火器，就讓我覺得難道會被縱火；電視也是。我那時其實沒怎麼在看電視，但掛斷電話後就急忙開了電視。我覺得電視可能在報導什麼可怕的案件。」

說得也是，我這麼回答。說起來，這些也談不上是威脅、恐嚇，可是卻讓我們想追究對方的意圖而陷入不安的自我質問。和黑石太太相比，打到我家的電話可說完全無法得知對方的意圖。

那晚，我始終有一股說不定會再接到電話的預感，不過我到目前為止都沒有再接到那樣的電話。

3 扭曲

我們無論如何都想知道吉兼家的消息。四處調查後，終於找到曾經是吉兼家檀家的菩提寺（註）。

二〇〇八春天，岡谷公寓附近的學弟幫我們找到了菩提寺。學弟每逢假日便耐心地四處尋訪當地歷史悠久的寺院，確認墓碑上的名字。然後，他發現一塊墓碑上寫著「吉兼家」。那座寺院裡還有其他數個同樣寫著「吉兼」的墓碑，因此吉兼一族很可能是這間寺院的檀家。

幸運的是，擔任住持的國谷先生和以前接受過採訪的林先生是同學，也是好友。因此在林先生的安排下，他很親切地接受了採訪。

國谷先生首先告訴我們的是，吉兼家已經不在當地了，他也不知道吉兼家後來去了

註：替檀家進行葬禮、法事，境內也會有隸屬此寺檀家的墓地的寺院。

哪裡。最後見到吉兼家成員的人是前一代的住持，已經去世了。有位名叫吉兼初的女性在一九四五年，請前一代住持進行最後一次的法事。

那是昭和二十年——終戰那年的深秋。當時是吉兼初父親的第十七年忌，但吉兼初本人後來已經離開當地，也不知道去向。

這位迎接第十七年忌的父親，恐怕是成為問題的吉兼家的親戚，我推測可能是友三郎的大伯父，而在名為吉兼初的女性出現在寺裡後，吉兼家的消息便斷絕了。他們完全沒有繳納護寺會和墓地管理費，國谷先生實際上對於該如何處理吉兼家的墓地也很困擾。

一般說來，要在寺院裡擁有墓地，須是寺院的檀家才行。換句話說，就是只有檀家才能在自家隸屬的寺院中擁有墓地。

所謂的「檀家」和信徒不同，負有和其他檀家合作守護寺院的義務；守護寺院也就等於守護自家的墓地。

現在很多人將寺院的墓地和公園墓地混在一起，產生了很多誤解。設置墓地時，繳納的永久使用費指的是取得在寺院中設置墓地的費用，並不是只要付了永久使用費就可以將墓地永遠設置在寺院中。

讓包含墓地在內的寺院能夠持續運作的費運（護寺會費）以及清掃墓地以及維持管

理的費用（墓地管理費），都是檀家須負擔的。除此之外，為了讓寺院持續下去，所有檀家都必須出錢出力，因為寺院本來就是這樣的設施。

因此若不繳納護寺會費等費用，就會失去檀家的資格。墓地也會被視為無緣墓，寺方會取出遺骨，將其移到無緣供養塔之類的地點和其他的無緣佛一起祭祀。過去檀家消失的原因，只限無人繼承或連有血緣關係的親戚都沒有的墓地，因此才會稱為「無緣墓」。

然而近年來因為核心家庭增加和居住流動率攀升，就算有繼承者也可能會出現接近無緣的狀態。另一方面，因為核心家庭的影響，墓地空間也不足。即便是檀家想在寺院設置墓地，也沒有空間可以設置。因此，縱使寺院想將接近無緣狀態的墓當成無緣墓遷葬，也須處理非常繁雜的手續。

要將墓地當成無緣墓處理，首先要在政府公報刊登這個消息。

一般說來，光是政府公報還不夠，也須在報紙之類的媒體刊登廣告。明示死者的籍貫和本名，呼籲擁有墓地權利的所有人出面，若是不出面，那麼這個墓地便會成為無緣墓。同時也得在墓地上豎起同樣內容的立牌，若是經過一年都無人出面，就向自治體首長提出公報、立牌的照片等必要文件，由其認定為無緣墓，寺方才能以無緣墓加以改葬。

這些手續眞的非常麻煩也很花錢，尤其光是在各大報刊登廣告便是莫大費用。更重要的是，站在寺院的立場，自然不願意隨便處理檀家的事。

檀家很可能根本沒注意到公報或是報紙的廣告，僅僅因爲工作或家庭的關係而很久沒去掃墓，結果一去卻發現最重要的墓地消失了——這是寺方極力想要避免的狀況。因此，寺方也還守著很多無緣狀態的墓地。吉兼家一族的墓地也是如此。

「最後的供養距今有六十年以上了，大概親屬也都不在了，可是也不能就這麼認定……」

問題主角的吉兼家在大正十年——一九二一年時已經沒有任何相關紀錄。寺方保存的死者名冊裡並沒有友三郎的記載。根據墓誌，最後留下來的名字是一名叫三喜的女性，她似乎是友三郎的繼母。友三郎的生母在生下他後就死亡了。

吉兼家死者名冊的最後一筆記錄是三喜的一周年法事，因爲沒有友三郎生父和兄弟的記載，吉兼家可能在三喜的一周年法事結束後，就離開當地。在那之後，還有另外兩戶吉兼家也是隸屬國分先生當住持的寺院。其中一家的紀錄在戰前斷絕了，另外一家則在吉兼初父親的十七年忌結束後失去紀錄。

「可是，有個很奇怪的記載。」國谷先生指著影本。

吉兼家最後的死者是「三喜」，她是戶主吉兼康葬的「妻」。她死亡的前一年有

「一副婦人圖」的記載。

在一連串的死者名字當中，突然出現了異物。

這是什麼呢？久保小姐問。

「我想應該是將畫寄放在寺裡供養的意思。對了，上代住持說過，我們寺裡放了幽靈畫。我沒問他是誰寄放的，恐怕就是這一副了。」

「是幽靈的畫像嗎？」

「不，好像是普通女性的畫像，只是聽說她的臉有時會扭曲。上代住持說是漂亮的貴族女性畫像，我想應該是梳了髮髻、打扮華麗的女性畫像，或是歷史悠久的宮中女官的畫像。既然寫了『一副』，應該是掛軸。」

據說畫上美麗女性的臉孔會醜陋地扭曲。

國谷先生說：

「不知道只要扭曲就會發生不幸，還是收下那副畫像後，家中就不斷發生不幸。總之吉兼家希望能夠供養那幅畫像，所以將它寄放在我們這裡。但那副畫像因爲戰爭燒毀了。戰爭的時候，傳聞這一帶也是空襲目標，處境很危險，所以上代住持將重要物品放到借來的倉庫，結果那邊反而遭到空襲，燒掉了。本來也計畫做完死者名冊的複本後，將正本也放到倉庫，但因爲是完成複本才送過去，因此雖然不知道留下來的是正本還是複本，總之是資料留了下來。不過寄放的畫像之類的物品就全燒毀了。」

國谷先生又說：

「我想大概是上上代住持收下那副畫像的。上上代住持習慣將檀家之間發生的事情寫成備忘錄，如果找得到畫，應該會有更詳細的紀錄。雖然會花點時間，不過我還是找一下吧。」

他和久保小姐做了這個約定。

我們已經做好要等上很長一段時間的準備，不過兩週後接到國谷先生找到備忘錄的聯絡。只是住持留下的備忘錄筆跡實在太龍飛鳳舞，我和久保小姐都看不懂。根據國谷先生爲我們解說的內容，吉兼家的這副畫像是三喜的嫁妝。

那似乎是副女性坐在樹下的畫像，她坐在樹根的位置，看著頭上的樹枝。這副畫像代代流傳在三喜的娘家，據說是一副「會招來不幸」的畫像。

爲什麼要把這麼不吉利的東西當成嫁妝帶去夫家？著實難以理解。可能是帶去的新娘和讓女兒帶這副畫像的娘家都不相信這回事，或者是，即使如此也要帶去。然而，或許是那副畫像的關係，三喜嫁進去後，吉兼家就開始一連串的不幸。

長男因爲生病死去，三喜自己也連續生下兩個一出生就死亡的孩子；三男則有「得病」的記載，友三郎可能是從這個時期發病；三喜好不容易平安無事地生下第三個孩子，但這個孩子一歲多就死亡了。因此，吉兼家將這副畫送到寺裡，希望寺方代爲供養。可是，三喜卻在隔年二十四歲的時候，年紀輕輕就死去了。

寺方每到超渡法會，就會將因爲某種原因寄放在寺裡的供養品從倉庫裡拿出來，和超渡對象的無緣佛一起供養。

就在這個法會上，住持目擊到極爲異常的狀況。

那副畫像和其他的供養品在法會前一天就拿到本堂裡掛了起來。到了晚上，住持爲了確認門窗和火源有無關上和熄滅而前往本堂，途中，他聽到不知從何處吹來、令人非常不舒服的風聲。他訝異地往外一看，室外根本沒有風。然而遙遠的某處響起了「猶如旋風一般接近」的聲音。

他不解地走進本堂，聽到雖然微弱卻是一大群人的呻吟。住持點亮手上的蠟燭，漆黑巨大的空間中出現了光明。本堂裡到處躺著黑色人影，痛苦地扭動身軀，甚至還有人像是求救般伸出手。住持驚訝地倒抽一口氣，轉眼之間那些人影消失了，融進了原本的黑暗之中，但住持認爲自己沒有看錯。

風聲雖然持續著，卻漸漸遠去了。

這時放在本堂裡的物品全都是有些狀況的，住持爲了確認是哪一件物品造成方才的異狀，一件一件地仔細檢視。結果，他發現那副女性畫像上的臉孔出現了變化。原本是美麗的妙齡女子，這時卻臉孔扭曲，浮現邪惡的笑容。

他驚訝地「啊」了一聲時，風聲消失了。畫上的臉孔還是扭曲著。住持朝著畫像雙手合十，在本堂停留一段時間。隔天早上，畫像已經恢復原狀，住持前一晚離開本堂時，畫中女子仍舊保持笑容。

吉兼三喜在那件事發生不到半個月後就死了，住持認為那抹笑容預言了不幸。他理解到那副畫像業障甚深，之後就常將它掛在本堂的角落，朝夕供養。

然而在那之後，畫中女子還笑過一次。

當時吉兼家已經下落不明，住持認為他們有可能發生什麼事情。住持在昭和三年六月寫下紀錄，前天晚上女子畫像又笑了，雖然不知道吉兼家現下在何處，又何以維生，但恐怕又發生了什麼事。

「三喜的娘家據說在她去世之後也落到悲慘的下場。不過，他並沒有寫是什麼樣悲慘的下場。」

根據寺裡的記錄，三喜娘家姓奧山，位在福岡。

三喜的遺骨在一周年祭結束後就被送回娘家。吉兼家雖然告訴寺方這是三喜的遺言，不過可能和吉兼家當家在一周年祭過後就立刻續弦一事有關。也就是說，雖然當地有三喜的墓地，不過三喜本身已經不在當地了。

三喜的遺骨送回了福岡，但國谷先生也不知道這裡指的是福岡縣還是福岡市。光用「福岡」這個地名很難找出特定的場所，要用它來找出奧山家的所在地也是困難重重。

不過可以確定的是，怪異的起源並不是吉兼家。

友三郎聽見的「訴說怨恨的聲音」，後來應該傳給了方保田家、政春家和飯田家。這麼說來，吉兼家是被感染的一方，並非最早的污染源。這個污染的媒介是家傳的畫像，還是三喜？

但總歸一句，震源是「福岡」的奧山家。

「問題是『福岡』在哪裡，對吧？」

久保小姐在告別國谷先生的寺院路上，這麼說。

「三喜回到娘家的時候，福岡市是叫博多嗎？」

我想是叫福岡。

現在的福岡市過去被稱爲博多。在一六〇〇年的關原合戰之後，黑田如水、長政父子入國，以出身地的諧音建造「福岡」城。當時以流過市中心的那珂川分爲東西兩邊，各稱博多和福岡。到一八七一年，福岡藩因爲廢藩置縣政策的關係，改稱福岡縣。之後市政施行時發生了糾紛，最後成爲福岡市。

如果是福岡市，範圍還有限；若是福岡縣，或是隨意指涉過去的福岡藩而使用「福岡」二字，範圍就會大到難以想像。

我希望至少是指福岡市，若非如此，根本就無從找起。

我抱著溺水的人即使是一根稻草也好的心情，詢問平山先生是否知道些什麼。

「臉孔扭曲的畫像嗎？我似乎聽過這回事。」

平山先生說：

「妳可以問問看福澤先生。我想阿徹一定比我更清楚，我可能就是從他那裡聽來的。」

福澤先生指的是住在福岡縣的名作家，福澤徹三先生。

福澤先生是非常優秀的幻想小說、黑色小說的創作者，同時也是怪談實錄收集家。他所收集的怪談大多都是九州來的——特別是以北九州為主。

我雖然讀過福澤先生的作品，但素未謀面。我很不好意思地拜託平山先生代為介紹，於是和福澤先生取得聯絡。我向他說明到目前為止的前因後果——我們最後找到的是吉兼三喜，她的娘家是福岡的奧山家，而她當成嫁妝帶到夫家的畫像出現一連串怪談。

「那是一副貴族女性的畫像……」

我才說到這裡，福澤先生立刻回答：

「臉孔扭曲的畫像，是吧？那是奧山家的畫。」

「您知道嗎？」

「那在北九州很有名。」

八 明治大正期

1 奧山家

怪談的主角叫奧山義宜，從內容的前後判斷，他應該是三喜的父親。

奧山家位在福岡縣，是某座獨立小礦山的主人，而義宜在明治末期或是大正初期殺害了整個家族。

被害者究竟是哪些人有很多說法，不過，基本上包含了義宜的母親、妻子和數名子女、還有子女的配偶及傭人。殺害家族後，他縱火燒屋，自殺身亡。因爲義宜本人自殺的關係，這個案件與其說是大量殺人，大眾反而傾向是強迫自殺。被害者包含了傭人，不過實際上還有侄子或小舅子等等，算是廣義的家族成員。

然而，這是一起無庸置疑的殺人案件。

關於動機，一般認爲是家業衰退，義宜爲巨額債款所苦，不過實際情況不明。因爲沒有關於奧山家案件的詳細紀錄，甚至連客觀紀錄也幾乎不存在。

很遺憾的，當時的報紙並沒有報導過這件事。進入明治後，雖然有許多報紙創刊，不過當時的報紙基本上是以政治報導和社論爲中心。報紙開始轉向報導社會案件，是下一個世紀的事了。報紙版面多以四面爲主流，報導的案件當然也以中央、大都市爲主，關於地方案件的紀錄極為缺乏。

不過，奧山家的事件成為當地的「記憶」，以口耳相傳的形式流傳了下來。

奧山家擁有的碳礦生產量逐年減少。傳統的開採方式已經到極限，可是要導入當時三池碳礦開始採用的近代開採方式，須極為龐大的資金。奧山家為籌措這筆資金，可說是處心積慮，甚至考慮將礦山賣給逐步介入碳礦經營的中央財閥。

從這個角度來看，奧山家的家業確實是黃昏產業，但義宜絕對沒有「為巨額的債款所苦」，他沒有走投無路到必須選擇死亡。因此，便出現這件事情的背後其實是因為「被詛咒的畫在作祟」的說法。

當時因為技術問題，碳礦常會發生意外，很多工人在義宜的碳礦中失去生命。從時代角度來看，這也是不可避免，但是奧山家幾乎不賠償死者家屬，而且因為是小規模事業，所以也不採取新的安全對策。在案件發生的二十年前，似乎曾經發生過大量死亡的意外事故。

奧山家很久以前就擁有發生問題的那副畫像，不過在事故後，據說因為死亡工人的怨恨，畫像的「臉孔扭曲」。

有人說畫中人「以恐怖的表情瞪人」，也有人說是「露出嘲笑一般的表情」。後者和「若是畫中人臉孔扭曲，奧山家便會發生不幸」的怪談結合；此外，若是在裝飾著這副畫的座敷睡覺，一到深夜就會聽見畫中人的呻吟或是啜泣；同時，也會看見座敷中躺滿苦悶的黑色人影，並且扭動著身體。

地方上傳言，絕對不能碰觸這個奧山家的怪異——福澤先生說：

「聽說光是聽到，就會被作祟。」

因爲牽扯上作祟，所以他只記錄下這個故事，沒有寫出來。但他抱著興趣記錄時，卻接二連三碰到討厭的事情。

「不過因爲我經常收集怪談，不見得一定是奧山家的原因。」

這麼說完後，福澤先生又很客氣地向我道歉：

「我基本上是不進行驅邪的，若是不小心說錯了什麼，還希望妳多多包涵。」

我也不在意這種事。聽我這麼說，福澤先生就說，那就好。

他繼續說道：

「從某個角度來看，奧山家的事情恐怕是九州北部最強大的怪談吧。因爲太過強大，所以幾乎沒人知道詳細內容。因爲光是口耳相傳就會被作祟，所以根本沒辦法留下書面紀錄。」

本身就是怪談——我心想，接著想起了平山先生說的「存在本身就是怪異」。

奧山家的血脈因爲義宜引起的案件斷絕，碳礦也沒有售出，反而關閉了。

這時的九州北部存在很多小規模碳礦的擁有者。其中很多人都留下相當美麗的建築物，奧山家也是其一。

奧山家的豪宅佔地非常廣大，包含兩棟主屋，一棟側屋，一棟模仿西洋建築的洋館。不過在義宜事件後，建築物被解體出售，土地也賣掉了。原來的土地被分割爲二，成了兩戶大戶人家的宅第。遺憾的是，現在已經無法確定奧山家土地的正確位置，僅留下「大概就在那一帶」的模糊傳聞。

根據傳說，搬進奧山家原址的兩戶人家也不斷發生不幸，最後沒落收場。礦山的遺址最終成了著名的靈異地點。

「這之間的變遷雖然沒人知道，不過那上頭最後蓋了賓館。因爲可以直接開車進去，所以應該稱爲汽車旅館吧。正確來說，是某間汽車旅館蓋在奧山家的礦山遺址上。」

這間賓館以「會出現什麼」而出名，可能正因爲如此，換過很多次老闆。雖然每任老闆都試著改裝，繼續營業；不過最後還是停業，成了廢墟。然而就算成了廢墟，還是當地著名的靈異地點。據說裡面可以聽到呻吟以及看見黑色人影，目前半崩毀的建築物也還存在。

「曾經有團體到那邊試膽，後來發生了傷害案件。當時發生案件的隧道也是當地十分著名的靈異地點。」

福澤先生說出了著名的隧道名字。

「因此，大致可以像這樣追溯出奧山家被詛咒的經過。」

感染擴散了，我思考著，而且殘穢的感染力非常強大。

我也是九州人，雖然出身大分縣，不過從生活圈的角度來看是屬於北九州。因爲如果說要去都會，我們不會去大分市，反而會去小倉或是博多；若是要到靈異地點，我們不會去九重隧道，是去仲哀隧道。福澤先生舉出的隧道也是耳熟能詳的地點，而且和這個隧道有關的怪談，我可是從小就聽到耳朵要長繭了。

這麼說來，這個隧道也是感染力很強的地方。有人在著名的靈異地點碰到怪事而不幸死亡，而他又在別處成爲怪異——很多這類產生連鎖反應的靈異故事。

原來是這麼一回事，因爲是自己很熟悉的場所，反而浮出奇妙的安心感。接著，我發現了一件事。

——這就是怪異的本體。

這段連鎖事件從久保小姐遭遇到的怪異爲發端，但如果回歸本源，都和奧山家有關。然而，從奧山家的角度來看，三喜到吉兼家，乃至於和那塊土地有關的連鎖事件都只是旁枝，九州北部才是主幹。

久保小姐聽完我的說明，似乎愣住了。

「所以這一切都是旁枝嗎？」

應該是，搬進奧山家原址的兩戶人家都接二連三發生不幸，沒落以終。因爲是將奧山家的土地一分爲二，這兩戶人家的宅邸佔地應該都很遼闊；土地在兩家沒落後再被分割轉售。時間流逝，擁有者不斷改變，同時因爲時代趨勢，土地又不斷切割售出。至今，那塊土地應該同時蓋著平凡的小型住宅、公寓或大樓。恐怕土地上所有建築物都被汙染了，規模和感染力想必遠比吉兼家的旁枝更來得強大。

我暫且不理因爲思考而陷入沉默的久保小姐，思索起別的事。

福澤先生說奧山家的建築「被解體出售」，指的應該是建築物經過遷建或是當成建材出售吧？回收材質良好的建材是很常見的事，即使是舊屋也會這麼辦。

我急忙聯絡福澤先生確認這件事。

遺憾的是，他並不清楚詳情，但會試著調查。我趕緊婉拒他。不過他卻說：

「我也很有興趣——說來奇怪，其實我覺得奧山家似乎在呼喚我。」

福澤先生在收集怪談的過程中，多次碰到奧山家的怪談。

這當然也和地理環境有關，因爲他採集怪談的區域正好就是「奧山怪談」的發生地。但是，他也曾經在完全無關的地點收集到怪談，經過追本溯源，卻發現這件事又和奧山家扯上關係。然而，每一則相關的故事都不容易下筆，因此他不打算深入追查，可是卻一次次碰上奧山家。

「該說是有緣嗎？我認爲這是我應該調查的對象。」

福澤先生將他目前手邊有的所有資料都寄給我。

奧山家的建築物拆除後，土地一分爲二，分別是蓮見家和眞邊家。

蓮見家是當地知名的醫生家族，眞邊家則是富裕的資產家。但是，蓮見家傳了兩代便斷絕了。四個兒子接二連三自殺，最後雖然收養孩子繼承家業，但據說連養子也自殺了；至於眞邊家，雖然建築物的規模日漸縮小，不過到平成元年——一九八九年左右都還保留著，而這棟建築物也因爲是凶宅而聞名——精準一點的說法是，以凶宅聞名的眞邊家，正因爲蓋在奧山家的土地上，所以才有名。

畢竟當地都認爲眞邊家的怪事來自之前的奧山家。

福澤先生收集的眞邊家怪談，確實都是很難以怪談形式下筆的故事——像是這一則：

因爲有人居中牽線，某名女性和某名人的兒子相親。她當晚回自家公寓時，並非按照平常的習慣搭電梯而是走樓梯。沒想到數次被某道黑色人影拉住腳踝，差點摔下樓梯。隔天，她告訴父母這件事，才知道這戶人家的媳婦很早就死了，這件事還傳遍各處。因此，她急忙回絕對方交往的要求。這戶人家正是眞邊家。

這種作祟或詛咒的故事，如果牽扯上特定的人家就會變得很難下筆。不是只要把名字藏起來就好，「因果業報」的故事在現代社會中很難與「怪異」連結，反而會扼殺怪談的趣味。然而，刪除這個部分，只寫被黑色人影抓住腳踝，也無法當成怪談。

或者像是這個故事：

某人到朋友家過夜。當晚他輾轉難眠時，聽到不知何處傳來的呻吟。他好奇起身尋找聲音來源，發現聲音從中庭的水井傳來。水井有個老舊的金屬泵浦，出水口可以聽見聲音，簡直像有人從井底發出聲音。後來他才知道，這戶人家出過很多犯罪者或是精神病患，以前就有人說這家的水井直通地獄。

因爲還在採集階段，福澤先生以「叫做眞邊的朋友老家」記錄下故事。這也是一刪除因果業報的枝葉，就變成只有從中庭的泵浦聽到呻吟的故事。我雖然不排斥這種靈異現象，但難以下筆寫成一則怪談。

——但是，想到這些都是奧山怪談的一部分，我就覺得有些恐懼。

現在我知道，在植竹工業出現的「黑色人影」，其實是在奧山家的碳礦事故中死去的人們。他們幾乎都在非常惡劣的環境中工作。這份工作的風險伴隨著岩盤剝落、瓦斯氣爆、火災爆炸、粉塵造成的健康傷害等等，卻無法得到和風險相應的待遇。

特別是和奧山家有關的「事故死亡的工人怨恨」怪談，可以從中想見這些人被迫從事相當嚴苛的勞動。大部分的碳礦事故都是火災爆炸事故，因此「黑色人影」應該就是喪生在火窟中的犧牲者吧；還有「訴說怨恨的聲音」，也可能是瓦斯氣爆的犧牲者。礦工很常因爲石炭的粉塵而全身烏黑。

礦坑中常發生一氧化碳等有毒氣體或是甲烷從地下噴出的意外。若是吸入有毒氣體就可能會痛苦地逐漸死去，如果是吸入甲烷，狀況更是慘烈。甲烷本身雖然無害，但大量甲烷噴出會造成氧氣濃度下降，導致窒息。若還要舉出更慘烈的例子，應該就是在火災中窒息死亡的犧牲者。

如果礦坑內發生火災，因爲周圍都是石炭，非常難以滅火。最有效的滅火方法是塞住礦坑坑道，斷絕氧氣的供應。

但是，要是明知其中有來不及逃出的礦工呢？誰都不能將這種行爲歸咎在「時代」上，否則「訴說怨恨」的聲音，就不會不停地說著：燒光、殺光了。

2 安藤家

二〇〇八年初夏，久保小姐突然來了意外的聯絡。

她說，隔壁社區爲了前住戶安藤先生被逮捕一事鬧得沸沸揚揚、這件事是岡谷公寓的邊見太太告訴她的。

安藤先生搬走後，沒人知道他的去向。他和鄰居素無往來，也未曾告訴任何人他要搬到哪裡。但今年春天，住戶發現都內的案件嫌疑犯和安藤先生長得很像，而且同樣姓安藤，所以眾人不停討論會不會是同一人。

罪行是殺人、強姦並殺害陌生女性——我無法提供更多的資訊了。

確定是同一個人嗎？我這麼問，而久保小姐回答：

「我也不知道。」

她也還是半信半疑。

「我到最後還是沒見到安藤先生——而且也沒有他的照片。畢竟他本來就是足不出戶到令人懷疑，也沒人和他往來。大家都是拿自己瞄過他的印象來比較。」

久保小姐詢問了社區住戶，有人堅持一定是他，也有人語帶保留地說，這麼一提還眞的有點像是他。不過眾人都說他看起來整個人都變了。

「大家都說，那人和還在社區的安藤先生相比，臉色看起來更糟，一看就覺得很陰沉——妳怎麼看？」

久保小姐問我，但我無法回答。

包含久保小姐在內，沒有任何社區住戶知道安藤先生的全名。電視新聞曾經播出他在逮捕前，以居民身分接受訪問的影像，他看起來頗活潑，並不會讓人「一看就覺得很陰沉。」而且他搬走好一段時間，最多也只能說「看起來有點像」，「安藤」這個姓氏也很常見，不能否定同姓的可能性。

我在確認是否爲同一人之前，無法產生什麼具體的想法。至於確認的方法——我實在想不出來。如果透過出版社幫忙，或許可以知道嫌疑犯是不是搬走的安藤先生。然而就算眞的是同一人又如何？

如果眞的是同一人，那麼接下來就不得不提出這個問題：

「他曾經住在那塊土地上，而這和他的犯罪之間有什麼關係嗎？」

然而，這個問題得不到答案。

「安藤」先生尚未受審，他目前就只是嫌疑犯。雖然他在檢調階段就坦承犯行，但不可能百分之百相信「自白」，無法當下就確定他是犯人。另外，現階段也還無法確知犯罪手法和過程，就算詢問本人，也不可能得到確鑿的證據。最後，這不過就是在測試我們的世界觀。

「住過某棟公寓」和「犯罪」之間是不是存在因果——我們是否要承認有「什麼」連接這件事情。

我和久保小姐商量到最後，決定放棄確認。

把這件事當成怪談吧——我們達成了一致的結論。

某人住過那棟公寓並在搬家後行蹤不明，之後，**似乎**以殺害女性的罪名遭逮捕——如果要更深入追查這件事的「因果」，我們就得徹底追查這個世界的深度和廣度，這遠遠超出我們的能力，而且用這個案件作爲素材也太沉重了。

我回答久保小姐時，突然毛骨悚然起來。

久保小姐曾經想要訪問安藤先生，她當時打算拜訪他，還好她放棄了這個念頭。萬一她獨自前去安藤家採訪——「請務必小心」的便條紙，再次掠過我的腦海。

我們可以調查的線索如今將近告罄，無法期待更多進展，事情也就到此爲止。我打算這麼說但尚未眞正出口時，二〇〇八年夏天，福澤先生來了電話。

他遵守承諾，告訴我奧山家的建物在拆除後的去向。他找到了可以期待的資料。

「雖然還沒拿資料前不知道會發現什麼事情，不過總算找到可以往前一步的基礎了。」

他接著又說，「本來是直接前往保存資料的地方拿資料是最快的，但我現在其實住院了。」

福澤先生的口吻混雜著苦笑和自嘲，但讓我大吃一驚。

怎麼了？我這麼一問。福澤先生說：

「我發生車禍了，搭計程車時被追撞了。」

大卡車追撞計程車，本來是會釀成大禍的嚴重意外，但因爲撞擊角度巧妙，計程車的側邊在打滑後撞上護欄停下來。因此，福澤先生和司機都只受輕傷。追撞的原因是卡車司機沒留意前方路況。

「或許只是偶然，不過還請您多多留心。」

現在的傷勢如何？

「我沒事。雖然不是重傷，可是視力在車禍後直線下降，醫生不讓我出院。」

雖然進行很多次檢查，但還是找不出原因。福澤先生說：

「不過，我之前調查奧山家時也發生很多事。相比起來，這次眞的不算什麼。」

福澤先生反而說，比起他，我和久保小姐才要更小心。

「介意的話，去接受消災解厄的處理比較好。我是刻意不管這些事的。」

……我可以理解福澤先生刻意不管這些事的心情，我也是。我雖然在雜誌上連載怪談實錄，不過根本沒接受過消災解厄的儀式，也沒配戴護身符。

我本來就不怎麼相信作祟、詛咒，不過正確一點的說法是，我不想相信這種事。更何況是我主動收集怪談，不可能去依賴避開怪異的儀式。如果害怕怪異，一開始就不該接近；如果發生了什麼，那也不是怪異的錯，責任在刻意靠近的自己身上。

不過我應該警告一下久保小姐，因此聯絡了她。她說她十分小心。

「對了，公司現在怎麼樣了？」

這陣子，久保小姐的身邊發生了很多事。

編輯工作室的社長突然去世，高層間為了公司何去何從而起了爭執。久保小姐任職的編輯工作室主要業務以企業合約為主，這些合約都是去世的社長靠自己的信用拿到的，因此不是隨便讓誰接任社長，公司就能按照以往的模式營運。一弄不好，公司就會解散。

「看起來，可能到九月底就會解散了。」

找到下一個工作了嗎？我問她。

「我現在沒空想這些，還得把手邊的工作做完。結束後，我打算休息一個月，之後再考慮其他事情。」

聽完後，我也只能跟她說好好注意身體了。

3 怪談之宴

二〇〇八年八月，我有個機會可以同時和福澤先生與平山先生見面。他們兩人要出席京都太秦映畫村舉辦的活動。活動前天，我和他們約好一起吃飯，前往預約好的餐廳。因爲是難得的機會，我希望久保小姐也能出席，可是她卻無法前來。

「聽說她工作出現了問題，所以才不能來嗎？」

平山先生很擔心久保小姐。不過可以說是如此，也可以說不是。

久保小姐約兩星期前，突然住院了。

是突發性的聽力喪失。她有天突然耳鳴發作，一邊耳朵聽不見，同時也因爲暈眩而無法行走。事情是發生在採訪一家公司的途中，同事立刻將她送到附近的大學醫院，當天就住院了。

幸好恢復得很順利，聽力三天左右就好了，耳鳴也跟著消失。雖然還留有一些宛如透過薄膜傾聽聲音的古怪感，不過出院時就幾乎消失了。突發性聽力喪失必須要分秒必爭地盡早治療，隨著康復所需時間的差異，癒後狀況也會不同。久保小姐因爲發病的同時就治療，恢復得很快，癒後狀況也十分良好。

「我那時候正在採訪工作上的對象，突然就開始耳鳴。我才覺得好奇怪，馬上就覺得頭暈，周圍開始旋轉，眞是嚇壞我了。」

突發性聽力喪失通常會伴隨回轉性暈眩。

我丈夫過去也罹患過突發性暈眩，它也會伴隨回轉暈眩。這種暈眩非常強烈，別說走路，就連起身都非常困難。旁人甚至可以看出患者全身都在搖晃。但也因爲如此，久保小姐才能立刻去醫院，而且正巧附近就有大學醫院，接受訪問的公司也提供車輛送她去醫院，這些條件加在一起，讓她可以不必擔心任何後遺症地痊癒。

原因大概是，這陣子持續不斷的工作壓力。

總之她雖然出院，不過暫時還需靜養。雖然她還是繼續工作，但不適合長途旅行，所以她就不來了。喜愛怪談的久保小姐當然也是平山先生和福澤先生的忠實讀者，錯過和他們見面的機會令她無比遺憾。

「一定還有機會再見面的。」平山先生說，「對了，妳是不是瘦了？」

是啊，我說道，看來是這陣子的夏天暑氣太嚴重。

老實說，我這陣子的身體狀況也很糟。我本來日常作息就談不上健康，會導致這種局面說當然也是當然，我的肩膀僵硬無比，也有腰痛的問題。我之所想換新屋，也是因爲過去坐在地板上的生活方式對我這種有肩膀酸痛和腰痛問題的人很不好，因此希望改成坐椅子的生活。因此，我在新家都過著坐在椅上工作以及閱讀的生活，但還是沒有任何改善的徵兆。甚至可說隨著年紀增長而愈來愈惡化。

我的肩膀僵硬已經半永久性了，還常無法轉頭，肩膀也抬不起來。一整天下來連腰也會痛。可能是爲了讓腰不那麼痛，我下意識調整了坐姿，結果連股關節也經常痛起來，導致日常生活的站或坐都很困難。

今年春天以來，從脖子到肩膀一帶甚至比以往更沉也更痛，脖子只要一使力就會痛，起床時還需用手支撐頭部。不論起身或坐下，如果挺著脖子，疼痛就會加劇，所以我大概一天中有半天以上的時間都只能躺著，幾乎無法工作。

如果像今天一樣出門，我一定得吃止痛藥。

我心想，該不會是頸椎發生了椎間盤疝脫，但醫生看了X光片後，告訴我沒有任何異常。腰部的椎間盤也是如此。然而，儘管X光片上沒有出現任何異常，卻常出現異常猛烈的疼痛。爲了愼重起見，我在初夏時進行全身健檢，也沒出現任何異狀，所以我想應該不需要特別擔心。

不過，我本來就是容易中暑的體質，每到夏天體重就會減輕，這一年特別嚴重，可能因爲到處都痛，濫用止痛藥的關係，胃也出了問題。

「難道真的遇到了嗎？」平山先生說，「久保小姐也是，果然還是抽中不得了的下下籤了吧。」

——這就是以前說過的「碰上麻煩事」嗎？

「阿徹也是啊。」平山先生看著福澤先生說道。

幸好福澤先生的視力已經恢復且出院了。雖然不知道原因，不過出院後沒有任何後遺症。

「還是不應該告訴妳的。」

福澤先生不斷向我道歉，但我認爲他沒有必要道歉。我會全身都是老毛病是因爲不正常的日常作息，沒有其他因素，只是恰巧同時一起發作。雖然我也覺得有些不可思議，不過就是會有這種事。正因如此，榮格才創造出「共時性」這個概念。

「妳眞是大膽。」平山先生笑著說，「不過如果妳能這樣想的話，那應該不會有問題吧。」

他接著說：

「我從阿徹那裡聽到怪談後也有點在意，所以找了一下手邊有沒有相關的怪談，結果電腦突然不能開機了。」

修好之後，發現硬碟裡的資料不見了。

這對作家來說，可是比身體狀況不佳更爲嚴重。

寫到一半的原稿沒事吧？我驚慌失措地問平山先生：一切還好吧？

「這是常有的事。我將原稿存在很多地方，所以沒有實質損害。我把需要的內容都列印出來了。」

平山先生說著，拿出一疊列印紙。

「這是阿徹給我的奧山怪談，果然也是莫名其妙到有點掃興的怪談。」

平山先生給我看的是，住在奧山家原址的眞邊家，經常出現縱火犯的故事。這應該算是將「黑色人影」和「火災犧牲者」連結在一起的怪談變形。其中也有眞邊家孩子就讀的學校教室出現小火災這類欠缺畫龍點睛元素的怪談。不過，這位兒子念的班級被稱爲「被詛咒的班級」。

我讀完故事後覺得有點不可思議。雖說是「被詛咒的班級」，但原因僅是教室裡出現小火災，實在略嫌虎頭蛇尾。平山先生也抱著同樣疑問。

福澤先生低聲說了句，「是啊。」接著又說：

「你們說的沒錯。我想或許還有其他導致這個班級『被詛咒』的原因，只是我沒有收集到。」

「這個，該不會是？」

平山先生問福澤先生，眞邊家孩子的班級是不是福岡縣某小學的五年二班？

「對。」福澤先生驚訝地連聲音都變了，「我不知道正確的班級，但的確是那間學校。」

「那麼，那個故事後來的發展就是這個了。」

平山先生說著，又拿出別的列印紙和報紙影本。

據說某間小學存在「被詛咒的班級」。

一九八八年三月，某間小學南邊校舍四樓的教室發生火災。這間教室當時是五年二班的教室，火災發生當天正值春假，沒學生上課。一對同校的兄妹闖進無人的教室玩火柴，火苗竄燒到教室雜物且發生火災。兄妹兩人順利逃出，平安無事。兩名路過的中學生發現煙霧竄出，立刻報警。

整場火災只燒毀五年二班的教室。

整整一年後，一九八九年三月，同校的六年級男生被發現在校內樹上上吊。男童在放學後的社團活動結束後，穿著制服自殺。他在社團活動期間並沒有任何奇怪的言行舉止，和平常一樣充滿活力，沒人知道他爲何自殺。

這名男童在前一年是五年二班的學生。

還有，一九九一年二月中，在北九州公路的隧道裡發生觀光巴士追撞聯結車的事故，造成包含後面兩輛巴士與轎車在內，共計五輛車的連環追撞事故。乘坐巴士參加畢業旅行的十三名中學生及三名教師在內的二十人受傷。這群中學生是二年級生，共計兩百四十七人分別乘坐八輛巴士，而遭遇事故的是二年一班、二班、三班的巴士。這三個班級的學生幾乎都是當年五年二班的學生。

「告訴我這個故事的女孩子說，好像還有其他故事，但是她不知道。」

眞邊家的三男在這個班級裡嗎？也就是說，以奧山家爲主幹的連鎖怪異直到最近都還「活著」。

「逐漸連結起來了。」平山先生看似愉快地說：

「這個搞不好是很誇張的東西哦，危險、危險。」

認眞讀著列印資料的福澤先生說：

「告訴我這個故事的人說，這不是土地作祟，而是眞邊家的日本刀在作祟。」

當時的眞邊家主人——眞邊幹男的興趣是收集古董，而且據說是一名有著糟糕品味的收藏家。眞邊家擁有的日本刀中，存在著在刑案中使用過的刀。眞邊家的主人明知物品會作祟，卻還是刻意購入收藏，當成話題。

「聽說還有在江戶時代砍下示眾的人頭畫像，或是號稱河童木乃伊的可疑物品。告訴我這件事的人說，因爲日本刀在作祟，所以眾人才流傳從眞邊家的水井可以聽到『地獄之聲』。我想這大概就是別人聽到的『呻吟聲』。」

也就是說從中庭的泵浦可以聽到聲音嗎？

「我認識賣過眞邊家日本刀的古董商。這位老爹收藏了很多有隱情的東西，我託他的福，也寫了幾個怪談。眞邊家在幹男這一代破產，離開福岡，老爹就在這時收下了所有帶著隱情的收藏品。」

眞是位生性好奇的古董商，難道他本人沒碰過任何怪事嗎？

「據說他碰過，但只要沒有實際上的傷害，他就無所謂的樣子。如果眞的碰上問題，請人祓除就好。他老家是神社，哥哥是神主。」

聽福澤先生這麼說，我和平山先生也只能苦笑以對。

「輪到我了。」福澤先生說著，拿出影印的資料。他說，他知道奧山家部分建物的下落了。

「側屋果然整棟遷移了。」

他是在關於古老建築物的研究書籍中發現的。這些存在過、如今已經消失的著名建築物名單中，他找到了奧山邸。

上頭記錄建築物「部分遷移」至北關東和愛知縣兩個地方。他也追查到建築物遷移到北關東後的狀況，因爲是位在觀光地的旅館，具有明確可供調查的屋號。

福澤先生調查後得知，某間旅館在改建之際利用了遷移過來的建材，但旅館在一九四六年燒毀了。火災發生在清晨，燒毀了周邊七棟建築物後才被撲滅。後來，人們在火災後的廢墟中發現旅館老闆夫妻、岳父和三名孩子的屍體。每具遺體看起來都是入睡後的狀態，後腦杓留有傷痕。警方起初研判是強迫自殺案件，之後查明是強盜犯行。

——又是這樣，我心想，縱火和殺人這種組合是奧山家怪談衍生而出的共通點。

「其他建材似乎還有別的去處，不過狀況到目前爲止不明。」

另一個地方是「愛知．米溪家」。

「這個怎麼念？」平山先生問。

福澤先生低聲思考著，「這個嘛。」

「可能是念成KOMETANI吧。」我插嘴，這是很特別的姓。

我曾經很好奇這個姓氏怎麼念，還特別查過。印象中，我整理讀者寄來的怪談時，爲了輸入這個姓而查了字典。

——難道是？

平山先生不理會正在思索的我地說：

「對了，關於那個問題很大的眞邊家，聽說他們家的建築物還留著哦。」

在哪裡？福澤先生和我異口同聲地問。

「據說變成廢屋，而且果然成爲靈異地點。我大概知道在哪裡，打算有空的時候去一趟。兩位要一起嗎？」

當然，我們立刻回答。

那就這樣吧，平山先生開朗地笑了：

「等我決定日期再通知你們。如果那時候久保小姐身體狀況沒問題，也邀她一起來吧。」

回到家後，我重新回顧整理好的怪談資料。

我幾年前在雜誌上寫過這位讀者寄給我的故事。對，我記得是關於「地獄」的故事。事情發生在曾經是富農的祖父家中，據說只要透過家中的透籠板看佛堂就會見到地獄。我在雜誌上以英文字母表現登場人物的名字，不過資料中清楚記載著對方的眞名和住址。

我找了一下，發現「米溪新」這個名字。原始資料上清楚寫著事情發生在愛知縣某處的祖父家，連地址都有。

如果現在寫信到這個住址，信件眞的可以送到米溪先生手上嗎？信封上的郵戳是一九九二年，他當時似乎是上班族，很可能獨自在外租屋生活。若是如此，那很可能現在不住在這裡了。不過我仔細看了一下住址，發現沒有房間號碼，或許是獨門獨棟的房屋。他當時可能住在老家也說不定。

我抱著賭一把的心情寫了封信，半個月後收到回信，這個住址果然是他的老家。米溪先生現在因爲轉職而離開老家，不過收到信的家人將信轉給他。他下個月恰巧要來大阪出差，屆時可以和我見面。

信中提到的透籠板（註）在米溪家的本家。

相傳祖父的祖父——對米溪先生來說是高祖父的人物，在福岡「碳礦王」的豪宅拆除之際，收下包含透籠板在內的建材。家中沒人知道這名「碳礦王」的名字；至於出問題的透籠板，它由一整片天然木材雕刻而成，並且分別從木材兩側鏤空且雕刻上不同圖案，雕工極爲精細，是兩片一組的組合。米溪先生事後將透籠板的照片寄給我。一邊是飛龍，一邊是雲霧繚繞的山中峽谷，相當出色。

米溪先生說：

「我們家只知道原來的主人是碳礦王，其他就不曉得了。」

他在信中寫到米溪家過去是富裕的農家，之後逐漸沒落，所以我問了他這件事。

「好像是。我祖父的家是高祖父興建的，聽說他經營各種生意，後來失敗了。爲了還清債務，很多財產都被拿走，最後剩下用來蓋房子的土地和一小塊田地。現在是很普通的兼職農家。」

聽說透過這片透籠板窺看佛堂就會見到地獄。可是——「會見到地獄」到底是什麼意思呢？

「誰也不知道是什麼意思。聽說看了會不好，大家也不會刻意去看。而且不只是要不要看的問題，那其實也不是什麼簡單就能看到的位置。」

米溪先生曾經在佛堂隔壁的房間聽到宛如從地下吹來的風聲。

「對，像是地下鐵的風聲。其中還混雜著呻吟的聲音，讓人很不舒服。我只聽過這些聲音而已。那聲音眞的是聽過一次就夠了，所以就算去祖父家，我也不會睡在座敷裡。」

我問他，有沒有聽過米溪家在得到這組透籠板後，家族中發生了不幸的事？

「我沒聽說過，雖然是有幾個人早死，不過應該沒什麼特別的。」

「發生過火災嗎？」

我這麼一問，米溪先生露出驚訝的表情。

「對，好像有過。我聽說屋子落成後，發生過好幾次奇怪的小火災。」

果然如此，我心想，那組透籠板果然來自奧山家。

註：傳統日式房間拉門和天花板之間的雕刻裝飾物，功用爲採光。

——也就是說，不光是土地或人，恐怕連器物都會傳播怪異。米溪家經由透籠板感染上奧山家的殘穢。

米溪先生說，除了小火災，本家沒發生過其他怪事，家族和家業也都沒有異狀。

「不過我堂哥在大學時代租的房子好像有過什麼。」

「堂哥——是本家的兒子嗎？」

「對，我有位大我四歲的堂哥，他到東京念大學。據說他當時租的房子有某種怪聲。好像是……會在他枕邊說一些怨恨的話。」

那位堂哥睡覺時，頭一躺到枕頭上，耳邊就會傳來斷斷續續的說話聲。好像遠處有一群人低聲地同時說著怨恨的話。他最初以為是別的房間或樓下的聲音，所以沒放在心上。可是某天晚上，他在枕邊看見黑色人影，那道人影正低聲地喃喃自語。

「好像是說『殺！殺死他！』之類很危險的話。我堂哥看了之後很害怕，立刻到神社請人驅邪，搬走了。」

此後，聲音或許持續糾纏著米溪先生的堂兄——不知道這是不是他年紀輕輕就去世的原因。他在搬家後沒多久就病倒了。因為是罕見疾病，沒有治療方法，只能回家療養，兩年後就去世了。

「我在堂哥去世後也念了同一所大學。他當時住的地方在我入學時還在。我聽學長說，那地方以房客會聽到怪聲出名。除了我堂哥，也有健康惡化的人，或者是精神方面出了問題、只好休學的人。我的學弟中也有人——應該說是學弟的同學——突然就不來學校，聽說是回老家了。」

米溪先生似乎認為堂兄的問題和「租屋處的怪異」有關，不過我認為更可能是他堂兄將怪異帶到了租屋處，他離開後，怪異留了下來。

眞是恐怖的故事。

不過，這位堂兄還有三位兄弟，剩下三人從未發生什麼怪事或不幸，大家都過得很健康。堂兄的父親——米溪先生的伯父，加上米溪先生的父親在內是六人兄弟，所有人到目前為止都過得很好。其中也有人事業成功，很難說曾有災難降臨米溪家。

我和福澤先生聯絡，告訴他米溪家的狀況；他則告訴我，他知道眞邊家日本刀的下落了。

眞邊家的日本刀在刀刃已經完全毀損的情況下被轉賣，之後下落不明；不過卻在出乎意料的地方被發現。

一九九五年，警方由於某件調查失蹤者的委託，搜索了一名祈禱師的住宅，他們在棉被中發現數具木乃伊化的遺體。警方事後查出這些屍體是在祈禱師家中共同生活的十九歲到五十歲的男女。他們在號稱可以驅魔的祈禱師指示下，互相攻擊對方。被害者死亡時，便以「靈魂完成淨化後，便會生還。」的藉口，將屍體放置不管。而警方從祈禱師家中收押的日本刀似乎就是眞邊家的所有物。詳情並不清楚，不過看來是信徒將日本刀奉獻給祈禱師，作爲儀式使用的器具。

警方爲了確認日本刀的出處，和古董商照會過，福澤先生才知道這把刀的存在。

到底是擴散到了什種程度？

光是從眞邊家運出且擁有各種隱情的古董就數量驚人。如果這些古董被轉賣後便污染新的去處，那可眞的是調查不完。住在奧山家原址的人們經過好幾世代的生活，又從那裡移動到別處，不可能調查完所有人。

我向久保小姐報告了這一連串經緯的同時，如此告訴她。

她也嘆了一口氣：

「我這陣子也在想，我到底在追尋什麼呢？」

久保小姐的公司終究還是在九月時結束了，幸好應該可以在上司創立的新公司工作。只是久保小姐從春天以來，就因爲公司的事忙得暈頭轉向，完全沒有進行任何調查。她睽違已久地拜訪岡谷公寓，向西條太太詢問近況，突然有股不對勁的感覺。

不知從何時起，自己就以怪異存在、其中還出現連鎖效應的前提行動。然而暫時從事件脫身後，反而對這樣的自己起了疑問。

我可以理解她的心情，整件事情的規模已經愈扯愈大。我也不知道從什麼時候起就抱著這一切或許都是虛妄的懷疑心理。

比如說，安藤先生的事情的確令人感到衝擊，但我們沒有眞正去確認究竟是不是他。如果被逮捕的人眞的是安藤先生，他的犯行和一連串的怪異之間並沒有任何共通性。就算殺害家人後企圖自殺、縱火一事和過去的怪異具有關聯，整件事還是令人存疑。然而，事情也可能相反。

「說的也是……」

久保小姐也同意這點。

調查過程中，已經出現非常多次看似具有意義的「強迫自殺」。奧山家是如此，飯田家是如此。不過方保田家的狀況，在這個意義上則不太一樣。遷建奧山家側屋的旅館案件，眾人一開始以為是強迫自殺，不過實際上是強盜案件。這麼一來，只剩下「縱火」這個共通點。

「而且其他的案件全都和加害者有連鎖關係，然而，旅館案件中的被害者和加害者並沒有連鎖關係。」

正是如此。可是問題是，這些各式各樣的怪異中都存在著看似具有意義的連鎖關係。無論哪個怪異都存在令人耳熟能詳的怪談現象，如：聽到怪聲、看到黑色人影，聽到讓人不舒服的聲音等等。然而，講得直接一點，這些都是只要調查怪談就會再三出現的老套內容。

不過正因爲老套，所以配件會重複；因爲重複，看起來就像有連鎖。尤其是現在，既然調查範圍已經如此遼闊，反而隨便就能找到相關的材料。

「所以妳認爲事情就是這樣嗎？」

久保小姐問我，我思考一陣子後老實招認：我不知道。

到這個地步，認爲什麼都有連鎖也太誇張；不過我也覺得事情到某一個時間點，除了連鎖效應，不存在其他解釋的餘地。即使回顧過去種種，我還是抱持相同的想法。畢竟，認爲一切都有其意義的想法很沒常識；但一切都是偶然的想法，同樣沒有常識。

是啊，久保小姐低聲說：

「要不要停手了？」

如果像以前那樣跟著線索走，一定還會出現許多看似有意義的案件或怪異。如此一來，不管怎麼調查都不會有盡頭。客觀來看，每件事眞的都有關連嗎？我們其實也無法證明這件事。最後都會像安藤先生的事情一樣，考驗我們對世界的看法——我們要不要承認兩件事情之間，存在著「什麼」連接兩者的因果。

整起事件的起始是，久保小姐覺得自己的住處很奇怪，並且猶豫著究竟要繼續住下去還是搬走。

「可是我已經搬出來了，現在也住得好好的。」

也就是說，我們早就達到調查的目的了。

「是啊。」

我也這麼想，沒有任何異議。

但我還是對這件事有興趣，不打算完全關上門、不再理會。不過，我和久保小姐達成不再主動調查的結論。

這是二〇〇八年十月的事，離久保小姐搬進岡谷公寓已經七年了。

4 真邊家

之後，平山先生來了聯絡，表示他要去福岡的眞邊家，問我是否一同前往。我考慮到最後，決定和他一起去。久保小姐果然也選擇要去，除了給整件事情一個了斷，她也想看一眼怪談的震央。

二〇〇八年十一月，我們在車站下車。比我們早到一步的平山先生和福澤先生來車站接我們。和平山先生交情深厚的編輯也參與這次的行動，他還租好車。

平山先生和福澤先生看著和久保小姐一起低頭致意的我，異口同聲地問，「妳怎麼了？」想必是覺得我脖子上的頸圈很怪。

我在夏天和他們見過面後，身體仍舊很差。脖子的疼痛持續加倍，體重一直減輕。我丈夫看不過去，嚴正要求我再去一次醫院，拍了脖子的X光片一看，發現之前沒看出來的病變。不過，醫生不知道那是什麼，雖然一度懷疑是腫瘤，不過並非如此。我在這段期間也持續追蹤檢查，但還是不知道脖子上「疑似腫瘤的東西」究竟怎麼回事。醫生考慮到萬一，要求我戴上頸圈。如果不小心跌倒，病變的頸骨可能會摔斷。

「沒事吧？」因爲他們兩位這樣問，所以我也回答：沒事。

然而就連我自己也不知道是否眞的沒事——不過，在確認震央的這段期間內應該沒問題。

他們首先帶我們去的地方是，興建在奧山家礦山原址上的汽車旅館廢墟。途中，福澤先生和平山先生告訴我們在夏天後的狀況，看來兩人都束手無策了。

「這次也是這樣。」福澤先生說，「幾乎每次都是這樣。突然出現相關的怪談，然後在我拚命調查的同時，怪事也會一直發生。不過我還可以將調查到的線索都一一檢視，不過一定會在某處卡住，無法繼續調查下去。一旦停止調查，所有怪事轉眼之間就消失了。」

放著不管，又會撞上怪談。看來福澤先生和奧山怪談有千絲萬縷的緣分。

「因爲不想惹禍上身，所以我刻意避開，結果怪談又會自己找上門來。看來眞的是緣分很深吶。」

隨著車子前行，太陽也逐漸西下。不知何時，我們已經離開市區，在毫無建築物的寂寞山路中奔馳。

建築物離幹線道路沒多遠，位在穿越山谷的道路中段，周圍空無一物，頗爲蕭瑟。建築物是箱型的，十分低調地埋沒在荒煙蔓草中，受到四周隨意生長的樹木包圍，但只要注意看便能從幹道間窺見幾乎化爲廢墟的影子。

它是兩層樓，由輕量鋼骨水泥建造，塗裝已經完全變色，不過依稀可見原本是粉紅色的。一樓是停車空間，現在似乎成了廢棄車輛的丟棄場所。幾輛布滿塵埃、沒有車牌也沒有輪胎，車窗玻璃都破碎的汽車，像是早已死亡般地蹲踞著。

根據福澤先生的調查，其中某輛車裡有自殺身亡的人，但眞僞不明。聽說那人抱著半好玩的心情來這裡試膽，幾天後，在其中一輛廢棄車中發現自殺的屍體。

建築物內部的保存狀況比外面好很多。

雖然窗戶玻璃破了，冰箱倒了下來，櫥櫃的門還打開，但狀態並非特別糟糕或出現明顯的問題。停車處的牆壁上有塗鴉，室內牆壁上倒是沒有，也許因爲原來上頭貼著華麗的原色壁紙。不像其他的廢墟，這裡完全沒有生活過的痕跡，也沒有垃圾的存在，或許是一開始就撤走棉被之類物品的關係；但不知爲何飄散著一股殺伐之氣，可能因爲看起來很冷清又不像待過人。

久保小姐窺看著狹窄漆黑的工作人員用通道，說：

「晚上來一定很恐怖。」

這時，傳來了轟隆隆地像是地底下吹過風的聲音。

久保小姐站在原地，不安地環視四周。

「妳聽到剛剛的聲音嗎？」

我苦笑一下。那大概是砂石車通過外面的幹道。一聽聲音的質感和長度就知道了。

原來是這樣啊，久保小姐彷彿想這麼說地露出害羞的笑容。

看著她，我突然心生疑問。砂石車低功率的聲音確實和風聲很像，目前爲止多次聽到「像是風在地下吹的聲音」的說法，這或許正是眞相。

糾纏著這個地方的怪談也一樣——我這麼想。

這塊建地沒柵欄，建築物很堅固、不致於造成危險，也很容易開車來，想必很多人到此地探險。如果人數夠多，就會發生很多事。喜歡涉足靈異地點的人，通常具有輕視風險或享受危險事物的傾向，即使是日常生活也可能容易遭受意外——這麼一想，我不禁覺得至今我所追查的一切都是虛妄。

我這麼想著，走出建築物。

福澤先生對我招手，「來這邊。」我跟著他到建築物的後方，撥開沿途的樹枝走上一陣子，接著看見一座像是巨大管子斜插入地底的水泥構造物，它的模樣令我聯想起堡壘，看起來很有歷史。水泥表面完全荒廢了。

我靠近一看，福澤先生在旁邊說：

「這是以前斜礦坑的遺跡。」

很多地方都會以產業遺跡的名義保留這樣的設備。不過，眼前的設備別說是保留了，就連標示由來的說明都沒有。似乎因爲如此，大眾才會很認眞地傳說這裡是奧山家的碳礦遺跡。

「我認爲這裡的確是小型碳礦的斜礦坑遺跡。」

礦工從這裡前往地下坑道，前往和死亡相鄰的地底。

考量這裡的位置，是碳礦的可能性很高。既然是嚴酷的勞動場所，應該也發生過意外，甚至出現死者。整座遺跡已經傾頹到和周圍地面差不多高，看似屋頂的覆蓋物下放著一些不知何人丟下、生鏽得破破爛爛的鐵桶和燈油桶。

從草原中唐突出現的遺留物，比傳聞「鬧鬼」的廢墟更有存在感。

之後，我們改變方向前往市區。回到飯店吃完飯後，再次駛上夜路進入住宅區。

這是極爲普通的街區，只有冰冷的街道和悄無人聲的住宅。有新建的獨棟住宅，也有歷史悠久的人家，還有公寓、大廈、便利商店。司機將車停在學校旁邊的路上，我們下車走在夜路上。在庭院蓊鬱的古老住宅和寂靜的公寓之間，有一條夾在漆黑骯髒水泥牆間的狹窄小巷。

就是這裡，平山先生壓低聲音說。他前幾天來探過路。我們留意著不要吵到周圍居民，悄悄踏進那條小巷。

小巷由沒有經過整理的地面和老舊水溝組成。水泥製的水溝蓋損傷得非常嚴重。顯然很長一段時間被棄置不顧，不曾受到保養維護。再往前走一點，路燈就照不到了，因此平山先生打開一支筆型手電筒。我們身上都有手電筒，但不敢輕易打開。靠著平山先生手上微小的光芒留心腳步，在小巷裡前進。

一側的住宅庭院中，樹木長得十分茂盛，看不到建築物的樣貌。

我感受不到任何聲音和氣息，不知裡頭是否眞的有人居住；另一側的公寓住戶似乎很少。面向小巷的圍籬前有一條鐵製通道，而面向通道的窗戶中只開起一扇。而通道的照明只有一盞快熄滅的螢光燈。六扇看似三合板的門並排著，不論哪一扇的裝飾板都已經剝落。

沿著住宅的小巷在公寓後方轉了彎，再走幾公尺，有一扇傾倒的大門。那是一扇有著石瓦屋頂的木頭大門，旁邊還有便門。以前應該是氣派的大門。現在門扉拆了下來，屋頂也歪了，還有一半的屋瓦掉落在地，到處都找不到門牌。

我們經過拆下來的門扉踏進裡面，這其實是非法入侵。

庭院的樹木和雜草在門的內側亂長一通，非常茂盛。我們輕輕撥開自由奔放生長的樹木，小心在樹叢中前進，很快就發現了衰頹的舊屋。

小巷弄破敗的氛圍很難讓人意識到原來建築物這麼巨大，佔地非常廣。包圍這棟建築物的不僅是庭院中枝繁葉茂的常綠樹，還有附近古老住家中枝葉茂密的庭院。因此，僅管我們看得見疑似建築物的部份形貌，但看不到面朝廢屋的窗戶。

這棟建築物恐怕是連接馬路的小巷不夠寬，沒辦法當成建地使用才遭棄置。而且這塊土地雖然很大，但不拆除圍繞廢屋原址的住家或公寓、拉出一條道路，便無法蓋新建築。

廢屋看來是平房，歪斜的屋頂還沒掉下來。牆壁也還沒崩塌，傾斜程度尚未達到危險的地步。入口朝向前院、玻璃格子窗的玄關還看得出原形。玄關旁一道簷廊的木板套窗幾乎都關上，只有一扇打開。

平山先生站在窗前指著屋內。我們過去一看，有一扇玻璃破碎的落地窗半開，大家便從那裡進入建築物。

我們從踏進小巷以來都沒開口，周遭的死寂逼眾人保持沉默。但當我們站在覆蓋著一層落葉和塵埃的簷廊上時，平山先生終於小聲開口，「應該沒問題了。」接著打開了手電筒。

「周圍的房子好像都沒住人。」福澤先生說。

「似乎也有空屋。不過我昨天探過路，這裡都有人住，只是無論哪戶都是老屋了，想必都是老先生、老太太安安靜靜在此生活吧。」平山先生接著說，「對了，其中也有個性頑固的老人家，如果發現我們偷偷潛進來，一定會毫不留情報警。所以我們還是小聲一點。」

萬一發生什麼事，我會拿出名片說這是取材好拖延時間，請各位趁機逃走——平山先生的編輯笑著對我們說。

跟著輕聲笑出來的久保小姐，不知何時緊緊地靠在我身邊。我伸出手臂，她便緊緊勾住我。

「妳不害怕嗎？」

她低聲問我。這種程度還好，我回答她。

我以前去湯布院的某棟廢棄飯店探險，那裡的建築物更有壓迫感，但我一點也不怕，反而是感到有趣的情緒壓過了恐懼。我過去在某家出版社的別館探險時，也是丟下惶惶不安的編輯和經紀人，逕自往前走。

「脖子不痛了嗎？」久保小姐問。

我現在很興奮，所以一點也不在意，而且也吃過止痛藥。只是一會彎腰、一會跨過地上的東西，不免有點拖拖拉拉，要請大家包涵。

平山先生拉開手邊的紙門，紙門上很多木頭格子都斷了，紙也變色、破掉。

「看起來沒被人弄得太亂。」平山先生拿著手電筒照著室內。

這裡和荒廢的汽車旅館不同，四處都充滿生活氣息。高低不平的榻榻米、變色破掉的紙門和拉門。歪斜掉落的天花板上也掛著古舊螢光燈。室內角落留有佛壇，雖然門開著，但佛壇中沒有佛像也沒有掛軸。另外，儘管沒有放置牌位，但作爲供奉器具的花瓶、香爐之類的佛具散落一地。我拿手電筒照向周圍橫梁，也沒看到遺照一類的東西。全都運走了嗎？——我想著，又環顧四周，在另一個角落的橫梁上發現神龕。上頭布滿灰塵，但所有道具都保留了下來。

「這裡是哪一年變成空屋的？」聽我這麼問，福澤先生回答：

「似乎是一九八九年。眞邊先生在那年破產後連夜潛逃了。不過說是連夜潛逃，就像妳現在看到的，基本上還是把家裡的財產都帶走了。所以也可以想成是他搬走了，只是行蹤不明。」

巧的是，一九八九年那年我正好開始創作讓久保小姐寫信給我的恐怖小說系列。

「眞邊先生的確是破產後就行蹤不明了嘛。」

「好像是。」平山先生窺看隔壁房間，「阿徹，你不知道後來的狀況嗎？」

「我沒聽說啊。」福澤先生說話時仍舊拿著手電筒照四周，突地「咦」了一聲。

「怎麼了？」

「這裡也有佛壇。」

福澤先生的手電筒對準一座倒下的黑色佛壇，這裡留下了佛具。我上前確認後，久保小姐扯一下我的手臂。我順著她的視線望去，壁龕裡並排著兩座神龕。

——兩座？

壁龕柱面貼著數張已經變黑的平安符。我指給平山先生和福澤先生看後，平山先生的編輯立刻在壁龕旁邊發現了平安符。

「到處都是平安符吶。」

平山先生說著，走到和我們進來時方向相反的走廊。那邊也是簷廊。他拿手電筒往簷廊一照，不禁「哇」了一聲。

我過去一看，發現每扇朝簷廊並排的套窗內側都貼了一張角大師（註一）的護符，排成一大排。我們也在長長的簷廊盡頭看見第四座神龕。

室內隨處可見眞邊家主人拚命和不明之物奮戰的痕跡。

護符貼得到處都是，每間房內都設置著佛壇或神龕，還不只一間房的四個角落放著杯子和小碗的圓盤，某些鏡子或擺設顯然也是爲了驅魔而設計的。從某間房間看出去，庭院裡並排著祠堂和地藏，甚至還有一間房間用木頭封印起來，木頭的形狀像卒塔婆（註二）、上頭寫有梵文。

只能以悲壯來形容了。

我沒辦法嘲笑這些佛壇和神龕。

「可能是捏造的吧。」福澤先生不知何時站在我身後。

什麼事情？我這麼想著，他就拿起留在架子上，看起來像鍾馗像的擺設。

「眞邊先生喜歡收集有問題的古董品的傳聞。」

眞邊先生因爲興趣而買古董品的事不是眞的嗎？不過，福澤先生認識的古董商不是眞的賣東西給他？

「眞邊幹男的確買了這些古董品，但他購買的原因可能是別的，說不定打算以毒攻毒。」

註一：天台宗僧侶良源（又稱元三大師）的別稱，據說將他畫成頭上有角的惡鬼形象的畫像有除魔驅邪的功用。
註二：用來供養死者，上頭會以梵文寫著經文或是戒名的細長木板，立在墳墓兩側。

「以附魔的東西來驅魔嗎?」久保小姐問。

福澤先生點點頭。從豪宅的狀況可清楚看出，眞邊先生拚了命要保護自己。

「求神、拜佛、連咒語都用上了——每一樣都失敗後，最後選擇了魔道。」

或許正是如此，我思索著，從屋內混亂的擺設中，無法想像這是一名以收集問題古董品爲樂的收藏家。

「……若是如此，那眞是個悲哀的故事。」

說的沒錯，他不過是碰到不祥的土地罷了——是的，如果這裡眞的是眞邊幹男的屋子，它正是建在奧山家的土地之上。

這裡正是奧山怪談的震央。

最後的主人——奧山義宜在這裡殺了全家人後，了結自己的生命。

我這麼想的時候，某處傳來低沉的風聲，就像地底有風吹過。

久保小姐膽怯地靠到我的身邊。

聲音是從哪裡傳出來的呢?我環顧四周，窗外是中庭。我打開窗戶，眼前就是立著石地藏的庭院。石地藏排成一圈，中心坐落著一口古老的水井，水井被雜草掩蓋，生鏽的手動式泵浦則被夜露沾溼。

我走下中庭，風聲從泵浦的方向傳來。

聲音到底是從哪裡來的？

井底是一個巨大的空洞，風在其中從未停歇，而風聲透過泵浦傳遞上來。其間的回聲也許經過變化，在風聲的間歇中，混雜著猶如人類低沉呻吟的聲音。

風吹著。

吹著乾枯的雜草，在乾燥的風聲中，泵浦老舊的出水口、傳來了細微的悲鳴。

九 殘渣

二〇〇九年一月，我收到鈴木太太的賀年卡，上頭寫著：「拍到了靈異影片。」我問久保小姐，原來她也收到同樣內容的賀年卡，因爲可以順便拜年，她已經約好和鈴木太太見面。

不要太深入比較好，我這麼想。

久保小姐笑著說，「沒關係的，我只是來者不拒罷了。」

鈴木太太在前年秋天拍到那支影片。她以兒子生日的名義招待朋友到家裡舉行派對。然而，當她重看派對當天的影片時，發現畫面背景的暗處，浮現出三個像是嬰兒臉孔的物體。

「爲了吹蠟燭，我們關掉燈，然後客廳的暗處突然浮出圓圓的東西。」

在黑暗中，輕飄飄的白色圓形物體像泡泡一般膨了起來。一個開始萎縮後，旁邊另一個就跟著膨脹起來；第二個萎縮後，又有另一個圓形物體浮出來。

膨脹起來的物體和嬰兒的頭一樣大，而白色的圓形體彷彿是閉上眼睛的嬰兒臉孔，出現兩道龜裂的痕跡和圓圓的嘴巴。

那張臉在膨脹時會張開嘴，接著一邊萎縮一邊閉上嘴；嘴巴開闔時，還可以聽見隱約的嬰兒哭泣聲。

鈴木太太非常驚訝，立刻聯絡友人磯部太太。磯部太太表示想看影片，鈴木太太便將影帶借給她。

「眞的拍到了。」

和鈴木太太一起來的磯部太太說：

「我聽鈴木太太說的時候，還以爲拍到的一定是模糊的影像。」

經妳一提還眞的有點像是嬰兒呢——磯部太太猜想大概是這種程度的影像，但一看之下，影片中清清楚楚出現嬰兒的臉。磯部先生和太太對這件事情毫不知情，當場驚訝地問，「那是什麼？」

實在令人不太舒服，磯部太太很快將影片還給鈴木太太。

「我勸告她，拿去請人處理一下比較好。」

雖然磯部太太這麼說，但鈴木太太根本不知道該拿去哪裡請人處理。而且，因爲感覺很不舒服，她壓根不想將影片留在手邊；但就這樣丟掉也有顧忌，無奈之餘只好放進空盒，收到壁櫥裡。

鈴木太太和久保小姐見面時，也一併帶來盒子。

「想要就送給妳。」鈴木太太將盒子遞給久保小姐，「可是消失了。」

什麼意思？久保小姐問。

鈴木太太回答：

「因爲想交給妳，所以我下定決心把它拿出來，然後爲了確認又看一次。但這次嬰兒的臉竟然消失了，仔細一聽，只剩嬰兒的哭聲。」

這樣啊，久保小姐帶著複雜的情緒收下盒子以及盒中的影帶。

「眞是太不可思議了。」鈴木太太說，「我也打電話跟她說過，嬰兒的臉消失了。」

磯部太太和丈夫觀賞錄影帶時眞的看到嬰兒，也互相確認兩人眞的看到一樣的東西——但是，「我跟先生提了這件事後，」磯部太太說，「他說自己重看時，嬰兒的臉就消失了。」

磯部先生很訝異自己拍到如此奇怪的畫面，告訴朋友後，對方表示想看，因此磯部先生趁拜訪朋友時把影片帶去。沒想到影片裡根本沒出現任何異常的畫面。無論重看幾次都沒見到那些圓臉，不過他並未確認是否還有哭聲。

「我先生認爲自己看錯了。他覺得應該不是拍到了什麼東西，而是有東西反射在電視螢幕上，導致我們看錯了。」

他刻意不把這件事告訴磯部太太，於是妻子不知道丈夫的想法就將影帶還給鈴木太太。之後，我們也確認過這支影片，的確沒看見鈴木太太說的臉孔；但影片確實錄到怪聲。若隨意看過內容，只會認爲那是雜音，並不特別引人注意。然而，如果調整音量、戴上耳機，聽起來就像嬰兒哭聲。

磯部太太說，她播放這支影片後，便不時在房間裡聽到嬰兒哭聲。

「我一開始以爲是貓，畢竟貓的哭聲不是很奇怪嗎？所以我以爲家裡附近有野貓。」

她和丈夫一說，丈夫卻回答，「現在不是貓的發情期。」

「聽他這麼說，我馬上就害怕起來。因爲幾乎每晚都聽得見。我甚至拜託她下次來我家看看。」

磯部太太看著鈴木太太。鈴木太太則說：

「雖然我什麼都不能做，但基於給了對方怪影片的責任感，還是決定去看一下。」

「鈴木太太邀我和她一起去。」久保小姐問我，「我打算去一趟，妳要一起來嗎？」

雖然她這麼問，不過我拒絕了。

不是不感興趣，而是這段期間身體狀況不佳，我什麼都不能做。正在連載的雜誌怪談也在去年底停下。

我還在作追蹤檢查。脖子很痛，只能靠著止痛藥拚命忍耐。

大概因爲脖子的關係，連胸口、背部和腰部全都跟著痛起來。別提咳嗽了，連說話都很痛苦。此外，爲了說話需要呼吸，可是一呼吸就會痛，我甚至不想開口。這些狀況讓行走變得相當痛苦，因爲走路時呼吸量會增加，無法順利呼吸導致我缺氧；而且一起床脖子就會痛，可是躺下時，接觸到棉被的背部和腰部也會痛，我根本無法睡覺；另外，我常無意識地咬緊牙關，臼齒也有些搖晃。止痛藥量逐日增加，到了這種地步，就算照三餐吃，還是痛得無法入眠。

總之，整天都只能忍耐著疼痛躺在床上。

不過，把這些狀況都告訴久保小姐也是徒增她的擔心，因此我只說，「這次就不去了。」久保小姐搬到伊藤太太的公寓後就再也沒聽到怪聲，新工作上了軌道，身體也很好。我不想潑她冷水。

之後，久保小姐眞的拜訪了磯部太太。遺憾的是，那天並未聽到嬰兒哭聲。

磯部太太很懊惱地說，「眞的幾乎每晚都聽到。」

又過兩個月，久保小姐和鈴木太太聯絡時，鈴木太太告知磯部太太搬家了。

久保小姐拜訪磯部太太後，她還是頻繁聽見嬰兒哭聲。不光如此，深夜時還曾經因爲感覺到有人輕拍她的臉頰而醒過來。睜開雙眼時，眼前沒有任何人，但像被乾瘦手掌輕拍的感觸實在太眞實；而且，不只是磯部太太碰到這種事，磯部先生也因爲同樣的情況醒來過。

兩人開始討論家中問題的期間，磯部太太又在晚上醒來。那天晚上，她並沒有感到臉頰受到誰的觸碰，反而聽到啪搭啪搭的聲音。

她無意間往隔壁磯部先生的床上一看，看見黑暗之中，有人正彎腰靠近睡著的磯部先生。

「是個老先生。」

瘦弱衰老的老人坐在磯部先生的枕邊，輕拍他的臉頰。磯部先生很不舒服地揮揮手又翻身。老人的手停在半空中，突然看向磯部太太。

兩人對望了。

她不自覺叫了一聲，老人的身影便如煙霧般消失，磯部先生頓時驚醒。

這太奇怪了。

磯部太太只在這裡住一年，但當下決定搬家。解約時，她逼問房仲，房間過去是不是發生過什麼事？業者才承認前一個房客是獨自去世的老人。

「嬰兒聲音」是鈴木太太帶去新家的嗎？然後，聲音是不是經由影片移動到磯部太太家？而那個家早已被死亡的獨居老人所遺留的殘穢感染，纏繞在影片上的殘穢又喚醒原本沉睡在此處的殘穢。

但「嬰兒聲音」可能只是鄰居的嬰兒聲傳到磯部太太家；手碰到臉頰的感覺，可能是起因於磯部先生的手，看見老人的樣貌可能是磯部太太在作夢。

最後，還是無法確認究竟何者爲眞。

一切問題的根源都是，如何看待這個世界。

當我整理這份原稿且從頭看過所有紀錄，仍舊不知道我們究竟遇上什麼。久保小姐至今無法相信作祟或幽靈的事情，我也抱持懷疑的心態。

之後，我總算知道脖子上「疑似腫瘤的東西」的眞面目。醫生查出這項病症來自我在二十年前罹患的不明手指溼疹，確實和奧山家沒有任何關係。症狀始終難以減輕的肩膀僵硬、腰痛也是基於相同原因。幸好醫生開了很好的藥方，現在狀況十分穩定。定期吃藥後，疼痛消失了，工作和日常生活也不再有問題。特別購買的頸圈失去登場機會，成爲我家人體模型「脫落小弟」脖子的裝飾品。

久保小姐之後繼續在伊藤太太的公寓過著非常順利的生活。最近她又搬家了，不過是因爲結婚。搬家時，她和先前一樣接受祓除才搬出去；然後，同樣接受了祓除才搬進新家。

「就像開工破土儀式一樣，做了才能安心。」

開工破土儀式的意義原本就是爲了取得那塊土地的神明許可。

土地原本屬於神明，只是人類擅自佔有使用，所以使用前須獲得國土的神明、地區的神明、土地的神明的許可。而且不光是蓋建築物時才舉辦儀式，對土地進行任何改變工程時都要這麼做，可說是一種告知。

尤其是地區的神明——產土神，是土地之神，更是地緣之神。這邊的「土地」不是指地面的「土地」，而是指人們居住的地區，也可說是具備社會性概念的「土地」之神。因此，人在遷移居住地時，不只要向離開的土地神明告別，也要向搬入的土地神明打招呼，這是合乎道理的做法。

尤其，如果可藉此獲得心安，我認為就應該要舉辦開工破土儀式。先不談效果，至少這是富含意義的典雅儀式。

磯部太太接受久保小姐的建議，進行儀式才換新家。新家生活一切正常；鈴木太太後來離婚回娘家，現在是非常努力的單親媽媽；另一方面，屋嶋太太因為丈夫的工作不得不再度搬家，不過沒碰到出問題的房子。

住在岡谷公寓的邊見太太和西條太太也搬出公寓。邊見太太因為丈夫轉職；西條太太則在岡谷公寓附近的住宅區買下獨棟房子，她在漂亮的新家裡過著舒適的生活。住在岡谷社區的大塚太太也仍舊過得毫無問題。

兩年前，黑石太太趁著找不到房客時賣掉社區的房子。至於買了那間房子的家庭，入住後也沒任何異狀。

飯田家的房子終於在去年賣掉。建築物經過翻修後住進一對老夫妻。不到三個月，丈夫突然去世，房子再次成了空屋。

我撰寫這份原稿的此時，那棟房子仍舊是空屋。

完

譯者後記

觀看世界的方式

文／張筱森

我是個從小就熱愛各種恐怖作品的人，不過和很多人相比，我比較遜的是，我不太敢看恐怖電影。恐怖電影最常拿來大作文章的畫面、音效，都很容易嚇到我，簡而言之，我是個驚嚇點非常低，非常能讓恐怖電影導演擁有成就感的觀眾。不過，另一方面，絕大部分的恐怖小說、漫畫，對我來說幾乎不構成任何威脅，到目前爲止，能夠讓我覺得：「唉唷～這樣晚上怎麼睡覺啊？」的作品，大概五隻手指就數完了。

然而，《殘穢》和《鬼談百景》恰好落在這個範圍。

因爲白天工作的關係，我大多只能在晚上家中一片寂靜時翻譯這兩部作品。於是這段時間就常在專心工作到忘我之際，突然體驗到故事中人物的驚悚之感，並不是說眞的發生了什麼怪事，而是赫然發現此時房間門外，可是一片漆黑、靜悄悄的……接著腦袋裡就開始出現書中的、網路上的各類靈異經驗文內容，接著彷彿是自找麻煩地問自己，你怎麼知道家裡的一切沒有任何問題？然後，我就會趕緊關掉檔案，做些轉移注意力的事情，然後隔天、還是某一天又在翻譯過程中產生同樣的恐懼和懷疑，這番心境變化在翻譯過程中出現不少次。後來有機會將我的感想傳達給小野不由美本人時，聽說她對我的感想露出了苦笑。她想必在成書之後，接到很多類似的反應了。

《殘穢》是小野不由美在二〇一二年發表的長篇怪談，距離她在二〇〇三年發表的非系列作品《古屋的祕密》（麥田，二〇〇五）已有九年。除了在當年度的推理小說排行榜獲得很好的成績，也在隔年獲頒同樣是日本大眾文學重要獎項的山本周五郎獎。她曾在訪問中自述，這是她醞釀很久的題材，一直擔心其他作家搶在前頭寫成，所以真的寫出來後，她不禁鬆了一口氣。

《殘穢》以一名小說家的第一人稱寫成，故事開端從這名小說家收到讀者來信，提及自己居住的公寓出現找不到來源的怪聲。原本這封信只是單純用來採集怪談題材，卻讓小說家想起另一封內容似曾相識的讀者來信。結果，意外發現這名讀者居住的土地上有著一連串綿延不絕的怪談連鎖，同時開啓了一場長達九年的調查行動。從東京一路到北九州，怪談的發生時間也從現代一路追溯至上個世紀，甚至還在主角的生活中留下深刻的印記。

這場追查也令《殘穢》有著兩種性格，一種是始終訴諸感性的長篇怪談，另一種則是透過主角群的追查和推敲怪談起源的行動所表現出來的，帶有強烈理性的推理小說風格。後者自然也是本作雖然身爲純正的恐怖小說，但也同時獲得推理小說讀者支持的原因。

《鬼談百景》則如同作者在《殘穢》開頭所提到的，是她以長久以來收集讀者怪異體驗來信爲底改寫，從二〇〇四年起在日本唯一的怪談專門雜誌《幽》上連載的內容，再加上爲了單行本加寫的新作，總共九十九篇的怪談實錄。

怪談實錄，以台灣讀者熟悉的說法就是靈異經驗文，是日本恐怖小說中廣受歡迎的子類型，歷史可以追溯到江戶時代中、後期的《耳囊》系列。內容多是作家四處收集靈異體驗，隱去當事者和發生地點後，以小說手法寫下的短篇故事。《殘穢》中登場的平山夢明和福澤徹三便是以怪談實錄成名。而這類作品既然是一般人的日常生活片段，也是不容易找到合理解釋的怪異體驗，那麼就必須寫得不令讀者生厭，又能夠召喚出讀者的恐懼心理，是一種相當考驗作家功力的創作形式。

《鬼談百景》和《殘穢》同樣都在二〇一二年七月，分別由新潮社和MEDIA FACTORY出版。兩部作品有著非常密切、難以切割的關係。

《殘穢》開頭主角提到的收集讀者靈異體驗一事，顯然就是小野本人創作出道作《GHOST HUNT》系列時的習慣；而《鬼談百景》中的數篇怪談更是在《殘穢》中扮演吃重的角色，發展成小野本人醞釀多年，終於寫成的長篇怪談。

前面提到《殘穢》是以小說家爲首的主角群追查怪談來源，書中的角色試著證明這些乍看極爲不可思議的事情都有著合理解釋；另一方面，《鬼談百景》中的所有故事都沒有合理解釋，一切都是突然發生、突然結束，毫無脈絡可言；和《殘穢》有著明顯的對比。

這樣的作法讓兩部作品發展出可謂互爲表裡的關係，更彼此映照出兩種觀看世界的方法。是要像《殘穢》的主角群，碰到怪事就想盡各種方法找出原因？或者是像《鬼談百景》的當事人，當下雖然害怕，但也就接受了這世上就是有難以解釋的怪事？

不過若問我，讀完這兩本作品後，選擇了哪一種觀看世界的方式？我想京極堂那句名言「這世上沒有什麼不可思議的事情」，或許還是有不適用的時候呢。

恠11／殘穢

原著書名／残穢
原出版者／新潮社
作　　者／小野不由美
翻　　譯／張筱森
責任編輯／張麗嫻
國際版權／吳玲緯、楊靜
行　　銷／徐慧芬
業　　務／李再星、李振東、林佩瑜
編輯總監／劉麗真
事業群總經理／謝至平
發 行 人／何飛鵬
出　　版／獨步文化
台北市南港區昆陽街16號4樓
電話：886-2-25007696　傳真：886-2-2500-1951
發　　行／英屬蓋曼群島商家庭傳媒股份有限公司城邦分公司
台北市南港區昆陽街16號8樓
客服專線：02-25007718；25007719
24小時傳真專線：02-25001990；25001991
服務時間：週一至週五上午09:30-12:00；下午13:30-17:00
劃撥帳號：19863813　戶名：書虫股份有限公司
讀者服務信箱：service@readingclub.com.tw
城邦網址：http://www.cite.com.tw
香港發行所／城邦（香港）出版集團有限公司
香港九龍土瓜灣土瓜灣道86號順聯工業大廈6樓A室
電話：(852)25086231　傳真：(852)25789337
E-MAIL: hkcite@biznetvigator.com

馬新發行所／城邦（馬新）出版集團
Cite（M）Sdn. Bhd.（458372U）
41, Jalan Radin Anum, Bandar Baru Seri Petaling,
57000 Kuala Lumpur, Malaysia.
電話：+6(03)-90563833　傳真：+6(03)-90576622
E-MAIL: services@cite.my

封面設計／倪旻鋒
印　　刷／中原造像股份有限公司
排　　版／陳瑜安
●2014年4月初版
●2024年4月二版
售價390元

ISBN　978-626-7415-16-0

國家圖書館出版品預行編目資料

殘穢／小野不由美；張筱森譯. –二版. – 臺北市：獨步文化, 城邦文化事業股份有限公司出版：英屬蓋曼群島商家庭傳媒股份有限公司城邦分公司發行, 2024.04
面；公分. --（恠；11）
譯自：残穢
ISBN 978-626-7415-16-0（平裝）
861.57　　113000269